朧月書版

朧月書版

灰谷
illust
蜜犬 HONEYDOGS

5

鋼鐵號角

IRON HORN

Presented by
HuiGu&Honeydogs

IRON HORN

Contents

Chapter 201 人類的第一天

好像很寂靜，又好像是太多聲音的無盡喧嘩吵鬧。

邵鈞彷彿變得很大很輕，無處不在，充斥著整個夜空，升騰，飄搖，懸浮，分散，卻又有一股溫暖的光包裹引導著他融入了一團幽藍光內，有些熟悉。

影影綽綽有人在說話：「整個靈魂……爆炸……完全撕裂四散……天網裡只收集一縷……沒辦法恢復意識……只能溫養……可能要很多年……」

「別難過……我們的時間很多，慢慢在天網主腦溫養，還有機會……」

「那具複製身體……只能放棄了……」

他聽不懂這些，他只感覺到自己無限大，又彷彿分裂成絲絲縷縷，四處遊蕩，除去被捕捉的那一縷，他仍然無處不在，飄搖如絲，也不知遊蕩了多久，渾渾噩噩中，那些精神細絲彷彿感覺被什麼東西召喚一樣一路飄飄蕩蕩漂洋過海。

碧藍的大海上空，他與白色的鳥兒一同掠過白帆，像雲悠閒而彌漫，像光無處不在，像風自由穿行，他穿過了樹林，飄過了金黃色的金鳶花園，然後遵循本能，穿過長長的水晶器皿，絲絲縷縷滲入了一具在培養液中無知無覺的黑髮少年額心。

也不知時間流逝了多久，培養皿被打開了，滏淋淋的身體被實驗室工作人員一具一具從培養皿中撈了出來，簡單粗暴地扔在了一個大金屬籠中，然後一起拉到了另外一個實驗室內，進行身體檢查。

溼淋淋又一絲不掛的複製體們被驅趕在一處，一個一個拉出來驗收，他們都瞪著茫然無辜的眼睛，如同初生的嬰兒，全無意識。

穿著實驗服皺著眉頭的助理們過來拿著掃描器對照複製體脖子上的項圈一個一個掃著，報出資料：「十二歲雙性體，血型A型，身高一百五十公分，體重二十公斤，金髮藍眼，有翅膀，柯希郡王訂製。」

「十四歲女體，血型O型，身高一百六十公分，體重三十五公斤，銀髮灰眼，有白色狐尾，柯希郡王訂製。」

有兩個男子正在對著單子登記驗收，直到最後一具黑髮黑眼少年身體，他們皺起了眉頭：

「十八歲男體，血型A型，身高一百八十公分，體重六十五公斤，黑髮黑眼。」

「怎麼回事？年齡這麼大，還這麼高，相貌也很一般，我們沒有訂製這樣的複製身體啊。」

一位管家傲慢道：「我們這次一共下單十個，其中四個雙性體，現在只有兩個雙性體，數量沒有滿，你們就拿這個來充數？叫你們博士出來！」

過了一會兒一位滿臉笑盈盈的男子走了出來：「原來今天是蘭斯管家過來了，好久不見，等會別急著走，我剛得了一支極好的金樽酒，味道極好，留下來喝一杯？」

蘭斯管家板著臉搖頭：「不必了，郡王馬上要舉辦生日宴會了，這批複製體馬上就要用的，雙性體的數量不夠，反倒多了一個沒訂製的充數，凱斯博士，合作這麼多年，你也太過分了吧，我們的合約可是按複製體給錢的！這個不行！長得又老又高的，郡王不愛這一款的！」

凱斯博士一笑：「合約裡也說了製造複製體是有失敗機率的，更何況這次做的是雙性體雙胞胎，本身失敗機率就很高，我們做了同卵雙胞胎，結果失敗了，雙性體發育未成熟，器官畸形，只能銷毀了。銷毀的資料和實驗報告包括影片都在，你們可以驗收。本來按合約，我們是不需要承擔責任的，但畢竟郡王是老主顧了，我們還是補償了郡王一具優質複製體。」

蘭斯管家挑剔地看著那具成年體：「你又不是不知道郡王的愛好，十八歲真的太老了，還這麼高，黑髮黑眼，也不是如今帝國流行的主流審美，你們怎麼想的？這叫補償？還優質複製體？」

凱斯博士哈哈一笑：「這你就不知道了，外貌偶爾也要嘗試點新口味嘛。」

他上前伸手去捏起那個黑髮少年的下巴逼迫他抬起臉來：「這種黑髮黑眼的外貌其實也是很耐看的。你再仔細看他的身體資料，這是我們嘗試的新方向，第一個成功的就給郡王了。」

他又示意助手過來拉開黑髮少年的手腳展示他的身體：「身體素質極佳，柔韌性、耐性、力量、速度都選了最好的基因，你看看這長手長腿，再看看這束狀肌肉線條，多麼優美！這是精選過的最佳肌肉基因，都是流線體，怎麼運動和訓練都不會滿身橫肉，永遠修長優美，保持最完美的肌肉線條，又能夠有著極佳的爆發力和柔韌性。我聽說最近寵物格鬥很流行，郡王上次也和我說過想要一個好的格鬥寵物，這不就是？」

蘭斯管家撇嘴很是嫌棄道：「博士你這可就是信口開河了，格鬥寵物都搭配了集強的格鬥基因，比如豹、猩猩、老虎獅子之類的，最差也是配個狼狗，哪有這樣的？博士，我看這是其他地方訂製後又不要的複製體，你塞過來充數的吧？我聽說最近嚴打走私，好些實驗室都囤了一堆本來要賣向聯盟的貨，如今都正降價促銷，呵呵博士，你哄哄郡王還可以，可哄不了我。」

蘭斯管家看了眼仍然笑容不變的凱斯博士：「合約是說有一定風險，但是我們可以也是付足了超過百分之二十的材料費用，你該不會拿著我們的材料去替別人訂製賺錢吧？呵呵博士，能做複製體的實驗室可不止你們這一家……本來就看在你們成功率高，想法又新奇才選了你們這家……我聽說別家都能做出雙胞胎雙性體來，這次生日宴會郡王本就想展示一下的……」

凱斯博士上前笑道：「蘭斯管家一貫都非常支援我們。這次我們還做了個小寵物，和折耳貓基因融合，嬌小可愛，絕對是帝國貴族還沒有見過的新品種，聽說蘭斯管家家裡有個女兒，正好可以送給令嬡玩……」

他又看了眼來驗收的其他人：「幾位管家也辛苦了，我們實驗室這邊也額外有禮品贈送，感謝大家辛苦。」

蘭斯管家臉色稍緩：「這次先算了，下次如果再有失敗，應該提前和我們說，我們還來得及下單，現在郡王生日宴會立刻就到了，再重新做也來不及了，他早上還興致勃勃和我說等著看那對雙胞胎姊妹花，結果一過來才知道失敗了。到時候在宴會上他又會沒面子了，到時候發起脾氣來，我也擋不住，要知道這次宴會，可是請了新貴柯夏親王來的，這對雙胞胎雙性體，原本是打算要送給柯夏親王的。」

凱斯博士攬著他往內走，一邊不動聲色給他又塞了個紅包：「柯夏親王？是做過聯盟元帥的那個嗎？前陣子鬧得沸沸揚揚，身分曝光後被聯盟趕回帝國了嗎？我們郡王也是皇室德高望重的長輩了，倒也用不著這麼緊張吧？」

蘭斯管家冷笑：「陛下心慈，非要將他迎回來，不僅封了親王，還把軍務大權也交給他，就連柯葉親王都退避三舍，皇族裡誰都要給他點面子。」

凱斯博士悄聲笑道：「陛下也是真仁慈，那位可是做過聯盟元帥的，還是那樣的身分，陛下就真不怕？」

蘭斯管家呵呵一笑：「自然也是有大臣勸阻，但是其他臣子不少覺得這是陛下仁慈的表現，畢竟前一位搞得大家惶惶不可終日，你懂的，誰不怕，現在好不容易來了個仁慈的讓大家能喘口氣。罷了，也有些人同情柯榮親王，還有的人看重他的能力，畢竟做了聯盟統帥，聲望很高，聽說他主動辭職要回帝國的時候，聯盟軍方許多將領寧願辭職也要跟著他，星網上聯盟民眾甚至自發連署，要求他留下，絲毫不在意他的帝國流亡身分。」

凱斯博士自然早就知道這在星網天網上都鬧得太大的新聞，仍恭維蘭斯管家道：「既是軍事能力如此卓絕，陛下還敢迎回來封為親王？」

蘭斯管家呵呵一笑：「說是自幼感情深厚，大家當然都不信，基本都是覺得他倉促繼位，位子不穩。軍中勢力被柯葉柯楓兩位親王瓜分許久了，雖說軍權是收回軍部了，但帝國軍部也終究是被人把持的，柯葉、柯樺兩位兄長隨時能反，陛下年紀輕，在軍中沒什麼威望，索性把這煞神請回來坐鎮軍部，拉成同盟。」

蘭斯說得上頭，忍不住又悄悄道：「要說皇帝之位，這位肯定不可能坐上了，畢竟本來柯榮親王也沒什麼支持者的，只是當時的皇太子車禍，老皇帝非要執意傳位給他，才招來殺身滅門之禍，這早就時過境遷，先帝又早就清洗過了好幾輪，哪有還可能登上皇位。聯盟那邊又容不下他，繼任的聯盟元帥霜鴉，聽說原本和他就是死對頭，奧涅金家族看他沒有利用價值，也迅速就撇清了關係……他在聯盟待不下去了，才灰溜溜地過來，不得不對陛下感恩戴德？」

凱斯博士咋舌：「皇家無親情啊，就為了兄弟反目，要把這樣一位聯盟煞神迎回來。」

蘭斯管家道：「親兄弟才更要命呢，柯葉親王壓下的那口氣如果一朝發出來，那就真是你死我活了，這麼比起來，一個前過氣皇室親王的兒子，還實在不算什麼了。更何況那位在聯盟可是有著聖人一般的好口碑。如今回來也是新貴，哪裡不奉承。我們郡王自然也不能免俗，打聽著這位親王的喜好，聽說和歌后夜鶯有過緋聞，又聽說曾經很是寵愛過一個護衛，應該是男女都可的，好不容易準備了這麼有新意的禮物，可男可女，結果您沒弄出來，這……」

凱斯博士笑著又低聲道：「郡王跟前還得您遮掩一二，下次定有重禮相送，感謝感謝。」

蘭斯管家呵呵一笑：「少不得我在郡王跟前說兩句，這位親王脾氣未摸清楚，急著送人也沒必要，先熟悉熟悉，看看他對別人送的禮怎麼再說了。」

凱斯博士不由佩服：「果然還是蘭斯管家會說話，怪不得郡王如此倚重您。」

蘭斯一笑，沒說什麼，果然看著下人將所有的複製體驗收後，婉拒了留下吃飯的邀請，將十具複製體鎖進金屬籠內，送進卡車內，祕密拉回了柯希郡王的莊園裡。

卡車停在了一幢圓形三層的玻璃房子前，分成了一格一格的小隔間，每個隔間裡都放著一個一個目光茫然的複製體，全都沒有穿衣物，脖子上鎖著項圈。

一群女僕迎了上來：「蘭斯大人。」

蘭斯道：「把這批複製體都安置好。」他點了其中那個背上一對雪白翅膀的金髮少女：「把她洗乾淨打扮一下，今晚就安排她服侍郡王。到時候郡王心情好了，我再和他彙報事情。」

一位女主管上來一邊指揮女傭將複製體拉下來帶進玻璃房子去，一邊笑道：「喲，怎麼這次有個黑髮黑眼的？是要送人的嗎？我倒是聽說費藍子爵似乎喜歡黑髮黑眼睛的，專門收集這種類型。」

蘭斯眼光落在那充數的複製體上，忽然眼光對上了那個黑髮複製體的黑眼睛，漆黑幽深，彷彿有靈魂一般，心中不由一怔，他再仔細看了下，那少年卻又轉頭看向那玻璃房子裡的複製體了。所有的複製體都猶如懵懂出生幼獸一般，好奇茫然地四處觀望打量著，這麼看來，他又和別的複製體一樣了。

這黑眼睛，看著還真有點不習慣，蘭斯心中想著，嘴上笑道：「費藍子爵？早就過氣了。柯葉如今被打壓，他的人也全都不行了。我們郡王儘管過自己日子，這可是花了大錢做出來的，哪能便宜人家。因為實驗室那邊做壞了一對雙胞胎，送了這個充數的，說是格鬥強，今晚妳弄隻狗來，我們先試試，能用就拿去宴會上格鬥取樂算了，反正郡王也不喜歡這種類型的。」

他嘴上說著，看到那個黑髮少年轉頭又看了他一眼，彷彿竟像是聽得懂他說話似的，那雙黑眼睛盯著他有著隱隱的壓迫感，心裡不由又微微一顫，卻又迅速反應過來自己的怯意的毫無來由，又有些惱怒道：「讓老羅斯選一頭最烈的狗來。」

天氣晴好，暖風吹拂，花園裡金色的陽光落在盛開的金鳶花瓣上，令人有紙醉金迷之感。寬大的舞池邊樂隊奏起活潑歡快的舞曲，穿著層層疊疊闊大蕾絲裙擺的淑女，與華麗禮服綮著漂亮領結的貴族們成雙成對，伴隨著舞曲輕快優雅地踏著舞步。

女賓們纖長的手指劃出了優美的弧度，手指上，耳垂，雪白胸脯上碩大的珠寶在陽光下閃出璀璨的火彩，四處都是歡笑聲。令人完全忘記了這是剛剛受過蟲族肆虐的藍星，外頭的飢民甚至連一口稀飯都吃不上，只能將兒女出售為奴隸，以換取明年耕種的種子。

柯夏一身黑色鑲金帝國軍服，滿臉漠然走在大道上，身側跟著幾個護衛。這曾經是他十八歲以前見過的熟悉的每一場宮廷舞會的場景，這就是他習以為常的生活習慣，甚至就是白薔薇親王府，維持那四季如春的白薔薇，也需要不菲的能源，但這在幼年的他看來，這是理所應當的。皇族擁有一切，當然可以享受一切，這是天賜皇權，然而這一刻，他卻感覺到了深深的厭惡。

柯希郡王正在陪在他身側笑道：「你小時候我還抱過你呢，你還扯過我頭髮，現在你都這麼高了，長得和你父親一模一樣，真是想起當年，還和你父親釣魚過……不知道你還記得我嗎？」

柯夏面無表情，柯希心中暗罵。這位聯盟元帥出身的柯夏親王回來以後，大部分皇族的宴會都很給面子的參加，卻每次都穿著令人退避三舍的帝國軍服，就是柯葉親王在軍中掌權多年，參加宴會也會換上常服，這位簡直是怕人家不知道他是大將軍一般，一身帝國軍服又冷又硬的，令人望之生畏。有許多漂亮小姑娘也被這位親王冷若冰霜的臉給嚇得不敢接近了，哎，柯希自認為自己頗有些憐香惜玉，不由得只能努力硬著頭皮陪著這位貴客，搜腸刮肚的找話題：

「夏是覺得沒意思吧，我們去那邊，成人區，才是好玩刺激的，這邊枯燥得很。對了，夏喜歡喝什麼飲品？我有特別帶勁的青艾酒，很多人都喜歡喝，帶勁，就是貴，你要不要來一點？」

柯夏漠然道：「不用了，那個是軟性飲料吧，喝了會傷害精神力。」

柯希臉上一僵：「呵呵，是嗎？我倒沒有很明顯的感覺，那你隨便喝點葡萄酒吧，也是很不錯。」

柯夏道：「稍遲我還要進宮去，有軍務，不能喝酒。」

柯希尷尬地擦了擦汗，轉頭看到自己的管家蘭斯，不由有些惱怒：「還不在前面引路？怎麼安排節目的，都沒點新意。」

蘭斯鞠躬只是陪笑：「這邊別墅是成人區，未成年人不能進入，柯夏親王可以來看看，有打牌、賭鬥，賽車，游泳等娛樂項目，看親王喜歡玩什麼。」

柯夏淡淡道：「隨便吧，我都沒什麼興趣。」

柯希呵呵笑道：「那就看看節目也好，有難得一見的舞蹈。」柯希陪著柯夏走了進去，不少賓客紛紛對他們致意，他們也都認出了柯夏，竊竊私語著，卻也都懾於他穿著軍服時那股嚴肅冷厲，全都沒有上前寒暄。

臺上的確是正在表演舞蹈，一群少女身著幾乎完全透明的薄紗在跳舞，手上身上掛著無數精美的金飾，柯希介紹：「這是很有名的天魔舞，這是跳得最好的一家，平日裡一般不到府上表演的，只在皇家劇院表演。」

舞臺上春色旖旎，柯夏卻面容冷淡彷彿完全對女色沒有感覺。柯希只好又問他：「夏在軍中多年啊，那對格鬥有興趣吧？我們這別墅的地下室有寵物格鬥的，還能下注賭錢，滿刺激的，你要去看看嗎？」

柯夏訝異道：「什麼寵物能格鬥的？狗？雞？」

柯希笑了下，臉色曖昧：「這可是帝國才有的節目，外頭也看不到的。」他帶著他往地下室走，侍者們推開門，一股歡呼聲就從門內衝了出來，柯夏和柯希走進去，臺上一個皮膚通紅肌肉隆起，身高約有兩公尺高的男子正在舉起雙手狂呼，而地上一地屍塊，血腥味刺激著人的感官，已經完全看不出原本的樣貌，只能依稀看出是一顆頭顱，那頭顱卻有些不似人類，嘴巴突出兩根獠牙，眼睛還瞪著，彷彿才剛剛死去。

柯夏精神力太高，被那血腥味熏得有些噁心，幾乎想轉頭就走，但柯希卻全然不覺，還在興致勃勃：「我們來得正好看下一場。」

觀眾們歡呼聲中，幾個清潔機器人熟練轉入臺中將屍塊收拾走，清洗乾淨檯面，血腥味沖淡了些，主持人激動高喊道：「洛西公爵的寵物『撕裂』勝了！現在，讓我們期待下一場！下一場是我們今天的東道主，柯希郡王府的『幻影刺客』對莫里子爵的『碎石者』，現在，請選手上臺，各個嘉賓下注！」

柯希笑道：「啊，幻影刺客，這個寵物很有意思的。」

在歡呼聲中，一個黑髮黑眼的少年走上了格鬥臺，對面的「碎石者」也走上了臺，歡呼聲中，背後的大螢幕不斷閃亮著，無數的數字顯示著各自的下注。

柯希指著那黑髮少年對柯夏道：「這個寵物非常靈敏，我才剛買的，說是格鬥基因特別強。管家不信，找了幾隻鬣狗和他對戰，結果真的全被他拿著一把匕首幹掉了，真是非常有意思，完全人類的身體，沒有融合任何動物基因，全憑著本能就能殺掉猛獸，後來我們又試了幾次，老虎、豹子，他都能幹掉，行動起來像風一樣。嗯，不過就是會受傷，差點死掉了。」

「為了今天好看，我還是讓他進了最好的治療艙，全恢復好了。看看今天能給我贏多少錢回來，當然輸了也沒什麼哈哈哈，押他贏的人肯定少，輸不了多少，賠率低……果然，哈哈哈根本沒多人押他贏，讓我看看賠率……上次我有個寵物，替我賺了不少，可惜後來碰上了細川將軍家的豹女，哎廢了，真是虧大了……」

柯希顯然十分熱衷於此道，津津有味地如數家珍，說著誰家的寵物有什麼特別之處，柯夏充耳不聞，漠然看向臺上的情形。

黑髮黑眼的少年赤著胸膛赤著腳，僅在腰部圍著一圈金色流蘇，行走時腿間那若隱若現之處甚至傳來引人遐想的鈴鐺聲，左臂上繞著三圈金色的蛇形臂環，全身抹了一層油，顯出了年輕人才特有的緊繃光滑的肌膚，身材修長挺拔，雙腿筆直，手中持著一把匕首，這是他唯一禦敵的武器。

而他的對手，卻是一個分外雄壯的「人」，凸唇凹眼，眉脊隆起，胸口粗厚寬闊，手臂上的漆黑肌肉塊壘光亮，雙手分外長，幾乎垂過膝，整個身軀幾乎接近三公尺高。說是人，其實在明眼人眼裡，這就是個與黑猩猩基因融合後的複製人。

兩人面對面這麼一比，便襯得那黑髮少年眉清目秀，手足纖細，皮膚細白，而那行動之時在那不可言說之地隱隱傳來的鈴鐺聲更顯出了一分靡豔風流的情趣。

這在一些長於風月手段的貴族眼裡，都顯露出了曖昧明瞭的笑容，顯然這比鬥要的是觀賞性，這被精心打扮過的小玩意自然肯定是鬥不過對面這大猩猩的，不過要的就是看這掙扎的過程，看那細膩肌膚被撕裂，纖長手足被折斷，漆黑純潔如小獸一般的眼眸被淚水打溼，清秀的臉龐扭曲出瀕死的絕望，那該會有多美。

當然若是那對面的「大猩猩」忽然興起，突然要在青天白日來一場發自本能的折辱，那也是時常會出現的令人血脈賁張的場景，畢竟這些基因混合複製人，因為基因太雜，往往在戰鬥生死間中爆發出更多突兀的獸性。

比賽的鐘聲響起，「碎石者」雙臂往胸口一錘狂吼一聲，就向黑髮少年撲過去了。而少年纖細身姿果然分外靈敏，側身輕鬆躲過，然後高抬腿來了個三百六十度的迴旋踢，一腳狠狠踢在了「碎石者」的頭顱上，但這對於他又粗又厚的肌膚顯然毫無作用，雖然碎石者被那一踢帶來的衝擊力愣了一下，卻讓他激發了更強大的獸性，怒吼了一聲，伸出雙臂準確無誤地對準對方的肩膀，然後用力一收！

這顯然也蘊含著非常巨大的力量，觀眾爆發出了歡呼聲，似乎想要等著那纖細肩膀被巨掌捏碎，然而那少年臉上卻眉頭都沒有皺，而是飛快的腳一蹬，整個身形先往下一滑，輕而易舉躲過了對方雙手的鉗制，然後從下往上做了個非常漂亮的後空翻，翻身躍起，靈巧之極落在了「碎石者」的肩膀上，雙臂交叉攏在對手脖子上用力一扭。

在場所有的觀眾屏息間都聽到了清脆的「喀噠」一聲。

然後碎石者那巨大的身軀就沉重地倒在了格鬥臺上，「幻影刺客」仍然是輕巧地翻身落在了地上，金鈴聲叮噹，他的胸脯急速起伏著，雖然整套步驟做起來兔起鶻落，輕巧漂亮，但實際上並沒有看起來那麼簡單從容，每一步都極為凶險。一般的力量根本扭不動對方那結實厚重的脖頸，他在瞬間爆發了極大的力量，才扭斷了他的頸椎。

巨大的掌聲和歡呼聲在觀眾席爆發了，柯希興奮得也搓了下手，轉過頭激動對柯夏道：「怎麼樣，不錯吧？」

柯夏看那少年還在臺上喘息著，深思著問道：「他是受過格鬥訓練嗎？這動作……」完全像是經過無數次訓練以後刻在身體的本能反應，力量、躲閃以及擊殺時機的掌握，都完全像是面對過無數次格鬥對手具有豐富經驗的格鬥者。

柯希笑道：「怎麼會，複製人沒有靈魂，只有本能，教會他們太難了，哪有這功夫。他才出廠沒多久，大概半個月吧？就和個初生嬰兒似的，什麼都不懂的，全憑著本能，看來這格鬥基因還真是真的，夏有興趣？有興趣的話我把這個寵物送你吧？」

柯夏漠然道：「沒興趣，不要。」

柯希有些尷尬道：「那有看得上的就儘管說，我那裡還有不少漂亮寵物，都很好使……」

一陣喧嘩聲將這場尷尬聊天打斷，觀眾席一個有個衣著華貴怒氣衝衝的男子走了過來，怒道：「我不信！複製人怎麼可能做出這種經過訓練的格鬥動作！你這明明是個經過訓練的死士農奴吧！柯希郡王，雖然柯夏親王在這裡，我也不是不給你面子，但是你這就太不遵守規則了！」

他看向柯夏道：「王爺！您也是在軍中歷練過的，這明明是經過格鬥訓練的格鬥動作！」

柯希笑著道：「你這就真的是不講理了，這是最新出品的人類格鬥基因的複製人，JOP 實驗室出品的，有防偽標識的。」他高聲吩咐場上的裁判：「驗身給莫里子爵看看。」

只見裁判拿了個掃描器來，讓人抓住場上黑髮少年的肩膀，然後抓著他的頭髮向後仰，露出了脖子上被金飾遮蓋著的項圈，他掃了下，一排資訊出現在了大螢幕上，身高，體重，血型，基因構成，瞳孔資訊，出廠日期等等一覽無餘。

柯希笑道：「你看，這是複製人資訊，你可以去查對，都可以追溯的。莫里子爵，這可是沒有融合過任何動物基因的人類複製人，按理說本來就是劣勢的，可不要輸不起啊哈哈哈。」

莫里子爵冷冷道：「我一定會去查驗的！但是我還要和他再比一場！我還帶來了一個寵物！」

旁邊的蘭斯管家笑道：「這可不好，按規矩都是一個寵物一場的，這可不太公平啊。」

莫里子爵道：「輸了我出兩倍賠金！」他惡狠狠看著臺上那神情漠然的黑髮黑眼少年：「我要為我的碎石者復仇！」

柯希哈哈一笑，伸手阻止還要說話的蘭斯管家道：「算了，今天我是東道主嘛，莫里子爵開心就行，就讓莫里子爵再賽一場好了。」

客人們再次坐回座位，格鬥場上碎石者巨大的身軀再次被機器人清理了下去，兩個寵物再次站到了格鬥臺上。

「幻影刺客」對戰「蛇之吻」！

「蛇之吻」根本已經不是一個人的形態，除了那個吐著長長蛇信的人類頭顱，整個身體完全是一隻蟒蛇的形態，他擺動著長達六、七米的蟒蛇身體遊上臺。

對戰開始了，觀眾們歡呼著，柯希嘖嘖了兩聲，對柯夏道：「這種簡單粗暴的基因融合，真是太不符合我的審美了，真是為了贏什麼都願意，莫里子爵聽說如今陷入了經濟危機，就靠著這幾隻寵物到處比賽賺錢的，碎石者是他最賺錢的，結果被幻影刺客給廢了，呵呵，這種融合了太多動物基因的複製人，壽命非常短，吃得也多，其實很不划算。」

柯夏道：「你這次可能會輸。」他看著黑髮少年雖然敏捷地躲避對方那一口毒牙的攻擊，但很明顯他是以速度見長，那隻蛇卻也有著靈敏的速度以及準確的攻擊。牠長而有力的蟒蛇身軀，攻擊範圍太廣，只要沾上對手，就能飛快將對手捲起，然後如同動物界裡的蟒蛇一般，活活將對方纏繞，全身骨骼盡斷，窒息而死。

柯希滿不在乎笑道：「輸就輸了，畢竟剛把人家最賺錢的寵物搞死了，總不能把人逼上絕路，就讓他贏一場回去，不然平白得罪人也不好，這種一無所有的賭徒最可怕了。就是平日裡，我對農奴們也是很寬厚的，萬萬不要把人逼上絕路……就讓大家看個開心就好了，寵物嘛，死了再做一個就好了，喜歡這個類型的話，可以讓實驗室再做一模一樣的，想要多少個都行。」

柯夏沒有說話，柯希那句話非常敏感的觸動了他某個思緒——傑姆當初說過的，理論上可以複製出無數個一模一樣的他的杜因，然而再也沒有做出來過，他永遠失去了陪伴他的機器人保母。

突如其來惡劣的情緒讓他有些消沉，他抬眼沉默地看著場上那少年果然幾個回合後就被那蟒蛇準確地纏繞住了身體，那是人類無法掙脫的力量，他還在努力掙扎，卻仍然無法掙脫漸漸收緊的蟒蛇身軀，場上觀眾們已經清晰聽到了他骨頭折斷的聲音。

那張漠然白皙的臉上終於出現了痛苦的神情，他眼睛茫然睜大，已經在垂死邊緣，但他的手裡還緊緊握著那把匕首。

場上觀眾忽然有人站了起來高聲道：「夠了！我願意買下這個寵物！莫里子

爵！柯希郡王！我願意出雙倍價錢！」

人們都看了過去，莫里子爵滿臉獰笑：「呵呵晚了！費藍子爵！寵物聽不懂人話的，一上格鬥場，只有一方死才能退出！實在對不住了！」

柯希郡王也笑了下：「費藍子爵喜歡的話，稍後我再做一個一模一樣的送你好了。」他的慷慨大方顯然讓觀眾們十分愉悅，歡呼笑道：「郡王果然大方！」

然而場上忽然那明明已經瀕死的黑髮少年忽然握緊了匕首，舉起狠狠戳進了那隻蟒蛇的七寸脊椎之處！

力量顯然極大，蟒蛇的頭往後仰大叫了一聲！然後身體極具收緊，喀喀喀！那是幻影刺客骨頭碎掉的聲音！所有觀眾都轉過身看著這一場生死掙扎！

黑髮少年的手卻仍然牢牢握著那支匕首，狠狠地插在蟒蛇的七寸之處，用力攪動，切斷牠的脊椎神經。

漸漸地，蟒蛇的身體緩緩鬆開，軟垂在了身體上，那個人類的頭顱茫然地吐出了長長分叉的舌頭，瞳孔放大，死了。

場中寂靜，忽然爆發出了如雷的掌聲！實在太精彩的一場決鬥了！人類居然能戰勝蟒蛇！

柯夏在掌聲中看著那少年也癱軟在了場上，頭髮盡溼，他閉上了漆黑的眼睛，喘息微弱，顯然他全身的骨頭都碎了，雖然治療艙可以恢復，但價格如果高於重新製作的費用的話，大概柯希不會再救他。

費藍子爵已經靠近了柯希這邊，懇切道：「郡王殿下，懇請您將這個寵物轉讓給我，我願意出雙倍價錢購置。」

柯希轉頭笑道：「聽說費藍子爵就喜歡收集黑髮黑眼的小情人，看來還真的是如傳聞一樣呢，只是這寵物看來全身骨頭已經斷了，要修復實在花太多錢了，如果你喜歡的話，不如我替您重新訂製一個。」

費藍子爵道：「不不，我就要這一個，治療艙的費用我來出，請您一定要轉讓給我……」

柯希有些意外笑道：「這樣啊，既然您這麼喜歡……」

「可惜要讓費藍子爵失望了，剛才郡王已經將這個寵物送給我了。」

費藍子爵愕然抬頭，看到一直沉默的柯夏親王漠然看著他，面無表情。

不願意繼續待在那滿是血腥味渾濁混亂的地下格鬥場，柯夏很快就找了個藉口說要進宮，離開了這所謂的宴會。

他其實也不知道自己在做什麼，他似乎在一場一場宴會中尋找那些曾經在自己人生前十八年中最美好的歲月，的確仍然花團錦簇，衣香鬢影，珠環翠繞，香車寶馬裡貴族們一如既往過著優雅高貴的生活，蟲族、戰爭、政權更迭，對他們似乎都毫無影響。

淑女們穿著極盡精美的大擺裙，持著象牙蕾絲扇子，遮住自己的臉頰向他微笑，花壇邊是熟悉的帝國特有的金鳶花，他回到了這裡，卻找不到一絲回到家的感覺。

他覺得他失去了很重要的東西，他以為回帝國來能找到，但是沒有，只有失望和空虛，他不知道要做什麼，覺得心裡空落落的，找不到目標。更麻煩的是他覺得他本來擁有的，卻好像丟了，他的生活變得枯燥而沒有意義，每一天感受到的都是無聊。

柯希郡王送他出來時道：「那寵物還血淋淋的，我先治好他了再送到您府上。」

柯夏不知為何頓了頓步伐，轉頭看了眼他這位王叔，皇家人長得都不醜，但這位縱情聲色過度，大概又做了不少基因手術來修正容顏，仍然看出那渾濁得一塌糊塗的精神力在他臉上的體現，暗沉昏渾的眼珠子，頹靡的神色，這樣的人，不事生產，卻坐擁財富。自己從前也和他們一樣覺得這是理所應當的。

他如果沒有離開帝國，逃亡離開皇室，是不是也會變成這個樣子？在無所事事中尋找感官刺激，聲色犬馬，昏庸縱情中度過這乏味的一生。

他忽然笑了下問柯希：「如果那個寵物死了，王叔是不是會去訂做一個一模一樣的送給我，畢竟治療艙一天的費用可是天價，這全身骨折，怕不是要治療上半個月一個月。」

柯希被他這一笑感到受寵若驚：「啊……？」

柯夏沒有繼續理會他，伸手點了點身後的花間酒：「你去看著，讓他們把那複製人先簡單包紮了立刻送回親王府，開我的專屬治療艙給他治療。」

柯希搓著手笑道：「何至於此，這治療艙費用我還是出得起的，不過這傷勢很難說，萬一那根肋骨戳穿了肺之類的，可就不一定救得回來……」看起來果然有萬一死了就再做一個的想法。

柯夏沒理他直接往前走，花間酒連忙立正領命，然後轉過頭彬彬有禮問柯希：「郡王您看，那人在哪裡呢？」

柯希道：「剛才就已經吩咐讓他們先替他包紮，也用治療儀緊急止血了！這位大人如何稱呼？先請進來坐一坐喝點茶，很快就好。」

花間酒並沒有去他們準備好的房間，而是走到了後臺的急救室，看著他們為黑髮少年固定骨骼，用治療儀治療一些比較嚴重的外傷，並且厚厚敷上了大量的治療凝膠。

治療的同時，還有人正在去除這「寵物」身上戴著的裝飾器物以方便治療。花間酒親眼看著他們一點也不細心地抽出還帶著血絲的金鈴鐺來，那是墜在穿了孔的某個部位作為點綴的。他不由眼皮一跳，自己都感覺到腿中間涼颼颼的，想到這個「寵物」就是在戴著這些東西的情況下和怪物搏鬥，也不知和多少怪物搏鬥過才活到了現在，雖然他沒有什麼意識，但和人類一模一樣的外表還是讓人看著難受，還是和自己一樣的黑髮黑眼睛，他的心情十分複雜，既有些憐憫，又有些厭惡。

自從他陪元帥來到帝國，這幾天真是——大開眼界，什麼突破人類下限的怪事都見過了，他每天都在心裡疾呼，元帥我們回聯盟去吧！這裡根本就不是人待的！聯盟民眾歡迎你回去啊！他們根本不介意元帥是流亡皇室，聯盟什麼人都有，自由平等民主深入人心，雖然帝國都以為元帥是被排擠走的，事實上是霜鴉哭著喊著不願意幹聯盟元帥這個苦差事。但是元帥意志堅定，非要回帝國不可！

他看他們除去了所有的金飾，卻獨獨沒有動那脖子上的黑曜石項圈，不由有些驚奇道：「那個項圈怎麼不除掉？會影響呼吸吧？」

一個醫護人員小心翼翼道：「這是複製人出廠就配備的，裡頭有一部分是植入皮下的，有監測身體機能、位置定位、收緊控制、電擊懲罰等功能，防止複製人走失，方便主人控制複製人行為。當然，也能夠查到複製人的所有身體資訊和製作資訊，算是一種防偽標誌。如果要去除的話，必須經過專業手術。但是，一般來說沒有人會去除這個東西。複製人壽命一向短暫，其實也不影響行動，再說他們沒有意識，很容易走失走丟，留著這個也方便以後殿下調教和管制……總之現在在他如此重傷的情況下，不適合去除。」

花間酒臉色一黑，從一個一直被各種嚴密控制的家族裡走出來，他對這種過分的控制、服從、管制更為反感，雖然這只是個複製人，沒有人權。也許是他一言不發神情嚴肅的表情嚇到了工作人員，他們飛快的將黑髮少年固定打包好，放進了急救治療艙內，然後郡王府安排了專車，將花間酒和少年送了回白薔薇府。

花間酒安排著護衛將那黑髮少年放入了治療艙內，找了皇家御用醫生來看著替他重新調整接骨過，啟動了治療艙。因為是柯夏專用的治療艙，整個治療室就在柯夏的臥室旁，一時幾個護衛都十分好奇地圍了過來看。

一位有些活潑的護衛尤里好奇過來問他：「酒大人，這是什麼人？居然用元帥專用的治療艙？」尤里原本是星盜團裡柯夏的學生，之前一直在霜鴉手下，對柯夏崇拜萬分，柯夏辭職的時候，他和霜鴉辭職，特地跟著元帥過來帝國。他們這批從聯盟跟過來的人，仍然一直喊著柯夏元帥，一時還沒改過口來，甚至是有些故意不改口，他們願意跟從元帥，卻都有些不習慣帝國，人人都希望元帥有一天回去。

花間酒看了他一眼：「是親王殿下，郡王府上的格鬥複製人，人家送親王殿下的，你還是早日改口吧，別人聽到了不好。」

尤里大吃一驚：「複製人！啊我上次陪元帥去柯樺親王府的宴會時也見過。那不都是做得很漂亮，但沒有意識的寵物嗎？元帥怎麼會感興趣？」

他低頭去看治療艙：「長得也還行吧，但是怎麼也是黑髮黑眼睛，和你和琴姊姊一樣呢。」

花間酒抽了抽嘴角，心裡想該不會就是看中這個吧，和杜因一樣的黑髮黑眼。正說著，柯夏從宮裡回來了，大步走了進內院，看到他們問：「在這裡幹嘛？」

花間酒道：「剛安置了那個帶回來的複製人。醫生來看過了，說至少還要在治療艙裡休眠治療半個月。」

柯夏脫著軍服外套，尤里連忙上去打算幫忙，柯夏擺了擺手制止，自己脫了掛在衣架上隨口問道：「沒死嗎？」

花間酒笑道：「您都開口要了，郡王府那邊自然是什麼好藥都替他上了，幸好也沒有傷到要害，就是全身骨頭都斷了不少。不過治好了之後，您打算怎麼安排他？」

柯夏這下也被問住了：「……隨便吧，親王府這麼大，養個人也還養得起，不是說他們的壽命都很短嗎？養著吧。」

花間酒笑了下，他陪伴柯夏多年，說話也大膽多了：「看來您也還沒想好嘛，怎麼就開口要了他呢？也不怕是別人想在您這裡藏間諜嗎？您看他那格鬥技巧，實在不太像複製人，應該是經過訓練的吧？說不定賭的就是您的不忍。」

柯夏道：「瀕死殺蛇的那一瞬間，我感覺到了精神力，雖然很微弱，但的確是生死之間爆發出來的精神力。」

花間酒訝然：「精神力？不可能，複製人怎麼可能有精神力。」但是柯夏的精神力非常高，精神力高的人，往往也非常敏銳，能夠察覺到對方的精神力，難道真的是他們太弱了？

柯夏轉頭走過來看了眼那治療艙裡黑衣黑髮的少年，面容很陌生，但是那一瞬間他的確感覺到了熟悉，他沉思了一會兒轉頭忽然看到尤里也在好奇地探頭探腦，忽然點了點他問道：「我想起來了，尤里，你還記得你的天網格鬥教師嗎？那個叫鈞的，很久沒有見到了。我今天看到他的格鬥技巧，感覺有點像鈞的風格，還有精神力……雖然只是短暫的一瞬，不知道為什麼我就想起了他。說起來鈞真的很久很久沒有出現在天網上了。」

說到這裡他忽然微妙地頓了頓，忽然想起了他的機器人在他剛到帝國的時候，似乎還教過他一段時間體術……時間太過久遠了，有些記不清楚了，他搖了搖頭，沒有繼續糾結，而是眼光又落在了治療艙內的黑髮上，那點怪異忽然又浮起來了，為什麼都是黑髮黑眼？

他的機器人，天網裡的鈞，花間風……還有眼前這個引起自己注意的，不能不說，這個少年剛走上前，帝國少見的黑髮黑眼也讓他不由關注了些。說起來，機器人是照著花間風的樣貌去做的，黑髮黑眼的確不奇怪。但是，黑髮黑眼明明不是這些年的主流審美，為什麼偏偏他們都是？

怪異感再次浮了起來，尤里卻說話了，神情微微有些不忿，彷彿受到侮辱一般：「鈞老師和我們辭別過了。說是現實生活有事，以後不怎麼上來了。他又沉穩又寬容，應該是個年長的長者，不會是這樣的……」這樣以色侍人的寵物。

他見過皇室宴會上人們毫不猶豫地拿著這種沒有靈魂只有本能的複製人取樂，空有精緻美麗的外表，卻什麼都不知道，只會茫然地服從。

柯夏點了點頭：「也就是那一瞬間的感覺，說來也巧，鈞的天網形象也是黑髮黑眼，加上費藍子爵那傻子也來搶，我就不太想給他。」他轉過頭看了眼花間酒，點了點他：「你們族長惹的風流債。」

花間酒呵呵一笑：「殿下還是小心點，複製人不可能有精神力，只怕是要給您身邊安插人的手段，冒充沒有意識的複製人，讓你降低防備心，這是常用手段。」

柯夏笑了下：「隨便吧，我就怕他們不動呢，我就不信柯樺花了這麼多手段逼我回帝國，就真的是要讓我享受榮華富貴，我等著他們來。等他恢復再看他能耍出什麼花樣來。」他嘴角笑著，藍眸卻是冰冷的，一點笑意也無。

花間酒點了點頭：「剛才陛下又召您進宮做什麼呢？」

柯夏嘲道：「無非就是賞花賞鳥賞畫，能有什麼新奇的？這麼腐敗的皇室在統治整個帝國，帝國竟然還沒有崩潰，真是諷刺。」

花間酒一攤手：「誰叫他們壟斷了金錫能源呢？而且其實還是有許多能人的，柯樺又顯得特別親民仁慈，聽說這次全國統一官員選拔考試向平民多開了兩百個名額，又額外開恩允許農奴參加官員選拔考試，帝國星網上一片歌功頌德，我真是第一次見到如此整齊劃一的星網宣傳。能上星網的，全要經過審核，發言全部審核過，連天網也有金鑰才能接入，哈哈哈哈哈。」

柯夏道：「一直如此，只是你在聯盟久了，不知道而已。」

他看了眼門外雪白的白薔薇王府，他的機器人好像就特別喜歡給他這些，其實他並不喜歡。但是為什麼回來的時候，柯樺體貼地賜了另外一座府邸，他卻仍然選擇了白薔薇親王府——似乎他曾經和什麼人承諾過，要帶他回來，但真住進來以後，他卻一天一天覺得狂躁，那一夜的噩夢又重新侵襲了他，每一個房間，都彷彿有父母的冤魂，妹妹的冤魂，他們整夜不斷哭泣。

他到底為什麼要選擇這樣折磨自己？那種精神折磨又彷彿捲土重來，但是他沒有告訴任何人，他整夜整夜的再次失眠。開始懷疑自己為什麼要回帝國，他覺得自己已經強大到可以戰勝一切，但他現在仍然恥於承認自己的脆弱。

他明明覺得自己已經可以正視創傷，忘卻所有的不愉快，可以開始新生活了。那種強烈的幸福以及自信的感覺彷彿還殘留著，但是他忘記了。他摸了摸自己的頭，這種總覺得自己好像忘記很多東西的感覺很怪異，門外花間琴已經在報告：「殿下，奧涅金總統有加密通訊過來，請您接聽。」

他抬了頭，將那點怪異的感覺拋在了腦後，淡淡道：「我這就到。」

阿納托利仍然是那麼欠揍：「還好嗎？回到帝國的感覺如何？新能源那邊做出了不少新科技，想賣給帝國，只能用新能源的那種，我想先送給你使用，親王都用的東西，應該很快就能讓貴族們接受，下一步透過 AG 公司賣到帝國，你就當幫我推廣市場吧。等大家慢慢習慣這種使用新能源的產品，我們就能進一步擺脫金錫能源的壟斷了。」

柯夏嘴角抽了抽：「隨便你，這點小事還要找我。」

花間風從他背後轉過來笑道：「主要是關心你，怎麼樣？帝國不好待吧？我當初過去的時候，也非常不習慣那邊的尊卑階級，恨不得殺盡貴族，真不知道都這個年代了，怎麼還會有這麼詭異的帝制國家存在，人民竟然還沒有起義推翻他們。」

柯夏冷笑了下：「和帝國這邊暗通款曲的聯盟高官還少嗎？比如兩位？嗯？你們正在和帝國血統純正的親王殿下說話，嘖嘖。話說回來，我今天還遇到了費藍子爵，他還在收集黑髮黑眼的小情人，我第一次見到他的時候，他居然還想要勾搭花間琴，真是不知死活，後來花間酒才和我說了你的豐功偉績，真是嘆為觀止啊，風先生。」

花間風臉色微微有些尷尬，看了眼旁邊的阿納托利，阿納托利卻非常自然地錯開話題：「說起費藍子爵，他是柯葉的忠實下屬，當初在我們的拍賣船，也曾經把杜因當成風先生調戲過，杜因就是那次救了霜鴉的……帝國那邊的確喜歡把人當寵物，杜因當時路過看到柯葉在折辱霜鴉，就將他救回來了。」

柯夏一怔：「我怎麼沒聽杜因說過？我一直以為霜鴉是杜因在拍賣買回來的。」

阿納托利茫然道：「啊？杜因沒和你說過嗎？霜鴉一直是說杜因是他救命恩人啊……就是時間有些久了，真的很久了，我也不太記得具體的細節了……」

他忽然有些恍惚：「說起來，霜鴉好像前幾天也問我杜因去哪裡了，說忽然夢到杜因。」

柯夏臉一沉，阿納托利道：「柯夏你是派他去執行祕密任務了吧？是在帝國嗎？」

柯夏不說話，花間風忽然說了一句話：「你們有沒有發現，我們好像很久沒這麼討論杜因過了嗎？」

阿納托利道：「啊？不是祕密任務嗎？不好一直追問嘛。」

花間風卻道：「不對，我這些日子感覺很奇怪，我也在夢裡頻頻夢到杜因，但是生活中卻經常下意識地迴避想他，他明明和我們度過了那麼多時日，你們難道沒覺得奇怪嗎？他救過霜鴉，做過我的替身，促進過聯盟的建立，和我們做過那麼多驚天動地的大事，我明明應該會很關注杜因才對，但是我卻莫名其妙地很少關心他，甚至想起他。」

柯夏轉頭看向他們，忽然道：「我最近偶爾做夢，也會夢到杜因，但是醒來就忘記了具體的細節。」醒來更會發現自己臉上有淚，但是他沒有說，只以為是這些時間到了白薔薇王府後所產生的噩夢造成，這讓他對自己的軟弱深以為恥。

花間風看向柯夏：「他陪伴你最久，這很正常。我覺得奇怪的是就連霜鴉，也很少說起杜因，他從前明明對杜因非常感激……還有阿納托利……總統閣下。」

阿納托利道：「啊？」

花間風道：「你明明追求過他，怎麼你現在好像完全忘了他一樣？」

阿納托利笑道：「這都什麼年代的事了，都這麼多年過去了，還不是怕你在意嗎？我甚至連他的面貌都有些感覺到模糊了……」他忽然停住了口，說到這裡他也開始發現了不對。

花間風嚴肅道：「精明幹練的奧涅金家族的掌門人，日理萬機精力過人的聯盟總統，你的記性有那麼差嗎？對一個曾經在你身邊工作過許久，還研製出了生物機器人的重要人物，就連AG公司研究所的研究人員，還時不時會提起他。你甚至還深深迷戀過他，追求過他。」

阿納托利語塞，詫異道：「真的，你不說我還沒發現，我真的——我真的喜歡過這個人？我現在完全想不起和他相處的細節了，真的不是時間太久的原因嗎？」

花間風轉頭深深看向了柯夏：「我懷疑我們受過催眠，柯夏，我身在這種家族，對這種手段再熟悉不過，我們在下意識的忘記他，忽略他。」只有知道杜因是機器人身分的柯夏才知道他的擔憂，為什麼要有人讓他們忘記一個普通的機器人？他們究竟還忘記了什麼更重要的事？和機器人有關嗎？

是什麼人能夠篡改催眠聯盟總統、聯盟元帥？這和聯盟元帥流亡皇族的身分被揭穿，將他逼回帝國有關嗎？這是不是又是一個陰謀？

這實在是讓人細思極恐。

柯夏瞳孔急縮：「能找到人解開嗎？」

花間風搖頭：「發現不對以後，我已經找了族裡的催眠長老試過了，包括阿納托利這邊奧涅金家族的催眠師我也請來試過，都解不開。他們甚至根本看不出我受過催眠，我甚至想不出我究竟忘記了什麼。我最近還在試著排查尋找和杜因接觸過的人，想找出共同點，找出被催眠過的人。」

「目前看來。似乎只有我們幾個和杜因接觸比較深的人，包括──夜鶯，她已經忘記了很多細節，但是相反，她的弟弟布魯卻仍然記得許多你們兩人在黑街裡住發生過的事，夜鶯卻已經忘記了，甚至連怎麼和杜因及你一起去洛倫的事，都已經很模糊，這其實也很反常。」

阿納托利吃驚道：「原來前幾天你說要進行心理治療，還要奧利也替我催眠，就是這個原因？」

花間風道：「不錯，奧利已經是精神力催眠的高手了，他也替你催眠暗示過。但是連他都看不出你受過催眠。我們的記憶被動過手腳，卻完全看不出。如果不是我們一起這麼巧地忘掉了與如此重要的人相處的細節，那就是這個執行催眠的人太過高明。我不知道這和你身分忽然被揭開，然後接回帝國有沒有關係，但是你一定要小心，所以我今天才特意讓阿納托利聯絡你，請你千萬慎重。」

「能做到這種催眠的高手，幾乎已經能催眠讓普通人做任何事了。要知道你的精神力已經是常人無法企及的高度，能夠把你的記憶也動手腳而完全讓你沒發現，實在是太可怕了。」

「你一定要注意身邊的人，哪怕是很信任的人，也要注意。我真的很擔心，最好還是回聯盟來吧，我怕你突然想要回帝國，也是受到意識暗示的結果，有人希望你回去，為了不可知的目的，但應該不懷好意。」

柯夏抬起了眼眸，凜冽冷意幾乎能夠割傷通訊器對面的人：「我不怕，讓他們來吧。」

Chapter 204 淚水

郡王送的小寵物身體完全恢復的時候，已經是十五天後了，花間酒看著醫生帶著助理們將他從治療艙裡撈了出來，安置在檢查床上，仔細檢查過所有骨骼關節和血管，查看過心率呼吸：「一切恢復如常了，這具身體的素質很好，很年輕，恢復得很好，不影響以後的劇烈運動，不過近期還是需要稍微避免過於激烈的運動和訓練。」

花間酒點了點頭，又好奇問醫生：「能在醫學上檢查出複製人身體和自然人的不同之處嗎？」

醫生搖了搖頭：「身體是沒有差別的，許多年前人們就已經能製作出複製人，但是卻無法明白為什麼複製人沒辦法活太久就死亡。後來才發現了精神力，從另外一方面論證了靈魂的存在，沒有靈魂的人造複製人，是無法活太久的。雖說從人體上看沒有任何差別，但就是活不長，智力發育、語言技能等等也都只能憑著本能，雖然有些差異，但都不會和人類一樣。」

「所以說精神力是人類獨有的，但現在又沒有能夠檢測出精神力高低上下限的儀器，人們對精神力的研究還太粗淺了，只能知道有些人的精神力很強大敏感，有些人卻很鈍感。天網是個偉大的突破，如果天網之父羅丹還活著，興許有朝一日能夠製造出檢測精神力的儀器。」

花間酒看了眼還閉著眼睛沉睡的複製人，道：「好的我知道了，謝謝醫生，他什麼時候會醒？」

醫生看了下儀器：「還在深睡眠中，應該還在作夢，半小時後應該可以自然蘇醒。」

花間酒笑道：「複製人也會作夢？」

醫生笑道：「當然會，雖然我們也不知道他們的夢是什麼，嬰兒也會作夢，動物也會作夢的。」

花間酒又看了他一眼，想了下回去找親王彙報去了。

「測試一下？」柯夏有些好笑：「隨你吧，你想怎麼測試？」

花間酒按開了懸浮螢幕：「這是治療室的監控，按時間來說，已經快到清醒的時候了。」

柯夏看了眼床上還躺著的黑髮少年，這麼巧他就睜開了眼睛，他笑了下也來了興致：「醒了。」

黑髮少年幾乎是立刻驚坐了起來，額頭上全是汗，他喘息著，白皙的胸膛上下起伏著，彷彿剛從噩夢中醒過來，睜著眼睛茫然望著前方，然後過了一會兒才彷彿覺察了自己在哪裡，好奇地環顧四周，最後才揭開身上的被子，翻身下了床。修長的身軀上什麼都沒有穿，他將連接在自己身上的醫療導線全都粗魯地扯開了，赤足踏在了柔軟的羊毛地毯上，走路的時候輕悄卻謹慎，身上的肌肉繃緊著，像一頭蓄勢待發的豹子，隨時能夠攻擊或者奔跑。

溫暖的陽光從窗外照進房間，少年站到了窗前，看向外頭滿院的白色薔薇，臉上似乎有些愕然，但是臉上那警惕冷漠的神情似乎緩和了下來，他有些茫然看了下那些薔薇，又轉頭看了下房間裡，發現床頭的椅子上掛著衣服。

他走了過去，非常自然地將那套衣服往身上套去，穿好衣服，扣好鈕釦，套入長褲。

「這就是測試之一。」花間酒有些愕然道：「他甚至不裝一下嗎？複製人是不知道羞恥，不知道需要穿衣服的。我還特意選了有不少釦子的襯衫褲子，你看他的手指，非常靈巧——他甚至還知道先穿內褲，真是……鞋子也會穿，他竟然會繫鞋帶！」

柯夏忍不住笑了：「所以派來我身邊的間諜，會這麼不專業嗎？花間家的專家？你這個測試的目的到底是什麼，他應該不穿嗎？大大咧咧走出外面？承認吧，你其實就是故意想讓他出醜好看熱鬧的吧？」

花間酒被點破了心思有些窘迫，看著黑髮少年穿好了衣服鞋子，然後找了下門，沒有找到開關，那是生物識別的門，於是黑髮少年一隻手撐在陽臺上，毫不猶豫地從窗口翻了出去，站在了花園裡，然後開始十分準確地走向了圍牆。他站在馥鬱的花架下，凝視了一會兒那些白薔薇，然後長腿一蹬，踩著那些花架翻上了親王府的牆頭，然後被電擊無情地擊中，整個身體從牆頭摔了下來，落在了柔軟的草地上。警報聲響起，少年抬起臉來，十分不解地看著那明明空無一物的牆頭，顯然完全不懂自己為什麼會摔下來。

柯夏哈哈大笑：「好吧，這麼可愛的間諜，我還真的有點覺得可愛了，非常有新意。」

只看那黑髮少年捂著肩膀起來，然後這次非常謹慎地換了一處看上去的確空無一物的牆頭，再次助跑，長腿一蹬，翻了上去，再次被無形的空氣牆擋了回來，電擊啪啪一響，又一次狠狠地摔回了地面。這讓柯夏聽著聲音都有些疼了，但那少年臉上茫然後卻滿臉倔強地再次爬起來，換了個地方，謹慎警惕地觀察著牆上的情形，顯然並沒打算放棄翻牆出去，還要繼續嘗試。

柯夏站了起來：「我們出去看看吧。」

柯夏走到院子裡的時候，黑髮少年已經又爬上去然後再次摔了下來，他捂著肩膀，看著那明明不存在任何障礙的牆，臉上冰冷桀驁不服輸，雪白的襯衫上已經沾滿了青苔和塵土，頭髮上甚至還有著幾片薔薇花瓣。

柯夏站到了少年身旁，笑著伸手去拉他：「怎麼了？你想出去？」

黑髮少年抬眼看到他，整個人好像忽然愣住了，柯夏仍然笑著道：「那裡是裝有電擊防備安保設備的，你想出去，我可以帶你出去啊……」他話還沒有說完，卻忽然打住了，因為之前原本聽到聲音臉上有著警惕戒備神情的少年看到他，忽然眼圈發紅，伸手一把抓住了他伸出的手，站了起來，然後整個人順勢就撲進了柯夏的懷裡，張開雙臂，緊緊抱住了柯夏。

所有人都被黑髮少年這一舉動吃了一驚，花間酒已經迅速拔槍對準了黑髮少年的頭，但被緊緊抱著的柯夏轉頭對他搖了搖頭，少年比柯夏矮，這樣緊緊抱住他的時候，頭正好垂在了他的肩膀上，他感覺到了肩膀的溼意，他在哭？

柯夏有些愕然，卻又意味深長地笑了，反手輕輕拍著那少年略顯單薄的背：「怎麼了？哭什麼？你認識我？」

熱而燙的淚水彷彿更洶湧了，柯夏今天軍部無事，在家批改公務，只穿了件薄薄的麻質襯衫，他無奈地感覺到這襯衫恐怕要皺成一團了。但少年抱著他的手臂太過用力，珍重而急切，他甚至能感覺到少年的心跳聲，怦怦怦的急促極了，穿過薄襯衫貼在他的胸前，彷彿就這樣緊緊抱著他，是一件渴望已久熱切激動的事情。

這樣的感覺還是第一次，柯夏感覺到有些新鮮，這小間諜是什麼新花樣？他反手抱著他了一會兒，然後從他的頭髮輕輕撫下背：「你叫什麼名字呢？你以前認識我嗎？」

「邵鈞。」有些哽咽的聲音從肩膀上傳來。

鈞？軍？還是君？他和花間酒交換了個眼色，神情冰冷，但聲音仍然極盡溫和：「邵鈞嗎？你叫邵鈞？你會寫字嗎？你聽得懂我說的話嗎？」

少年微微抬起頭，露出溼漉漉的眼睛，長而黑的睫毛已經被打溼了。他對著柯夏搖了搖頭又點了點頭，嘴巴張了張，卻又說不出話來。

柯夏十分耐心：「是能說能聽，但不能寫嗎？」

少年抬起頭來，又有些迷惑地搖了搖頭，但整個人看著柯夏的樣子，彷彿極之信任和眷戀，即使有些依依不捨地離開了柯夏的懷裡，但仍然抓著柯夏的手。柯夏笑了下：「那我們就叫你邵鈞了？」

少年點了點頭，柯夏問：「你認得我？」

少年睜大眼睛有些茫然，柯夏繼續問：「你是哪裡人？為什麼變成複製人？怎麼會到柯希郡王府那裡呢？你為什麼會掌握格鬥技巧？」

少年滿臉更茫然了，彷彿全然沒聽懂，茫然地看著柯夏，這時候他肚子咕嚕一下，響了起來，他低頭摸了摸自己的肚子，柯夏笑了：「來，我帶你去吃東西。」

他轉頭吩咐花間酒：「讓人送餐過來。」他又看了眼邵鈞肩膀上蹭髒的襯衫：「再拿治療儀來，他肩膀應該受傷了，還有拿一件新的襯衫來。」

花間酒心領神會。過了一會兒，治療儀送來，柯夏親自拿了治療儀替邵鈞嗡嗡的將摔青的肩膀治療好了，又替他穿上衣物，彷彿極為寵愛一般：「好了，我們去吃東西，你喜歡吃什麼？」

邵鈞茫然搖著頭，但是喉嚨已經不由自主地上下吞咽著，彷彿在吞口水，他彷彿能聽得懂別人的話，但自己不太會說話。卻能準確說出自己的名字，彷彿那名字是刻在他大腦中，和本能一般。

柯夏笑了下，牽著邵鈞的手到了餐桌邊，寬大的餐桌上什麼都有，雪亮乾淨的餐碟旁，排著各式各樣的餐具，然後他們就看到邵鈞十分嫻熟地抓起了一雙筷子，準確地夾起了桌子上的一大塊牛排，塞進了自己嘴裡。

牛排鮮嫩多汁，他吃得很開心卻又飛快，似乎許久沒有吃到這麼好的食物。他一直很專心，吃得很急，但是雖然急，他卻腰背挺直，手腕穩重，一滴汁水都沒有濺到外頭。

他顯然很喜歡吃肉，其次是蛋，但是他也沒有放過青菜以及水果，那雙靈巧的筷子在他手裡分外好用，大如牛排、豬肋骨、羊腿，小如青豆，甚至連滑溜柔軟的甜點布丁，他都非常輕鬆用那兩隻筷子夾起來準確無誤地送入嘴裡。最後他幾乎將桌子上的所有菜肴全吃了。

那是相當大分量的餐食，他彷彿餓了許久一樣一直在吃，直到最後終於慢慢緩了下來，然後將筷子放下，有些難過地按了下自己的肚子，又有些無措地看著還剩下的雞蛋、羊肉，他轉頭看著他們，雙眼彷彿幼獸一般無辜茫然。

柯夏又笑了：「你吃太多了，別吃了。你身體才剛剛恢復，小酒，快去拿消化的藥來。」

他今天實在笑得有點多，但是這小間諜真的太好笑了，他實在太想知道這小間諜要做什麼了！如果說是為了引起他的關注，他還真的成功了，這麼別具一格的方式，很有意思。

花間酒則如作夢一般地走了出去，他真的只是隨手放了筷子進去，但至今除了他們花間族人，他沒有見過其他人用筷子用得這麼好的！他還黑髮黑眼！難道這人是花間一族的？

他拿了消化的藥回來，柯夏放在手裡，彷彿哄孩子一般的哄他：「張開嘴來，啊，像我這樣，啊……」

原本像一頭野獸一般冰冷戒備的複製人，真的張開了嘴巴，等柯夏將藥丸放入了他的嘴裡，柯夏拿了杯子餵他水，看著他吃下去後，才又道：「出去走走，你需要走走消化，下次不要吃這麼多了。」

邵鈞點了點頭，意猶未盡又看了桌上的食品，彷彿有些惋惜，卻帶著克制，柯夏忍俊不禁，拍了拍他的手：「還有很多，等你餓了還會有的，嗯？」

邵鈞站了起來，柯夏拉著他的手道：「走，和我出去散步，我帶你看花去。」

柯夏從來沒有這麼悠閒地走在開滿了白薔薇花的花園裡，其實自他回來以後，幾乎沒有在王府裡閒逛過，他不敢承認他其實害怕，他所有親人都死在這裡，每一寸土地每一朵花上，都彷彿滴過他親人的血，這對他是折磨。

但是今天他全副心神都在這個笨拙而別開生面的間諜身上，這個叫邵鈞的間諜，似乎也非常喜歡白薔薇花，他伸出手去撫摸花瓣，又低頭去嗅那清香，然後坐在長椅上很喜悅地踩著草地，還去摩挲細草，柯夏甚至懷疑，如果不是礙著他和花間酒在，他恐怕會在草地上打滾。

邵鈞沒有坐著多久，一下子又走到了湖水邊去看噴水的獨角獸和女神像，盯著水中的倒影一會，又忽然轉頭看向柯夏，遠遠對他露出放鬆的微笑。然後又繼續他像是在認識新世界一般的遊戲，摘下葉子放到嘴巴裡嘗味道，伸手去撫摸花蕊裡的蜜蜂，抬眼去注視天上的太陽，簡直就像一個從來沒有出門的孩子，對廣闊的大自然，無盡的世界充滿了好奇和喜悅。

其實邵鈞只是本能回應了來自靈魂的渴望，那具機器人身體永遠都沒有感受到的那個世界，他終於看到了，摸到了，聞到了。即使他什麼都記不得了，但是他仍然由衷喜悅，這種眉眼都掛著發自內心微笑的喜悅極具感染力，就連柯夏一時也覺得這樣的夕陽著實有些美好。

等夜幕降臨，柯夏帶著邵鈞回到了房內道：「我要去審批一下軍務，你自己玩。」

他走進書房，轉頭看到邵鈞也跟著他到了書房，柯夏腳步一頓，原本想讓他出去，但抬眼看到他睜著一雙漆黑眼睛好奇的東張西望，準確地就站到了那面掛著各式各樣勳章以及薔薇之歌的牆前，幾乎是驚嘆一般的看著那些亮閃閃的東西。

柯夏便也由著他，自己在桌上拿了花間酒送過來的文件，一邊將剛倒好的咖啡喝了一口，隨手放在一旁，埋頭批閱文件。

然而過了一會兒他就感覺到了有人很輕地走到桌子旁，將喝了一半的咖啡杯拿了起來，放到了桌角一側，遠離文件。

他抬起頭來，十分驚愕看著邵鈞：「你動杯子做什麼？」

邵鈞顯然也被他嚇了一跳，但臉上一片茫然，似乎也不知道自己為什麼這麼做，他只是看到那個杯子，就覺得應該拿開。

柯夏意識到自己反應有些過激了——但是，剛才那一瞬間，他以為是杜因。

他看書或者批閱文件的時候，經常會打翻茶杯、咖啡杯、牛奶杯之類的東西，後來每次他伏案做什麼的時候，杜因都會過來悄無聲息地將他的杯子挪開，遠離他的手臂，以免打翻弄溼桌子。自從杜因不在之後，他是不允許其他人進出書房的。之後他又打碎了不少杯子，當然也沒人和他計較就是了。

一時他有些心浮氣躁起來，沉下臉來對邵鈞揮了揮手道：「你出去，到外頭隨便走去。」

邵鈞臉上一陣迷惑，但還是看懂了他的手勢，似乎對他的忽冷忽熱有些迷惑，柯夏按了下鈴，叫來了花間酒：「你帶他出去，安排個房間給他住，教他洗澡，換衣服。」

花間酒問：「住哪裡？」

柯夏道：「內院隨便找個房間。」

花間酒點了點頭，帶了邵鈞出去，然後帶他進了一個房間，開始一一教他各種設施使用，等教完後抬頭問他：「好了，你試試看洗個澡吧？」

邵鈞點了點頭，臉上已經收起了那種放鬆的表情，而是對新環境小心翼翼的戒備和慎重。兩人相對了一會兒，花間酒終於感覺不太對，試探著問：「你要自己洗？」

邵鈞眉毛一揚，臉上顯然寫著：不然呢？

花間酒忽然感覺自己有點白痴：「那我走了？」

邵鈞十分高冷地點了點頭，伸手指了指門外，示意他出去。

花間酒看著這神情高冷的黑髮少年，感覺到一陣不可思議，剛才這人在元帥跟前不是又溫順又乖巧，要他做什麼都聽話嗎？怎麼一到自己跟前，就有一種隱隱居高臨下的壓迫感？自己倒像是服侍他的僕人。

這根本就是裝的吧！我看你裝到什麼時候！花間酒憤憤不平地走了，不肯承認自己當時也有一絲想要帶寶寶、教寶寶的教導欲——本來很普通的菜，看著他吃，好像都更有胃口了些。

第二天清晨，又是一夜失眠的柯夏起身，滿心煩躁出門要去軍部開會，上車的時候看到花間酒，忽然想起邵鈞問道：「那複製人呢？」

花間酒翻了個白眼：「不知道，送去房間教他使用設備後我就走了。」

柯夏道：「你沒看著他會不會？」

花間酒道：「那房裡裝了監控，我看了下一切正常，雖然好像不太熟練，但是好歹洗完就穿了睡衣睡覺了，剛才出來的時候我看了一下，還在睡。我已經交代過護衛們了，白天讓他在院子裡隨便走，看看他到底想做什麼。」

柯夏道：「真是比我們過得舒服啊。」

花間酒沒好氣：「親王殿下，你也可以不去上班的，您如果在聯盟，說一不二，多得是人替你分憂，哪裡像在這裡遍地都是假想敵，一刻不能放鬆。」

柯夏笑了下，昨晚那些噩夢又湧上了心頭，他看向窗外，怔怔想著，昨晚似乎又夢見了杜因。花間酒還在說話：「陛下今天不會又帶你去教堂吧？」

柯夏道：「他曾經是教會大祭司，自然是對那個有興趣。我經常進宮都遇到教會唱詩班的，陛下愛聽他們彈著豎琴唱詩消遣，還經常拖著我一起，我在一旁聽著只覺得昏昏欲睡。」

花間酒哈哈大笑：「你不會真的睡著了吧？」

柯夏道：「怎麼可能，誰知道他們想做什麼，肯定不能睡。」

等到傍晚回來，他問在家負責的花間琴：「怎麼樣？那個小複製人。」

花間琴皺著眉：「早晨吃過飯之後他想要出去，尤里當值，沒讓他出去，不知怎的和尤里打了一架，後來我趕到喝止他們分開了，然後他就自己在宅子裡亂走，我也沒管他，除了吃飯和房裡，他先在健身房待了一陣子，虛擬中控教會他怎麼使用設備以後，他自己在跑步機跑了一會兒步……」

柯夏笑了：「他和尤里打架？尤里輸了吧？」

花間琴笑道：「看不出來，反正兩邊都不太高興的樣子，互相瞪著的樣子都像小孩子，看上去誰都沒討到好處，不過兩邊都沒受傷。」

柯夏點了點頭：「那就是還是留了手，不然尤里非死即傷。」

花間琴眼睛一彎：「殿下您可給尤里留點面子，別說了，要是他聽見了，一定會跟那孩子鬧個沒完。」

柯夏不以為意：「他現在在哪裡？」

花間琴道：「他現在在一樓的娛樂室。」顯然還是對他嚴密監控中。

柯夏一怔：「娛樂室？」花間琴提醒他：「就花園旁邊的那間，整面牆都是玻璃的，應該是讓孩子玩的地方。一開始他還會玩玩具，後來就在看繪本了。」

柯夏忽然反應過來，那是自己和妹妹的遊樂室，回來後他一直沒有走進去過，他脫了外套，嘲道：「這是扮演孩子上癮了嗎？」但百無聊賴，且去消遣消遣逗個樂子。

他換了便鞋走到了樓下遊樂室裡，看到邵鈞躲在書架角落裡，盤腿坐在羊毛地毯上，拿著一本書，一頁一頁的翻開，然後，他聽到了許多年前熟悉溫柔的聲音：「床、桌子、椅子、爸爸、媽媽、妹妹……」

他站住了，他知道那是他和妹妹的識字本，他學了以後就輪到妹妹學習，是由南特王妃親自錄的語音。他眼前清晰地出現了那本識字本裡頭的內容，每一頁，甚至連上頭的畫是什麼顏色，蝴蝶是什麼花紋，都記得清清楚楚。

柯夏走了過去，蹲下來坐在邵鈞身旁，看著他一頁一頁地翻完了，然後抬起頭來看到他，眼睛立刻帶上了笑意，彷彿真的看到他是一件喜悅的事，他拿了那本書又翻開給他看，張嘴跟著讀：「床、桌子、椅子……」

他看向柯夏，彷彿在等待讚許，柯夏終於將胸口那點熱意壓了下去，開口說話：「自己在學說話嗎？都學會了？」他看了旁邊那厚厚一疊的繪本，每一本都是當初母親錄的語音，每一個故事，他都記得。

邵鈞點了點頭，又側了側頭叫他：「夏。」

柯夏笑了下：「柯夏，柯——夏……」

邵鈞照著說話：「柯夏。」

柯夏問他：「吃飯了嗎？」

邵鈞搖了搖頭，又指了指架子上擺著的玩具。

柯夏抬頭，看到是他的玩具機甲，完全按真正機甲比例縮小製造，柯夏道：「你喜歡？」

邵鈞點了點頭，柯夏上去拿了下來打開，拿出了手動鍵盤，打開了能源開關，小機甲的眼睛亮了起來，他操作著鍵盤做了幾個動作，邵鈞眼巴巴看著，柯夏便教他：「你說，我想玩，求你給我玩？」

邵鈞道：「我想玩。」

柯夏逗他：「然後呢？」不求我？

邵鈞一雙漆黑的眼睛就這麼看著他，既執著又有些委屈，柯夏憋不住笑了，將鍵盤遞給他，又打趣他：「不給你的話，你是不是還要和打尤里一樣來打我？」

邵鈞根本沒理他，如獲至寶，拿鍵盤過來試了一會兒，忽然就手指如飛，操作起那機甲動起來，噠噠噠，機甲單腿跳起舞來，舉高腿旋轉，小跳，大跳，翻筋斗，柯夏忍不住笑起來：「你還真有天賦。」

這人根本不是複製人吧？這麼多的漏洞，但是他就這麼毫不遮掩，坦坦蕩蕩，卻偏偏還要扮幼稚，渾然天成，到底是什麼目的？

邵鈞看到他笑也高興，興致勃勃繼續玩個不停，柯夏看著那小小機甲，想起了這是舅舅送給自己的玩具，之後都是由父親親自教著自己操作。

他靜靜坐著，心裡忽然覺得很安寧。自從他回到帝國，踏進白薔薇王府以後，這裡對他來說就是個透不過氣的地方，壓抑，恐怖，陰森，他每一夜都失眠，他每一刻都覺得活著的自己是罪孽，父母親和妹妹彷彿都在呼喚他一起往地裡去，而生活又太過厭煩無趣，枯燥孤獨，以至於那種已經許久沒有的，希望自己安息的念頭，又湧上心頭。

但是現在，那些曾經在這間房子裡的溫暖生活細節忽然重新回來了。母親一個一個詞教著自己識字，讀著冗長的詩歌給自己聽，彈奏豎琴給他和妹妹聽，父親和自己一起打遊戲，教自己劍術，教自己馬術……

他的父母，絕對不會希望他輕生，他們曾經以最豐沛的愛來養育他，這房子裡每一處，都是愛的證明。

夕陽透過玻璃照在雪白長毛地毯上，曾經那些舒適溫和的感覺也回來了，柯夏靠在長毛地毯上的軟墊上，看了一會兒機甲噠噠響，長期失眠帶來的精神睏倦又漸漸湧了上來，不知不覺就睡著了。

這一覺很是漫長舒適，柯夏再次醒過來的時候，發現天已經全黑了，自己身上蓋著羊毛蓋毯，然後那黑髮少年也蜷縮著身子靠在自己背後，一隻手搭在自己腰上，是一個擁抱他的姿勢。他睫毛長長閉著，呼吸平穩悠長，睡得很是恬靜安寧。

柯夏轉頭凝視了他一會兒，起身坐起來，邵鈞卻立刻就睜開了眼睛也翻身坐了起來，一雙漆黑的眼睛裡滿是警惕，瞳孔緊縮，是一個飽受驚嚇精神緊繃的表情，柯夏伸手按住他立刻就要躍起的肩膀：「沒事，這裡安全。」

邵鈞看到他，彷彿才慢慢想起來自己在什麼地方，然後臉上那緊張的神色才放鬆了下來，對著柯夏露出了個微笑。

柯夏問他：「肚子餓了沒？」

邵鈞低頭摸了摸，道：「餓。」

柯夏點了點頭，帶著他去了餐廳，看著他繼續胃口很好的吃著東西，彷彿從來沒有吃過這麼好吃的東西一樣，但是仍然和之前一樣，即便吃得很急很快，仍然還是腰杆筆挺，夾菜俐落，餐盤乾淨，沒有失禮之處。如果廚師在，只會高興覺得自己的辛苦得到了尊重和愛惜。

他就像是教養很好的家庭出來的孩子，眉目安靜，舉止簡便，雖然開始學會說話，卻不嘰嘰喳喳的吵鬧，雖然似乎真的很想要親近柯夏，又並不是煩人的黏糊，他是真的滿身破綻的在裝呢？還是人被故意弄成這樣的？

用完餐，柯夏看他回了房間，找了花間酒來，翻看自己睡著的監控，花間酒道：「因為您在，沒有您的交代，監控我們不敢安排人看著，只是保存備份了。」邵鈞身邊是安排了隱形浮游監控探頭，但他們可不敢監控柯夏。

柯夏道：「沒事。」他先拉了下影片進度，看早晨邵鈞果然是吃過早餐，便穿過了花園，想要往外走，被尤里攔住了，邵鈞臉色有些不高興，尤里卻說了句話，然後邵鈞一拳就過去了，兩人這就打起來了。

柯夏將影片聲音打開，倒退了下，清晰聽到尤里說了句：「再不老實把你關籠子裡。」

然後黑髮少年臉色瞬間就變了，眼睛一瞇，毫不猶豫一拳就往尤里肩膀衝去，尤里完全沒有來得及躲閃，齜牙咧嘴又氣又驚，顯然也料不到他居然聽得懂，更想不到他還敢動手，兩人很快就打起來了，旁邊的護衛們紛紛上前，卻都是一副看熱鬧的樣子，直到花間琴跑過來喝令將他們拉開。

柯夏看著他們倒像是看兩隻幼豹打架，忍不住又笑了：「花間琴這是偏心，哪裡是沒有輸贏，這全是尤里被按著打，邵鈞一點沒挨著。這也已經算是留手了，你沒看到他格鬥場上那乾脆俐落的狠勁，真要殺他只需要一分鐘。哈哈哈，我看護衛隊裡也就看著尤里挨打，你們是不是對尤里不太待見？」

花間酒有些尷尬：「他原來是霜鴉那邊的人，護衛隊裡少不得有人覺得他是那邊安插過來的人，也可能是以前就看不慣，畢竟第二軍團第三軍團積怨深得很……一時半會也還消不掉，不少人還是覺得你是被霜鴉排擠走的。」

柯夏搖了搖頭笑道：「下次不許這樣了，傳令下去一人罰一個月的績效獎金。」

花間酒應了，柯夏又快轉了一下影片，果然看到邵鈞在別墅裡閒逛，進了健身房裡，好在那裡的中控服務不錯，放了指導影片給他看，他很快就上了跑步機，跑了……十公里，這真有些咋舌了，然後又看著他下了跑步機，每個設備都試了幾下，似乎覺得有些無趣，又走了出來，閒逛到了娛樂室，然後拿起幾個玩具玩了玩，就被開放書架上花花綠綠的兒童繪本吸引了注意力，一頭蹲在羊毛地毯上一動不動看到了傍晚，直到柯夏回到家，低頭和他說話。

影片裡頭看，自己看著他的神情其實有些居高臨下的調弄和不懷善意的戲謔，但是邵鈞似乎完全沒有意識到，抬眼看他的神情總是有些遮掩不住的笑意，眼睛亮晶晶，那種迫不及待的渴望以及不由自主的笑容，從影片裡看來實在太過明顯，如果是演技的話，真是登峰造極，誰能想到半天前他還和人打了一架，額頭上尚且還有些青印。

柯夏默默地想，就看到影片裡的自己坐了一會就睏倦靠入柔軟靠枕上，睡著了。原本黑髮少年還在興致勃勃地玩著機甲，過了一會兒忽然發現他睡著，立刻將吵鬧的機甲關了，輕手輕腳拿了旁邊沙發上的羊毛毯替他蓋上，居然還替他捋了捋頭髮，凝視著睡著的他好一會兒，才默默地拿起另外一本書看起來。

過了一會兒他似乎也睏了，打了個呵欠，然後非常自然地靠到了柯夏身後，隔著羊毛蓋毯從背後抱著他躺下，將臉埋入了金髮中，閉上眼睛，幾乎立刻就睡著了。更神奇的是，過了不久，睡夢中的自己居然也轉了轉身子，翻過身子來，將自己更靠近少年的懷抱，甚至還用頭蹭了蹭他的懷裡，找到了一個更舒適的位置，少年睡夢中還拍了拍他的肩膀，嫻熟之極。

柯夏幾乎感覺到了窒息，完全不明白自己居然能在這個嫌疑這麼大，滿身破綻的複製人身邊睡著，他更不明白這個複製人，是怎麼能夠這麼自然熟稔地親近自己。難道是熟悉的娛樂室及母親的聲音，讓自己感到了放鬆？還是因為自己多日失眠，神經衰弱，太累了？

花間酒小聲道：「我想問問族長有沒有可能查得到他，他有點像我們花間族的人，黑髮黑眼，用筷子，刺殺很敏捷。我想把他的相關影片傳去給族長看看，您看可以嗎？」

柯夏目光落在影片中，橙紅色的夕陽下，少年自然地將頭挨著他，手臂伸長攬著他恬靜睡著的樣子，點了點頭道：「查。」

Chapter 206 塵封的往事

柯夏親王寵愛一個複製人的消息不脛而走，很快連宮裡的皇帝都知道了。

柯樺甚至邀請他帶寵物進宮：「雖然我不喜歡複製人，但是哥你喜歡，就帶來吧。」

柯夏懶洋洋道：「什麼都不懂的，進宮怕犯了忌諱，也就逗著玩罷了，算了等我再教一教。」

柯樺大笑：「柯夏哥你可真是太閒了，複製人有什麼好教的？今天下午茶帶進來看看吧？」他靠近柯夏，兩人同樣都是金髮碧眸，又穿著華貴的皇室禮服，一人聖潔如月，一人卻熾熱如驕陽，兩人在一起簡直猶如雙星一般過於奪目，一時之間連侍奉的女官們都忍不住偷眼看著他們兄弟。

柯夏也不堅持：「好吧，今天又有無聊的下午茶了？」

柯樺無奈道：「這也是必要的社交活動啊，多少人希望能參加皇室每週一次的下午茶呢，主要是讓大臣們交流。你也多和大家熟悉交流，我聽說人人都說你太過沉默了，連淑女們想要邀請你跳舞都不敢呢。」

年青英俊的皇帝忍不住對他擠了擠眼睛：「你知道他們在外頭說我們是什麼嗎？說我們兄弟是皇室雙星呢，不少長於風月的貴婦們互相賭鬥，看誰能博得你我任何一人的青睞。你可是名聲在外，據說當年聯盟元帥之女為了你神魂顛倒，就連風靡全球的歌后夜鶯傳說也為你迷醉當眾告白。」

柯夏興致缺缺道：「都是流言罷了。柯葉和柯楓下午也來嗎？他們倒是老實了很久。」

柯樺道：「打擊比較大吧，或者可能在密謀什麼，你在軍部小心些。」

柯夏道：「軍部這邊沒什麼大事，接下來會比較閒。」

柯樺道：「最近西部有點不太平，哥你太閒的話，不如去巡察一下吧，也是散散心，教會那邊回饋說有邪教女巫出現，似乎在蠱惑農奴。」

柯夏懶洋洋道：「好啊。」他長長的睫毛落下來，擋住了眸子裡的冷光。

他將軍部的事稟報完後就上車回王府，順口交代花間酒：「讓小琴準備，下午我帶邵鈞進宮參加下午茶。」

花間酒一怔：「他這個樣子，進宮會被人發現異樣吧？完全不像複製人啊。」

柯夏道：「陛下叫我帶去的，總關著怎麼讓人發揮。總得讓他們有個施展的機會，到時候我會讓他一個人待著一段時間，你讓小琴在他身上裝好隱形監控。」

花間酒看他語帶嘲諷，忽然不由脊背一涼，這幾日看著柯夏對他極盡榮寵，邵鈞性情又頗有些單純可愛之處，他差點以為柯夏對他頗為憐惜，沒想到仍然如此理智冷漠，一個身上帶著項圈的複製人，在沒把複製人當人的帝國貴族茶會上落單，那幾乎就表示著任何人都可以對他做任何事，假如這個邵鈞不是間諜的話……他想起之前在格鬥臺上見過的鈞，心裡有些複雜。

但他還是低聲應道：「遵令。」畢竟連元帥的女兒也被他玩弄在股掌之間啊，他現在倒希望這個叫鈞的少年，如果真的心懷惡意，不如早日敗露的好，否則等待他的一定是非常悲慘的命運。

花間風很快就回應了。他接到了花間酒的彙報以及傳過去的影片，覺得有些蹊蹺，又打了電話過來：「雖然說會用筷子又是黑髮黑眼，的確有些像花間族的人，但是我反覆看過影片以後……」花間風微微有些茫然地問柯夏：「你不覺得……他有些像杜因嗎？」

柯夏一怔：「怎麼會像杜因？相貌完全不像，除了都是黑髮黑眼。」

花間風也遲疑了一會：「不知道，很大部分是直覺，但是我拿花間酒傳過來的影片做了些分析。」

他先快進按了下邵鈞跟在柯夏身後的樣子：「就這個瞬間，我覺得很像杜因從前跟在你身後的模樣。這很難解釋，說老實話，我甚至發現我開始淡忘杜因的樣子了。照鏡子的時候想到杜因原來是我這個模樣嗎？就忍不住匪夷所思，甚至覺得一點都不像，但是剛才看到這個場景，我有一剎那的熟稔，感覺像是杜因。」

「當然，最重要的是這個影片，他在玩手動機甲，彷彿完全無師自通。這對於複製人來說根本不可能，手動機甲需要非常繁瑣的命令學習，複製人沒有智力，沒有學習的能力，只有本能。可是，小雪看到這個影片非常吃驚，她說親眼見過杜因玩手動機甲，親眼見過他操縱機甲做出這個動作。我聽說他也和你一起駕駛過雙人機甲，他是用手動操縱機甲吧？」

他又翻出幾個對比影片來播放：「因為這點懷疑，我做了一些分析，你看。」

他先按下了之前的在病房裡，邵鈞單手撐著乾脆俐落翻過窗臺的瞬間：「這裡，這幾天我把杜因做我替身時候拍過的電影都拿出來看了，這個動作，還有之前花間酒把他格鬥發來的照片也給我看過了，這些動作和他拍動作戲時候的電影我拿來做了個對比，很相似。不知道是不是他在模仿杜因。」

影片裡打扮成勇者的邵鈞正單手撐著乾脆俐落地翻過一個岩脊，然後躍下了一個深淵內。「正好我前陣子也在看關於杜因的影片，看到他這個單手撐著翻越的動作也覺得有點眼熟……」

「他跳下去做什麼？」柯夏忽然打斷了他的說話。

花間風怔了下抬頭：「那時候我掉落峽谷裂縫，他跳下去救我。那一次真的很驚險，如果沒有他，我必死無疑。」這正是他懷疑起自己記憶被動手腳的原因，杜因對他來說是救命恩人，哪怕他只是個機器人，聽從主人的安排，但救了他的命依舊是事實，為什麼他會完全不在乎這個機器人被摧毀，遲遲沒有重做出來的事？阿納托利和霜鴉他們只以為杜因是去執行任務了，他卻知道杜因是機器人，在攻擊元帥府的炸彈裡被摧毀了。

柯夏看著影片右上角的時間，茫然抬起頭看著花間風：「我不知道這件事——看時間，這是我在山南中學讀書的時候，那時候他正在當你拍戲的替身。原來他做過這麼危險的事？」

花間風和柯夏對視了一會兒：「你問過他嗎？」

柯夏搖頭：「沒有，我在念書，他每個月會給我學費，我不知道他在做什麼，我只知道他出去打工……」

忽然意識到年輕的自己好像有些混蛋，柯夏接著解釋：「我那時候太年輕，一心只沉浸在自己的委屈和憤怒上，沒有注意他具體怎麼賺錢，好像都是去碼頭扛箱子、運貨之類的，機器人不會累，不是嗎？」

花間風愕然道：「去扛貨？柯夏，你知道維持一個智慧型機器人的金錫能源多少錢嗎？沒有人會讓高端智慧型機器人做這種耗費能源的事，這是隨便一個普通能源機器人就能做的事！他去扛貨，是絕對無法滿足他自身的能源需求的，所以這才是他來應聘替身的原因吧？他是黑戶還是機器人，沒有身分證，只能做這種零工，再加上我給的錢多，雖然我已經記不太清楚當時的細節了，但是理論上他入職應該是體檢過的。話說回來，當初的體檢報告是假的吧！」

柯夏臉色蒼白，花間風看向他：「你在山南中學讀書，那是私立學校啊。雖然你有獎學金，但是私立學校裡頭還是有很多地方要收費吧？你的生活費開支不小吧？你還記得具體的事情嗎？」

柯夏抬起頭：「所有在山南中學的事都很清楚，細節清晰，我甚至還記得每一個教師的面容，同學的名字，但是我卻完全忘記了杜因當時在做什麼，只有一個朦朧朧的印象是在打工賺錢，包括之後生病之後的事……他好像在我身邊陪伴了很久，但是我卻幾乎全忘記了細節，我從前以為是重病讓我忘記那些痛苦的時光，現在，我……不確定究竟是我當時確實就沒有在意過他，還是真的忘記了。但是他當時轉給我錢，應該還可以查到資料。」

他伸手插入金色的頭髮內，按住自己的頭，陷入了混亂，對自己的記憶產生了深深的懷疑。

花間風搖了搖頭：「這些都不重要，重要的是，智慧型機器人能自己決定做這麼多事，並且完全沒有經過主人同意，甚至沒有知會過主人嗎？」

花間風看著柯夏：「是誰想要讓我們忘記他？為什麼他被摧毀？為什麼你再也沒有重新製作出過他？你也一直在懷疑吧？但是，是不是你自己會迴避正視這個問題？和我一樣，我無法專注集中精神在這件事情上。我們家族的精神力鍛煉方法是苦修，這導致了我們的精神力特質細膩且高度專注，任何外物很難轉移我們的思緒。但是我早已發現我在思考杜因的問題時，經常會不由自主分心去處理別的事情，彷彿永遠總有事情比杜因更重要。這不正常，我被下了暗示，下意識在迴避這個人的特殊之處。」

「現在我只梳理出了一個關鍵的時間點，夜鶯的演唱會。被模糊記憶的幾個人，我可以確認的有你、我、奧涅金總統、霜鴉、古雷……包括傑姆，這些人都和夜鶯在一起，唯一的一個共同點，就是夜鶯的演唱會，我們都受邀參加過夜鶯的天網演唱會。我只能推測出我們很有可能是在這個時間點被集體催眠和暗示了。」

柯夏按住了頭。杜因沒了，這事讓他很憤怒，但是他只是專心在想辦法恢復他，卻沒有還原過去。然而這一刻卻有人告訴他，杜因還做過許多事，有人在刻意讓他們忘記他，甚至很有可能就是摧毀杜因的幕後黑手！

可是他想不起來了！

花間風看著他的神情道：「你不要試圖強行回憶了，這對你的精神力會造成損害。你別著急，我最近正在慢慢梳理杜因的事，我正在尋找和杜因接觸過的人，梳理他的時間線。雖然經常被打斷，但是我發現一部分人並沒有忘記他，我正在逐步做記憶對照，試圖還原過去，你別著急。現在的關鍵是你身邊出現的嫌疑人，他在模仿杜因，他很危險。」

他深思著看向柯夏：「是不是你其實也感覺到了，所以才破例對他這麼好？明明是個很可疑的人，你卻放他在身邊，還大張旗鼓的寵愛他。」

柯夏漠然道：「這些都是很普通的格鬥動作，相似是很正常的。寵愛他本來就是故意的，想引出他身後的人，想看看他這樣假裝到底是想做什麼，但是我並沒有覺得他像杜因。」

他冷了眸子：「杜因是獨一無二的，沒有人像他。」

花間風微微一嘆：「我想辦法查一下你們說的天網裡的那個鈞吧，他是在俱樂部的時候認識你的嗎？我讓霜鴉和艾莎查一下吧。」

柯夏道：「好，查出什麼告訴我。」

花間風道：「你還是小心點，或者我找機會去帝國吧，還是陪著你好點。」

柯夏搖頭：「不必，你還是陪著阿納托利吧，我怕特意調我來帝國，其實還是想要圖謀聯盟。阿納托利需要你，我這裡有花間琴和花間酒足夠了。」

花間風仍然憂心忡忡：「我儘快查，他如果是模仿杜因的話，顯然很瞭解你，你要提防。」

柯夏嗤笑了下，忽然拿出一個小小的銀釦給他看：「你知道這是什麼嗎？」

花間風一怔，柯夏亮了亮那個釦子：「柯希郡王派人送過來的，這是複製人脖子上項圈的控制釦，指紋輸入後只有主人能夠控制，可以隨時查看植入複製人身上的定位地點，只要我的手指輕輕一動，就能讓他窒息，或者電擊他，讓他痛苦不堪，讓他永遠告別世界。」

花間風表情難以言喻，柯夏嘲道：「這是他自己遞到我手裡的把柄，我不管他是哪裡派來的人，這個控制器在，他隨時都會被我控制，他既然選擇了複製人的角色，就要承擔他的生死操縱在我一念之間的可能。你完全不用擔心。」

花間風滿臉複雜：「好吧，不要掉以輕心。」

柯夏揚了揚下巴，掛斷了通訊器，將又在手裡玩了一下那個銀釦，輕輕笑了聲，眸光卻漸漸變冷，模仿杜因？是誰在讓他忘記杜因？是誰又派了這麼個模仿杜因的人來？

他會找出來的。

掛斷了通訊，他走出加密機要室，穿過長長的走廊，看到花間琴正指揮著女傭在日光下給邵鈞穿禮服，那繁複的蕾絲絲巾顯然讓他不適，他正在有些不安地扯鬆，露出裡頭的黑曜石項圈。想來那項圈上的寶石，是和複製人的眼睛一致的。

他走過去，臉上含笑，眼眸卻隱含著戲謔：「這是在做什麼？」

花間琴道：「不是您說要帶邵鈞去參加宮裡的下午茶嗎？」她又看了眼，拿了個同樣黑曜石的胸針往邵鈞衣襟上扣去：「可以了，你怎麼又把絲巾扯歪了？這絲巾是遮項圈的。」花間琴和花間酒一樣，其實對這個同樣黑髮黑眼的少年都有一點好感，因此雖然在嚴密監視的同時，也都不由有些同情他的遭遇和甚至沒有人權的卑下身分，並不希望他在茶會上被人侮辱。

柯夏這才想起來：「哦，陛下聽說我很寵愛一個複製人，很好奇，要我帶進宮裡去玩。」他走上前，伸手去緩緩調整他的領口絲巾，邵鈞原本臉上有些不耐，但柯夏過去替他整理，他立刻就安靜下來了。柯夏將他的絲巾整理順，輕輕撫摸了下他的項圈：「你想把這個取下來嗎？」

邵鈞有些茫然看向他，似乎不解，柯夏一隻手指又輕輕摸了下那黑曜石，嘴角含上了諷刺的微笑：「黑曜石的寓意是不再流淚，永遠幸福。你戴著很好看，和你的眼睛一樣，閃亮得很。」

邵鈞聽懂了這是誇獎他的話，很是高興地朝他露出了個喜悅的笑容。

Chapter 207 爍金偶遇

逐日宮議事廳旁的爍金苑是皇室頗具盛名的小型皇家園林，皇室每週在祭祀後會在這裡舉辦一次下午茶，由不同的皇室成員主持，每次接到請柬的帝國上層社會名流們都以此為榮。

園林以爍金為名，是因為一踏進園內，就能看到成群身姿優美的金鸝鳥在空中飛過，金色的雙翼在翻飛中閃閃發光，彷彿承載著神之光一般，神聖而絢麗，而園中也種植著大片的金鳶花，與珍稀之極的金鸝鳥交相輝映，邵鈞一見到就目不轉睛看著那漂亮的金色羽翼，看神情極為喜歡。

今天的下午茶仍然是賓朋滿座，露天白色陽傘下，草地上一組一組的沙發內已經各自坐著許多衣著華貴的客人。

遠遠傳來猶如天籟一般的歌聲，教會唱詩班的兒童們站在花壇邊，在豎琴等樂器奏鳴如潺潺流水中的樂曲中，詠唱著傳說中神拯救世人的故事。

一位金髮少年聲音清亮如夜鶯一般，正在擔任主唱，這是帝國獨有的閹童歌手，為了延長保有這天賜歌喉的時間，教會唱詩班誘使這些有驚人嗓音的少年家庭，哄勸孩子們在變聲期到來之前，自願永遠「純潔」，換來這據稱離神最近的聲音，終身服務教廷和皇室，以換取豐厚的報酬。

柯夏帶著邵鈞直入內殿皇帝休息的茶室內，柯樺穿著一件寬鬆的金邊長袍，金色頭髮披著，正斜靠在扶手椅在與教堂的一位祭祀閒聊，看到他進來笑道：「來了？這就是你最近寵愛的小可愛了？」他看向邵鈞，邵鈞懵懂漆黑的目光對上他，柯樺微微一笑：「倒是難得的髮色和眼睛顏色，很有一種雋永冷冷的感覺，柯夏哥的品味還是很與眾不同的。」

柯夏道：「看過了？看過我就帶他出去走走，一會兒再來看你。」

柯樺就喜歡他這不見外的親暱，笑道：「去吧，外頭人不知道我來了，今天是四公主主持的，我沒讓她在這裡陪我，她小時候也抱過你呢，你先去看看她吧。」

柯夏道：「好。」便又起了身帶了邵鈞出去，帶著他走到了一處極漂亮的玻璃鳥舍前，這裡頭養著許多金鸚鳥的幼鳥，牠們有著潔白的身軀，尚未完全長成的雙翼覆蓋著淺金色的短絨，雛鳥更是小小一團淺金色的茸茸小鳥，張著嫩黃的軟喙細細叫著。

邵鈞果然被深深迷住了，他眼睛一瞬不瞬盯著那些軟萌到極點的小鳥，漆黑小豆一樣的眼睛，淺金色絨毛團，柔嫩小爪子，嘴巴微微張開，幾乎不敢相信世上還有這麼可愛的生物。

柯夏低聲道：「好玩吧？你在這裡玩。」

邵鈞點著頭，雙眼仍然著迷地看著裡頭挨挨擠擠毛茸茸的小金鸝幼鳥，柯夏眼睛浮現了一絲好笑，點了點頭，悄無聲息地將邵鈞留在了那裡，然後沿著金鳶花徑往前走去。

走到一處涼亭，他看到一個鬚髮銀白如霜的老者坐在那兒眯著眼睛在金鳶花旁作畫，他好奇走過去，看到那老者原來是在畫花蕊裡的一隻普通蜜蜂。

老者抬頭看到他，慈眉善目地笑了：「是柯夏親王啊。」

柯夏意外：「老先生認得我？」

老者道：「我也是聯盟人，自然認得原聯盟元帥的你。」

柯夏一怔：「你是聯盟人？」

老者笑了下：「不錯，帝國皇家學院聘請我為名譽博士，也為我提供了很優渥的實驗條件，所以我客居帝國許久了。」

柯夏謙虛問道：「敢問老先生高名？」

老者道：「鄙人西瑞。」

柯夏已經迅速反應過來：「啊，您就是西瑞博士，天網之父羅丹的高徒，失敬失敬。」

西瑞笑得慈眉善目：「我知道你在想什麼，不是說西瑞博士彷彿五十許人，怎麼如今也垂垂老矣。」

柯夏道：「慚愧，之前的確聽說如此。」

西瑞博士道：「最近這兩年我耗費心神太多，消耗了太多的精神力，而且，我預感到我的壽命將近了，人的壽命還是有限的啊。我原本來帝國是受柯冀陛下邀請，來研究如何延長壽命，梳理他狂暴的精神力，遺憾還是失敗了。如今柯樺陛下信奉神學，篤信天命，對科學並不太熱衷，而且他也很年輕，大概也快是我返回聯盟的時候了。」

柯夏道：「在聯盟的確有更好的研究條件，回去也好。」

西瑞博士卻搖了搖頭：「聯盟規矩太多，派系林立，利益紛爭厲害，固然我不會突破倫理學，但是按照聯盟現有的情況，既無法專心研究某個課題，也沒辦法嘗試一些比較新的實驗手法，我的時間是有限的，假如在聯盟浪費大量時間在實驗專案論證、和不同的利益團體打交道、尋求贊助等等這些不純粹的雜事瑣事上，就無法專注在研究上。」

「這十幾年在帝國，我可以專心致志地研究相關課題，不需要擔憂資金問題，不需要一遍一遍地去申請、拉贊助、論證剖析自己專案的正當性，我的項目有了很大的突破——可惜，柯冀陛下的精神力實在崩潰殘缺得太厲害了……」

柯夏不置可否，只是微微一笑，西瑞博士看著他誠摯道：「對不起，我稍微知道一些親王殿下的事，我說的遺憾，僅僅是在研究專案上的遺憾，並無其他意思。」

柯夏點了點頭：「老先生專心研究，性情直率，若是將來有什麼需要我幫得上忙的，儘管開口吧。」

西瑞博士風輕雲淡：「多謝親王殿下好心，不過我應該很快就會回去了。」

柯夏卻十分虛心問道：「其實我正有一事想要請教博士。」

西瑞博士道：「殿下請說。」

柯夏問：「西瑞博士是天網之父羅丹的高徒，想必對精神力暗示、催眠也有些研究吧？」

西瑞博士一怔：「是有涉獵，我們在嘗試梳理、舒緩狂暴的精神力的時候，是會考慮催眠、暗示的手段安撫讓精神力趨於崩潰的患者，使之恢復平靜。」

柯夏道：「那麼，有沒有可能一些人，為了不可告人的目的，暗示驅使某些人們來達成非法的目的，比如催眠某些人將財產之類的送給對方。」

西瑞博士笑道：「精神力比對方高很多，能夠形成壓制局面，並且熟練掌握精神力催眠方式的話，是有可能短期指示對方做指定的事。但是，這需要對被催眠者十分熟悉，不止效果非常短，還不須要出其不意。此外被催眠者如果有親人、朋友、長輩等等，這樣的催眠和暗示就會被拆穿打破。聯盟法律健全，加上對方不配合的話，是很難做到的，只能說現實上要實行非常難。」

柯夏繼續追問：「那麼，如何知道自己有沒有被催眠呢？」

西瑞深思道：「被催眠的本人是很難自己發覺，但如果出現莫名其妙的記憶回溯或是閃現，某些記憶莫名其妙的淡化、忘卻，以及認知的矛盾，再和相關人士相互印證，是可以發現的。」

柯夏道：「你覺得一個精通催眠的人，能夠強制讓某個人忘記一個關係非常緊密的親人嗎？曾經朝夕相處、常年陪伴的那種親人。」

西瑞啞然失笑：「不可能，做不到的。按親王您的說法，這樣的催眠關鍵之一是選擇性，指定某個人遺忘，並且強行暗示淡忘關聯此人的所有事情，這太難了，甚至近乎篡改記憶。這對於催眠來說極難做到也很容易被發覺，就算勉強做到，這個人在生活中遇到和被遺忘的人相關的事情和人後，很快就會因為某個契機全部回憶起來。」

「雖然催眠師難以做到，但是人類的大腦是過於精密神奇的器官，在醫學上的確有這樣的腦科病歷。有人在腦部遇到撞擊後，忘記了某個人以及和他關聯的所有事，醫學上稱之為選擇性失憶，但是其實這些記憶仍然存在，我們透過精神力治療，反而可以喚醒這些潛藏在潛意識裡的記憶。」

柯夏陷入了沉思，西瑞好奇詢問：「殿下是懷疑自己被催眠了嗎？還是見過這樣的催眠？」

柯夏抬眼：「博士的意思是，你可以嘗試治療這種選擇性失憶？」

西瑞道：「我過去和老師進行過不少這方面的治療，殿下如果有意，我們可以約個時間試試看。」

柯夏沒說話，西瑞腕上的通訊器忽然響起，西瑞博士笑道：「我的學生在找我，吃藥的時間到了。那我就先告辭，殿下有空的話，可以和我聯繫。」

柯夏點了點頭，彬彬有禮扶起西瑞博士，將他送到了出口，看著他的學生迎上前來，將他前呼後擁接走，才深思地看著他的背影。

然後他聽到了孩子們柔嫩激動的歡呼聲，他轉頭過去，一眼看到了一側草地上的景象，臉頓時黑了下來。

金鳶花旁柔細碧綠的草坪上，無數的彩色肥皂泡在空中飄蕩著，好幾個穿著蕾絲硬紗大擺裙的少女、貴婦以及幾個漂亮的小孩子圍繞著一個黑髮少年，孩子們眼睛全都晶晶亮凝視著那個少年手裡的泡泡圈。

黑髮少年深呼吸後長長對著泡泡圈吹出一口氣，吹出了一個五彩斑斕巨大無比的泡泡，這個泡泡甚至是個心型，大如一個充滿氣的心型彩色氣球，顫顫悠悠地脫離了泡泡圈，飄飄搖搖地往空中飛去。

所有孩子們又歡呼起來，少女們用蕾絲扇子遮著嘴唇，矜持地抿著嘴看著黑髮少年微笑，孩子們大聲叫：「再來一個！再來一個！」

黑髮少年似乎十分長於此道，像是個天然哄孩子的高手，他舉起泡泡圈再次撮嘴長吹，手上的泡泡圈迅速配合吹風急速晃動，這次吹出來是一大簇密密麻麻挨挨擠擠爭先恐後的小泡泡，嘩啦啦啦爭先恐後直衝上了天空。

孩子們震耳欲聾地歡呼著，又陸續有貴婦帶著孩子被吸引，靠近了過來。

漫天五彩斑斕的氣泡中，黑髮少年轉頭看到了柯夏，眼睛一亮然後非常炫耀地又吹出了一長串的泡泡，這次所有的泡泡都是心型，許多晶瑩剔透的心型泡泡一串串升起，浮在空中，如夢似幻。

少年伸手穿過那些被風吹起的水晶玻璃心，彷彿邀功一般轉頭急切看著柯夏，笑得又甜又得意。

漫天夢幻一般的泡泡裡，柯夏一時心情頗為複雜，過去拉了他就走。原本衣著華貴的貴女們吃驚地看著高貴優雅英俊的柯夏親王大步昂然過來，忙不迭地提裙擺屈膝行禮。邵鈞手裡還拿著泡泡器，並沒有就乖乖跟著柯夏走，而是連忙要還給旁邊一個孩子，那孩子哪裡敢拿，縮回手躲到了母親寬大的裙擺後，伸出頭來眼珠子緊緊盯著邵鈞。

貴婦連忙陪笑道：「大人拿著吧，不值錢的，帝國皇家實驗室新出的小玩具，買家用機器人的時候送了好幾個，剛才孩子哭得厲害，還要多謝大人幫忙哄我們孩子。」

柯夏轉頭對她點了點頭：「謝謝。」

貴婦瞬間臉色緋紅，柯夏拉著邵鈞走開，問他：「不是要你乖乖待著嗎？怎麼亂跑？」一副理直氣壯的質問口氣，彷彿偷偷離開把別人拋下的人不是自己一樣，邵鈞茫然看著他：「我找不到你……小孩子跑步撞到我，哭……我吹泡泡……笑了。」

他說話並不太流利，額上也有細密的汗珠，柯夏轉頭看了他一眼，忽然也笑了：「知道心形泡泡是什麼意思嗎？」

邵鈞再次困惑了，柯夏拿過那個泡泡器，調了下，自己試著吹了幾次，竟然沒有吹出心形泡泡出來，他皺了眉頭又試著吹了幾個，邵鈞湊過去，斜著吹了一口，一個心形的泡泡又產生了。

柯夏轉頭瞪著他，邵鈞笑：「孩子們喜歡，說還要，我就吹，吹得越多，大家越高興，你也開心吧？」

柯夏忽然感覺到自己很幼稚，他！一國親王！一人之下萬人之上！曾經統領過聯盟海陸空三軍！竟然在這裡和一個傻子吹泡泡！他將泡泡器塞回黑髮少年手裡，轉頭漠然道：「回去吧。」

邵鈞對他的忽冷忽熱迷惑了，握著泡泡器跟在他身後，一位身上佩戴著十分精美珠寶的貴夫人忽然在邵鈞跟前屈膝行禮笑道：「向親王殿下見禮，我是芙洛蒂珠寶的科黛夫人，丈夫是勃朗特子爵。芙洛蒂珠寶在聯盟在帝國都有連鎖店，您是我們店的老主顧了，想冒昧和親王殿下約個時間，我親自上門拜訪老客戶，同時為您做珠寶保養。」

柯夏有些不耐道：「找我的管家就行了，珠寶都是他們採購的。」

他大步向前走去，邵鈞看了眼那有些驚愕的夫人，連忙跟上了柯夏，走出了爍金苑的大門。

科黛夫人站在原地微微有些愕然，她身側的女僕笑道：「那我去和親王府管家約個時間吧？」

科黛夫人有些惆悵道：「當初那對對戒，都是男性手指的尺寸，現在也沒有元帥大婚或者親王妃的消息，說不準元帥早已忘記他親自訂購的那對『守候』了。那對對戒，可是我們的傳世之作啊。」

女僕道：「說不定還沒有送出去呢？我們親自上門保養也是應該的。」

科黛夫人道：「去和親王府預約時間為珠寶做保養吧，到時候就不要刻意提對戒的事了，貴人的隱私，怕觸犯了忌諱，帝國可和聯盟不一樣，同性不能結婚的。」她有些悵然：「可惜，我當初還那麼期盼元帥大婚公告天下，甚至連到時候怎麼宣傳這對戒指都想好了，結果盼來的卻是元帥的帝國皇室身分被披露，辭職回帝國的消息。也不知道那對戒指，是不是這個原因才沉寂，可惜珠寶蒙塵，藏於盒中不見天日，可惜，可惜。」

耀日宮深處陰暗的地方，也有人在低低談論著這位前聯盟元帥：「他似乎覺察了，還要試嗎？」

「回歸帝國做的全面體檢和基因檢測報告顯示，他患過默氏病雖然痊癒，但其實是有後遺症的。從聯盟那邊拿到的情報顯示，他因為神經痛請過軍醫出診數次，專家認為那就是默氏病的後遺症，雖然不知道他怎麼克服的，但即使是生物機甲，也對他的身體造成了負擔。猜測應該是他意志力非常堅韌，所以硬忍過去。」

「還有，他的性情不定，心理有很大問題，拒絕和人有更進一步的接觸，曾經私下就診過心理醫生，具體諮詢情況沒有打探到。我們分析，他的精神力其實是有隱患在的，分析他的戰鬥行動，有乖戾狂躁不穩定的情況出現，雖然表面看著陽光健康，其實性格非常惡劣。他仍然有著柯氏特有的偏執、極端、固執等等過於強烈的性格特徵，只是他都掩蓋下去了。和新聞上那包裝出來的無私、高尚、陽光的機甲明星，完全不相符。」

「他的心理問題在他回到帝國後顯示得比較明顯，精神狀況非常不好，很顯然處於長期失眠中，應該和我們刻意把白薔薇王府弄得和過去一模一樣有關。但是正常人遇到這種情況，只會迅速遠離創傷，遠離令自己情緒不穩定的地方，忘記一切重新開始。」

「他卻不一樣，近乎偏執的非要住在那裡，折磨自己，很顯然有著自毀的傾向。另外我們在聯盟軍方的軍醫院裡查到，他有去除手臂舊疤痕的手術史，雖然是小手術，但我們分析過當時的疤痕照片，應該是自殘所為。他的精神其實處於崩潰邊緣，很有可能遇到某個契機就會發作了，尤其是他還偏偏不肯放棄離開白薔薇王府，離開壓力源。我們分析他應該有自毀、自傷、自殺的心理傾向。」

「所以，他雖然是機甲明星，但其實身體千瘡百孔，雖然精神力極高，卻極不穩定，雖然看上去高尚無私坦蕩，其實心理仍然偏執極端，這就是柯氏標準的瘋子基因嗎？呵呵，這麼說起來，我其實還挺喜歡這種看似惡劣的個性。」

「我們時間不多了，必須儘快下決斷。」

「可惜了……放棄這個計畫吧，轉B計畫。」

白薔薇親王府。

柯夏和花間酒在書房裡說話，花間酒道：「我請莫林查的，他在山南中學有熟人，您當時的確每個月耗費不少，這是當時您校園卡的消費清單，主要支出是購買獨家論文資料庫，學校的收費練習室，還有一些社交費用。嗯，當然你的伙食費支出也很高。」

柯夏拉著看那些具體清單，臉色鐵青。不需要花間酒更多提示，他已經完全明白自己當年的花費有多少，雖然在現在貴為親王的自己眼裡看來，那些都是很普通的衣著住行，但一個貴族基本的衣著住行、社交、學習、機甲練習費用，已經是普通人無法承受的花費。

那麼他的機器人，究竟是怎麼供給他花費的？替花間風做替身？一個機器人能夠做到這一點嗎？

他為什麼對這些又完全模糊，什麼都不記得了？

他將懸浮螢幕啪地關掉，看出窗外，卻看到如素錦一樣的白薔薇花叢上，飄過一群泡泡。

？？？

他按開窗，探頭出去，看到邵鈞斜靠在豐茂蘋果樹的樹枝上吹泡泡，各種各樣形狀的泡泡吹了出來，心形，星星形，橢圓的，五彩斑斕的泡泡飄得滿花園到處都是。

柯夏表情難以言喻，花間酒樂不可支：「從回來就一直在吹，吹到現在了，還沒玩膩。」

柯夏惱火：「他怎麼這麼閒！」

花間酒莫名其妙：「不是你說隨他做什麼都可以，不出宅子就行嗎？」

柯夏道：「給他安排點事做，他已經會說話了。」

花間酒問：「做什麼事？」

柯夏語塞，過了一會兒道：「就做護衛，編入護衛隊，讓他訓練，讓他執勤值班！他不是格鬥基因強嗎？就讓他發揮特長去！」

花間酒道：「那要發薪水嗎？」

柯夏揮了揮手：「和其他護衛一樣。」

花間酒應了看他心情不好便走了出去，但過了一會忽然又回來，神情嚴峻的對柯夏道：「殿下，我剛才查看邵鈞身上的監控影片，發現了點東西。」

柯夏霍然抬起頭來。

花間酒將監控打開，畫面從毛茸茸的金鸚鳥啁啾著開始，看得出邵鈞非常著迷，在那裡看了許久。但不知何時忽然發現柯夏不見了，邵鈞開始有些著急，鳥也不看了，慌張地到處走著，爍金苑裡道路很多，賓客們都好奇地看著他，他也不會問人，只是到處找人，卻一直沒有看到柯夏。

他沿著路走到了一處花蔭下，忽然有個年輕紅髮男子笑著對他打招呼：「先生，請你看看這個，它怎麼壞了？」

紅髮男子神情微笑，手裡閃閃發光，拿著一個珠寶嵌成的懷錶在晃著。

邵鈞好奇地走了過去，拿住那只懷錶仔細看。

這下輪到那個紅髮男子吃驚了，臉上非常驚愕，但邵鈞什麼都不知道只是好奇地看了一會兒，又將懷錶還給他，看那男子沒有下一步動作，心裡又想著柯夏，便離開了。

花間酒提示道：「注意這裡，雖然邵鈞離開了，但他們還在說話，我們經過技術處理放大了。」

果然看到影片畫面中一個藍色禮服的年輕男子靠近那個之前那個男子道：「失敗了？」

紅髮男子茫然道：「弄錯人了？這個是柯夏親王帶來的複製人沒錯吧？不是說複製人很好控制的嗎？精神力輔佐催眠手段，下暗示非常簡單，怎麼失敗了。」

藍色禮服男子道：「算了，老師那邊好像順利，這個只是個小棋子，暗示失敗也就算了……」

然後邵鈞離得遠了，那兩個男子的聲音也開始聽不清，之後便是一個孩子跑著追逐泡泡，忽然撞了過來撞上了邵鈞，啪的一下跌倒了，手裡的泡泡器落了下來，孩子哇哇大哭，這孩子金髮碧眸，長得難得的可愛，哭起來也頗為可憐。

邵鈞蹲了下來，扶起他來，替他擦眼淚，然而孩子還在哭，邵鈞似乎非常無措，看著孩子哭了一會兒，便拿起那泡泡器開始吹泡泡。

之後就是柯夏過來的事了。

畫面結束，柯夏臉色深思著，花間酒道：「我打算讓人查一下這兩個人的身分，他們口中的老師，又是誰。」

柯夏漠然道：「我想，我知道他們是誰的學生。」

Chapter 209 禁錮的記憶

被編入護衛隊的邵鈞懵懵懂懂，尤里大聲嘲笑他：「哈哈，聽說是你太閒了，吃得還多！被殿下嫌棄了吧？哈哈哈。」

邵鈞臉上現出了一絲委屈，花間琴心疼便反駁道：「好好歡迎新隊員！小心又扣獎金。」

尤里臉上十分得意，花間酒咳嗽了聲道：「好了，尤里！你正好和他編成一組，邵鈞住進尤里宿舍去兩人一間，尤里你負責帶他訓練，訓練計畫就和你一樣，排班也和他一組，平時生活多，邵鈞！你有什麼不懂的就問他！」

尤里臉色就垮了：「為什麼是我！我不要帶孩子！」

花間酒道：「因為你一直一個人，現在正好。邵鈞比你能打多了，你還嫌棄人家。」

尤里哭喪著臉，心裡知道自己其實一直被原本的護護衛隊員隱隱排斥嫌棄，也只能捏著鼻子認了。

但很快的，他發現了帶孩子有帶孩子的好，比如讓邵鈞幫裝水打飯，去洗衣機裡將洗乾淨烘乾的衣服帶回來，他都會替他整整齊齊收拾乾淨疊好衣服，無論是訓練計畫還是值班巡邏的時候，他也一絲不茍完成，既勤快又省心，尤其還很聽話！這太爽了！

尤里很快就過上了什麼都指使邵鈞的快樂日子，還好心提點他：「別看殿下臉上不生氣你就親近他，護衛就是護衛，知道嗎？別以為上司對你笑一笑，你就以為人家真的看重你，聯盟也好貴族也好，越高級的將領啊官員啊貴族啊，都講究喜怒不形於色，當面不發作，背後就找碴，雖然我真的很崇拜元帥，但是他其實不好伺候，當然，只要在他身邊做過護衛的，都學到很多，之後軍中前途也特別光明。」

「像是莫林啊、赫塞啊、莉莉絲啊、傑姆啊，都是元帥護護衛隊出身，元帥辭職的時候，他們也哭了都想要辭職，但是元帥說要來帝國，他們的家庭親人都在聯盟，不可能過來，後來元帥都把他們安排好了才來，就這一點就知道元帥其實重情得很，就是表面看起來冷淡，好像對誰都不在意。」

「只有花間酒和花間琴跟著元帥辭職過來了，啊對了，其實元帥那邊有個護衛聽說犯了大錯，被元帥狠狠發火過。一個女的，叫什麼麗的，不知道犯了什麼錯，後來退伍轉業了，不過聽說家裡有些背景，混得還是很不錯的，在首都開了間店。」

他絮絮叨叨地說，因為這些日子他發現邵鈞雖然不愛說話，卻是個很好的傾聽對象，無論他說什麼，都非常認真傾聽，這充分滿足了尤里的傾訴欲，更喜歡和他說話了。

邵鈞似懂非懂，不過被尤里反覆灌輸之下也就知道了，自己只是個普通的護衛，不要恃寵而驕，以為殿下對自己有什麼特別的，要牢記本分，做好本職工作，只要乖乖的，總會有好前程。

雖然他不知道什麼叫好前程，尤里大聲告訴他：「就是想買什麼玩具，就能買什麼玩具！想去哪裡玩，就能去哪裡玩！想吃什麼，就能買什麼！想娶多少好姑娘，都有對象讓你挑！」

聽起來是非常不錯的前程，於是邵鈞越發信服尤里，天天兢兢業業跟著尤里，尤里叫他做什麼，他就做什麼，完全變成了尤里的小跟班，護衛隊們漸漸也開始喜歡這個小複製人，話少，卻勤快，不怕苦不怕累，任何人求他幫忙，換班也好，做些繁瑣的事也好，統統都來者不拒。大家最不愛的夜班，他幾乎都願意值，還一絲不苟，絕對不會坑人。而不管教他什麼事，一雙亮晶晶的眼睛便感激地看著你，就更讓他們滿足了。

關鍵是他訓練的成績還特別優秀，才來幾天就已經刷新了全隊的短跑訓練、負重長跑、格鬥訓練間、閃避訓練等等記錄，軍人強者為尊，沒有人會討厭一個這樣的強者成為自己的隊友，很快他就被護護衛隊接受了，成為了每一個人的小弟。

這天夜裡，邵鈞仍然是夜班，他其實喜歡夜班。萬籟俱寂的夜裡，白薔薇的清香特別突出，他走在院子內，穿過一叢一叢的白薔薇，由衷喜愛這房子，彷彿發自靈魂中有一個聲音，有人在告訴他，我們要回白薔薇王府。

他巡視走到地下室入口，忽然發現入口打開著，他有些奇怪，走了進去看，卻看到寬闊的地下影音室三百六十度大螢幕播放著立體影像，一頭雙頭漆黑有著巨大肉翼和利爪的怪物正在沙漠中淩厲撲下，黃沙上一臺越野車急速奔馳，黃沙飛濺。

雙頭蝙蝠嘴一張，噴出了一串火。

實在太逼真了，他嚇了一跳，連忙往後敏捷一躲，然後發現噴過來的火裡並沒有熱度和灼燒感，黑暗中有人笑了聲。

他警覺看過去，卻看到是柯夏親王在那兒靜靜坐著，眼睛看著那惟妙惟肖的影像裡頭的車裡頭矯健躍出來的男子，嘴裡說話：「今晚你值班？過來陪我看看電影吧，去幫我倒杯酒過來，你還小，不能喝酒，你喝果汁吧。」

他走過去找了下才找到鑲嵌在座位旁酒櫃裡頭的酒瓶，看了半天不知道如何弄開瓶蓋，柯夏轉頭過來，伸手接過那帶著冰的細長瓶子，往旁邊一個圓孔一按，砰，酒瓶打開了，邵鈞接過來笨拙地替他倒了滿滿一杯的紅酒遞過去給他。

柯夏眼睛原本看著影像，但是被手裡杯子的重量吸引了注意，轉頭過來看到邵鈞給他斟了滿滿一杯的酒，忍不住失笑：「你這傻子。」拍了拍身旁的座位：「坐下來看吧，這是電影，沒看過吧？」

邵鈞早就被那盛大的電影畫面吸引了注意力，毫不客氣地坐了下來，然後津津有味看起來。

這一部片子很快放完了，他還有些意猶未盡，真的有那麼大的雙頭蝙蝠怪物嗎！主角打起架來真好看啊！還想看！

幸好柯夏果然按了下，又打開了一部電影，這次是個屠龍勇者的故事，展著雙翼的巨龍在峽谷中翻滾，音效光影效果實在太震撼了，邵鈞從頭看到尾，深深地被電影裡的故事吸引了。

這一夜親王一直默默地一部一部的看電影，屠龍之後是美麗的白銀森林中的精靈王子，和他的朋友們開展了一場奇幻冒險之旅，最後一個電影是個美人魚，小美人魚搖曳在美麗迷人的海底世界中，為了愛犧牲了所有，最後變成了薔薇色的泡沫。

不知不覺天已經大亮，邵鈞這才發現他們足足看了一晚上的電影。

而親王殿下，則一直沉默得異常反常，他喝完了整整一瓶葡萄酒，然後天亮的時候，也沒有睡覺，直接就去了軍部。

這樣對身體不好吧？邵鈞滿腹疑慮卻記得自己的身分只是護衛，默默地換班了。

海那邊的聯盟。

一望無垠的海邊，湛藍色的海水彷彿巨大的藍色琉璃，習習海風吹來，聯盟的祕密小圈子，也在豪華的 AG 公司私人遊艇甲板上進行假日的休閒活動。

「俱樂部裡的釣？」

正在釣魚收杆的霜鴉很茫然轉過頭：「好像是有這麼個格鬥老師，和夏一起的。因為孩子們請不到好老師，才被黑蠍子和艾莎物色來的，後來說是忙碌便很少上天網，似乎是現實生活有事，最近一年都沒上過了……」

艾莎道：「依稀記得格鬥技巧很不錯，經常和夏一起來的。」

花間風深思地看著霜鴉：「你真的不記得這個人了？按理說，他如果做過格鬥教師，應該是格鬥技術很得到你們認可的。」

霜鴉道：「俱樂部都是黑蠍子在經營，但是後期他被紅幽靈他們抓了關起來，沒人管。只記得他是很神祕，是 VIP 客人推薦來的一直陪練，看記錄賺了不少陪練的錢，有陣子好像很缺錢，古雷好像和他接觸比較多。」

古雷卻十分茫然道：「我完全不記得了——但是學生們說我還教他手動操作機甲過，的確我有手動機甲的程式，但是我完全不記得這回事了，我連釣這個人是什麼樣子都不記得了。」

花間風抬眼看著他們，那種怪異的感覺再次來了：「我說，雖然時間的確是過去比較久了，但鈞的學生們，每一個都記得他們的鈞老師格鬥技巧相當優秀，為什麼你們這幾個各個都是機甲高手的，反而不記得這麼一個格鬥技巧優秀的人？還有……手動機甲？」花間風總覺得有什麼地方不太對。

「就算你們連他們相貌都忘記了，那俱樂部的格鬥錄影，都還在吧？能查嗎？」

艾莎雙手一伸：「俱樂部早就關了，前陣子我倒是想翻俱樂部的資料，結果發現天網裡我們俱樂部的錄影全部糊了，真是神奇，這是什麼原理？天網裡的錄影居然會糊掉？這和我們的精神力有關嗎？」

古雷低頭翻看了下手腕上的智慧程式，忽然道：「太奇怪了，我曾經在天網裡做過虛擬的天寶，但是我剛才查了裝載在天網裡的虛擬天寶程式，卻發現天網裡的天寶被格式化過了，什麼存儲資料都沒有。」

四人都抬起頭來，面面相覷，同時發現了不對。

花間風低聲道：「這和杜因的情況一樣，你們把這個本該記得的人，也忘記了，甚至忘得比杜因還徹底。」

「所以這個鈞，究竟是什麼人？」

霜鴉道：「你的意思是覺得鈞是杜因嗎？」

花間風猝然抬頭：「你說什麼？」

霜鴉一怔：「你不是這個意思嗎？我們莫名其妙忽略了杜因，現在發現鈞這個人也忘了，鈞很有可能就是杜因在天網的化名吧？這完全有可能吧？你看時間，鈞和夏到天網陪練的時間，都是夏中學生病的時候吧？因為缺錢需要費用，所以上天網格鬥陪練，因為是黑戶，沒辦法賺錢，只能來我們的俱樂部，這很合理吧？而且鈞一直獨來獨往，怎麼就只和夏一個人在天網來往，因為是杜因吧？這很容易聯想吧？雖然我不記得了——你為什麼要這樣看著我。」

花間風睜大了眼睛，心裡吶喊著，可是，你們都不知道，杜因是機器人啊！機器人怎麼能聯上天網？

但是腦海裡一個許久以前的記憶彷彿在掙扎出重重迷霧：他為了逼迫杜因做他的替身，曾經大大提高了市面上的默氏病的基因藥，逼得杜因去做陪練賺錢。

不僅僅如此……杜因不僅僅能上天網……他還……他還，花間雨上了天網後，一夜之間變成了白痴！

他怎麼會忘記這麼重要的事情？是不是這些都是自己的錯覺？是作夢？機器人怎麼可能做這麼多事？

但是這些年自己一直潛意識裡抗拒上天網，總覺得懼怕。

他兩隻眼睛睜大，呼吸急促，霜鴉看著他的神色有些害怕：「你怎麼了？」

然後艾莎一聲驚呼，花間風睜著眼睛臉色煞白，直挺挺往後倒下，暈了過去。

邵鈞剛剛熟悉了白薔薇府的幸福護衛生涯，很快接到了要陪同親王去巡視西疆的通知。

尤里被留守了，十分遺憾的咂咂嘴：「帝國的風景還是很美的，食品也別有風味，可惜只能下次去了，我看看你們的行程。月曜城，那裡的月光鮭魚超級一流的！可惜親王不愛吃，廚房只做過一次，嗚嗚嗚。據說會特別供應給皇室，你去那邊一定要嘗嘗。」

邵鈞很好奇，尤里很有興頭地打開星網懸浮螢幕，找到月曜城的相關旅遊介紹：「你看看，有月光湖，有月光森林，有銀月寶石市場，這裡的寶石賣得特別優惠便宜！啊啊啊，鈞寶寶，你幫我買一對戒指吧，那裡的戒指最實惠了！你和親王去，到時候人家肯定會打折的！你幫我買一對！」

邵鈞好奇問：「一對？為什麼要買一對？左右手各一只嗎？」

尤里道：「你太傻了，我告訴你，是自己一只，打算共度餘生的配偶一只。嘖嘖，我必須得買一對寶石戒指，讓我看看選什麼寶石好，要說那邊就是月光石最出名了，代表永恆的愛。女生也喜歡，就是貴，哎，祕銀戒臺加上月光石，就是我一年薪水了。嗚嗚嗚前陣子又被扣了績效，買了這個就沒錢了。算了，先買一對裸石算了，等找到人了再訂製鑲嵌也行，這樣也便宜，對！就請你幫忙買一對裸石，都要一克拉的！」

邵鈞非常乖地打開手腕上的備忘錄記錄，尤里湊過去扒著他的肩膀一字一字教他：「一對一克拉月光寶石裸石，用於對戒，要求做好切割，要火彩圓滿，蛋形的。」

尤里又叨叨念地刷了半天星網：「再幫我買兩瓶月光鮭魚魚子醬，這個好吃，嗯，還有這個，銀色月光男用香水，這個也替我買一瓶……」

邵鈞認認真真地記錄了滿滿一屏，尤里才心滿意足地先將錢轉到了他腕上的通訊器上：「你也可以買點你喜歡的好東西，你還小，戒指還不著急，可以先買個裸石等著做吊墜，到時候遇到喜歡的女孩子，就送給她，一定能討女孩子歡心。」

邵鈞老老實實也記錄下來，尤里繼續教導他了一堆奇奇怪怪追女孩子的辦法，然後才意猶未盡地出去採購去了。

邵鈞也往值日的護衛房走去，路過花廳，卻被花間琴叫住了：「鈞寶寶，你過來。」

邵鈞走過去，看到一位貴夫人帶著幾位匠人師傅在花廳裡坐在座位上，正謹慎小心地對著幾上琳琅滿目的珠寶，一個一個小心翼翼取出來放入專用儀器中進行清洗保養。有一盒子的裸石，猶如五光十色的透明糖塊一樣，邵鈞不由地看住了。

花間琴笑道：「好看吧？這都是南特王妃以前的收藏，還有些是我們親王這一年新作的別針、絲巾扣、寶石鈕釦等等，都很棒吧，來，你拿著這張單子進去，進去書房那兒問問親王。就說芙洛蒂珠寶的科黛夫人親自過來，要替親王殿下保養珠寶，這清單上頭的珠寶，還有幾樣沒在保險箱裡的，價格都比較貴重，我已經都用紅筆打了勾，你去問問他是否已經送人了或者放在別的什麼地方，如果有需要保養的，就讓你拿出來。」

原來，白薔薇王府從前的僕人全都被清洗替換了，柯夏住進來後，近身服侍只用機器僕人，而內務、財務、安全等等，全由花間琴一手兼顧主管了。

邵鈞拿起來應道：「是。」就往裡頭走了進去，花間琴嘴角浮起了一絲狡黠的笑容。

柯夏在書房埋頭批著文件，看到他進來頭也不抬：「什麼事？」

邵鈞道：「琴隊長說芙洛蒂珠寶的科黛夫人過來替您保養珠寶，這單子上有幾個珠寶沒在保險箱，問問您是不是送人了或者收在別的什麼地方，因為價格比較貴，所以特意請示您。」

柯夏看著檔案仍然沒怎麼在意：「我對這些不感興趣，很多都是以前母親留下來的，回來的時候帝國皇家事務司把這些發還了，大概那時候就少了吧。少了就少了，無所謂的。」

邵鈞道：「好的，那我就這麼答覆琴隊長了？」

柯夏遲疑了下：「那樣會被她嘮叨的，你先唸給我聽聽，我看看有沒有印象。」

邵鈞念道：「海藍寶石彩鑽鑲嵌金色海水強光無暇珍珠墜。」

柯夏想了下道：「那個在替妹妹的禮服裙做別針時不小心弄丟了，刪掉吧。」

邵鈞又念道：「黑珍珠珠串一串。」

柯夏回憶了下道：「那個送舅母了。」

邵鈞繼續讀：「三十五克拉無暇水滴裸黃鑽。」

柯夏道：「皇后想要打個寶冠，聽說母親有這個，正好配色，就要了過去，那時候有拿了顆差不多的粉鑽來換。」

「守候祕銀對戒一對。」

柯夏道：「沒聽說過這個，什麼時候做的？是不是我父親訂製的。」

邵鈞道：「去年才訂製的。」

柯夏抬起頭，邵鈞補充：「您親自訂製的，訂製地點在聯盟芙洛蒂珠寶分店。」

柯夏瞳孔巨縮，伸手將邵鈞手上的清單拿了過來，看到上頭標識果然時間地點都如邵鈞所說，具體描述為名家設計，由「陪伴」與「守護」兩只戒指組成對戒，上邊的照片十分清晰，一對設計十分簡潔的男士戒指。

他的手微微顫抖，忽然彷彿想起了什麼，按開了書桌上的暗格，從裡頭拿出了一隻上頭刻制著芙洛蒂那著名的常青藤紋飾首飾盒子出來。整個書房的東西當時都是花間琴替他整體打包收拾來帝國的，並且完全按照他的習慣又訂製了一張一模一樣的書桌。

所以這個首飾盒，花間琴早就看到了，但是她聰明的沉默了，想必她看到今天這清單，便想起了這首飾盒，但對戒的含義太過曖昧，她不好意思提醒他，只能含蓄的讓這什麼都不懂的複製人進來提醒他拿出來保養清洗。

她卻不知道，這對對戒的主人，早就忘記了，自己曾經花大價錢訂製過這樣一對對戒。

他是想拿來送給誰？

他的記憶究竟還靠得住嗎？

柯夏伸手用指紋按開了首飾盒，裡頭靜靜躺著兩枚男式對戒。

他拿起來看了一會兒，很快注意到了內側刻有名字首字母K．D的花體字。

兩隻戒指都有著這樣的字母，應該是兩位元主人名字的首字母，設計非常簡潔，線條優美。

K毫無疑問是他，那麼D，是誰？

彷彿呼之欲出，但是他卻不敢相信。

他，曾經想要買對戒給他的機器人？他們竟然曾經走到這一步了？

他一直覺得自己的心猶如荒蕪的原野，猶如冰封的湖底，永遠不可能再與任何人結婚。他竟然會訂製對戒給一直陪伴著他的智慧型機器人？

怎麼可能？

為什麼他記不起來？究竟是什麼人抹去了他對機器人的所有感情和記憶？

這怎麼可能！他這樣一個人，已經完全沒有了正常人的愛，心裡充滿了仇恨和冷酷，怎麼會想和機器人廝守終身？

他瞪著那對對戒，簡直不敢置信，這時候忽然旁邊的邵鈞上前擁抱他，他吃了一驚，一把推開他怒道：「你幹什麼？」

邵鈞向後一個趔趄，差點撞到書架上，有些無措：「我想安慰你。」護衛隊之間安慰格鬥失敗傷心的同僚的時候，不都是擁抱的嗎？

柯夏冷冷道：「你算什麼？我需要你安慰？你只是一個護衛！認清楚你的身分！複製人！」

邵鈞茫然：「可是你在流眼淚。」看上去很傷心，對戒，尤里說那是送給共度餘生的配偶，可是親王沒有王妃，那這對戒是送給誰的？所以他是在傷心沒錯吧？

柯夏不可置信伸手一摸，自己臉上果然溼漉漉的，身體彷彿自己有知覺，不知何時已經流了滿臉的淚水，他將那兩枚戒指握在手心，往加密的衛星通訊機要室衝了過去。

他需要和花間風通話。

但對面出現的卻不是花間風，而是奧涅金總統。

阿納托利滿臉嚴肅：「花間風昨天昏迷了，霜鴉說他是在調查一個叫鈞的格鬥教師時昏迷過去的，目前腦電圖檢查一切正常，就是在深昏迷中。我正在滿世界找之前替他做腦部手術的羅丹，當時他自稱是羅丹基金會旗下研究所的研究員，但是沒有找到，我記得當時還是杜因引薦他來的。」

「你要知道，能夠躲開奧涅金家族的尋找是很難的，但是我就是沒找到他。我花了高價買通了羅丹基金會的負責人，他才如實告訴我，那個羅丹真正有價值的研究專案和財產，一直是由指定的祕密繼承人繼承的，憑帶有羅丹、艾斯丁生物基因的印章行使相關權利，但是這麼多年來都沒有出現過這個人。基金會會長代代相傳，一直以為這是個傳說，直到十幾年前這個傳說中的繼承人突然出現了，但一直是單線聯繫，他們也沒有見過他的樣子，就連前陣子的介紹函，也是透過天網聯絡傳來的。也因此，我正想要找你問問，杜因在哪裡？我希望能找到他，找到羅丹，來替花間風看看。」

「另外，霜鴉說了一點，我有點在意，他說當時他們正在懷疑杜因和天網裡的格鬥教師鈞，是同一個人。花間風就是聽到這一點，才忽然昏迷過去的。雖然不知道有沒有關聯，但是據說這個鈞和你在天網裡來往也很密切，是杜因的可能很大。」

柯夏臉上一片青白：「我不知道。」

他今天受到了太大的衝擊，有什麼比發現自己曾經打算向一個機器人贈送對戒更聳人聽聞的事？

比起這件事，杜因一個機器人，是怎麼和機器人無法聯上的天網裡的鈞變成同一個人的，他又是如何聯繫上神祕的羅丹財產真正繼承人，都不算什麼，畢竟杜因已經做過那麼多匪夷所思的事了。

阿納托利追問：「那麼，杜因究竟去哪裡了？」

柯夏喃喃道：「他失蹤了，可能死了，花間風就是在尋找他的下落。還有尋找我們關於他的記憶被強行催眠淡化的原因。」

阿納托利倒吸一口冷氣：「所以你也不確定他死了沒有？」

柯夏眼睛忽然冷了下來：「我現在覺得可能他還在，興許在什麼我不知道的地方，有人催眠抹殺掉了他的痕跡，有人卻在模仿他的一舉一動，用他曾經用過的名字來接近我。」

「你好好照顧風先生，找些催眠專家試試，我這邊也試著從那個扮演杜因的人入手，查到背後的人。」

「我不知道他有什麼用心，但他一定和失蹤了的杜因有關，否則不會模仿得如此渾然天成，我會查出來的。」

金髮碧眸的親王忽然笑了下，眼睛裡卻滿是陰鬱：「他真的很像，我看了一晚上杜因的電影，他一定見過杜因。」

阿納托利深深凝視著他，過了一會兒道：「我不知道你在帝國那邊經歷了什麼，但是你的變化有點大，我還是希望你能回來，希望那個坦蕩充滿強烈自信，眼睛裡有陽光的聯盟元帥回來。還有，不要強行回憶被催眠的事情，我請了催眠專家來看過，催眠的人是個真正的高手，在他潛意識裡埋下了非常強大的暗示，應該是花間風強行回憶後，潛意識與他自己的主觀精神力相斥才導致了昏迷，但目前看來相關腦部檢測都是正常的，希望沒有大事。」

「我已經和霜鴉他們說，暫停對杜因過去的探索，你也一樣，安全第一。」

柯夏點了點頭：「多謝提醒，我會注意。」

他在掛斷前和阿納托利忽然又說了幾句話：「我已經忘記了你說的那個聯盟元帥那時候意氣風發的心情，但是我現在只知道，他曾經花了半年的薪水，去訂製了一對對戒，想要送給一個人。」

「我很難理解那時候究竟是什麼心情，對方又到底給了我多少，才讓那麼陷於仇恨中冷漠的我下定決心訂製對戒給予回應，我想那一定是非常、非常長久的陪伴與守護，以及非常豐沛的愛意。那個抹去這一切的人，我不能原諒。」

邵鈞坐在書桌前，神情十分嚴肅正經地盯著面前的懸浮螢幕，正在刷著星網搜索屏。

尤里從外頭回來，看到他滿臉一本正經的樣子有些好笑：「鈞寶寶，在查什麼呢？」

邵鈞抬頭，漆黑眼睛裡有著懵懂：「什麼是複製人？」

尤里一滯，邵鈞仍然繼續繼續發問：「我是複製人嗎？我和你們有什麼不同呢？為什麼說，我不過是個複製人而已？」

尤里怒捋起袖子道：「是誰！哪個混帳說這種話！我去揍他！」

邵鈞認真道：「是親王殿下。」

尤里拉袖子的手停住了，十分尷尬摸了摸鼻子：「殿下……殿下不像是這樣的人啊，你又做了什麼事惹他不高興了？」

邵鈞道：「我看到他哭，就想抱抱他安慰他。」

尤里睜大了眼睛，語無倫次：「什麼！元帥——殿下怎麼可能會哭！不對，我意思是，你怎麼就敢上去抱他！」

邵鈞茫然：「就是看到他掉眼淚，心裡很痛，就想抱抱他——平時格鬥輸了，你們不也上去擁抱安慰人的嗎？」

尤里滿臉尷尬：「那是普通的戰友情，戰友！你懂嗎！只有地位相當的人才可以這麼做的……」

邵鈞敏銳發現了其中的不同：「你意思是，複製人的地位卑下……」

尤里忙亂彌補：「不是這個意思！不是你的問題，是我們！我們當然都是一樣的，你和我是平等的，我是說元帥，不、親王。我們誰都不會敢上去擁抱元帥、擁抱親王的，你知道嗎？地位差距太大了！特別是在帝國，你見過平民向貴族行禮嗎！大禮是要跪下來吻腳背那種！即使是我們護衛隊裡的護衛，雖然大部分來自聯盟，知道人人生而平等，但是那也是我們的上司！甚至花間琴和花間酒跟了元帥那麼多年，也沒那個膽子的！」

他又十分震驚：「重點是，殿下怎麼會哭，發生了什麼事?!」

他看向邵鈞，微微打了個抖：「算了，我忽然覺得還是不知道比較幸福，你別放在心上，你什麼都不懂，殿下不會和你計較的……你就當什麼都沒發生過，也別告訴任何人你見到殿下哭了，知道了嗎？更不要告訴任何人，你試圖擁抱殿下！」

邵鈞懵懵懂懂應了：「好的。」

尤里長長呼出一口氣，邵鈞卻又指著螢幕：「這上頭說，複製人的壽命很短，大部分只能活一年左右，最長也不會超過三年。」

尤里幾乎咬到自己舌頭：「這……你放心，我們都會對你好的，你不會……」

他看著邵鈞盯著他漆黑信任的雙眸，忽然一陣悲哀，覺得沒辦法扯謊安慰這個像孩子一樣的複製人，他們是製造出來沒有靈魂的美麗身體，為了滿足人類荒謬的欲求，但是這一刻，他並沒有感覺到眼前這個複製人，和他們有什麼區別。

邵鈞道：「我已經來了一個月了，所以，我可能只有不到一年的壽命了？然後就會死吧？我在柯希郡王府見過，和我一樣的複製人死去。」有的在格鬥場上悲慘死去，有的在格子裡無聲無息地倒下死去，沒有呼吸，沒有體溫，然後被飼養人員拉出去，像清理寵物圈一樣，那個時候他還不知道生死，但已經本能地感覺到了死亡的威脅和可怕。

所以他每一場格鬥都全力以赴，只有站到最後，才不會被如同一團沒有聲息的死寂之物被人粗暴地清理走。

他覺得他和那些人不一樣，可是他敏感地覺察到了危機，所以他小心翼翼地模仿著那些複製人，直到一次可怕得以為自己已經死去的決鬥後，他被治癒了。醒過來看到了滿院的白薔薇，然後他就看到了那個本能讓他信任、讓他胸膛裡溫暖、讓他由衷喜愛的親王殿下。

他終於得到了放鬆和解脫，那個金髮碧眼、神一樣俊美的男子，讓他吃飽，讓他穿暖，給他一個棲身睡覺的地方，給他朋友和同伴，給他工作和薪水，給了他一切如同人一樣的權利。

但是他仍然對死亡有陰影，那被緊緊絞緊窒息瀕死的感覺，聽到身上骨頭一根根折斷的感覺，疼痛、耳朵嗡鳴、眼前發黑，他已經死過一次了。

所以他很快又要死了？會怎麼死呢？

尤里喃喃道：「神啊，請指引我，如何回答這個難題……」

邵鈞側頭看了他一會兒，忽然站起來上前擁抱了他一下，尤里結結巴巴道：「你、你幹什麼……」

邵鈞眼睛裡帶著笑意：「你好像在傷心，我和你不是平等的嗎？我可以擁抱你安慰你吧？」

尤里唰的一下眼淚就流出來了，他擦著眼淚笑道：「你這傻孩子……算了，我跟你說，重要的是活的品質，品質！你知道嗎？有些人活了一輩子，都是渾渾噩噩的，沒價值！最關鍵是每一天我們都要過好它，要開心，你覺得怎麼最開心，就要怎麼過，這樣這一輩子，就不會白活……」

他碎碎念地不知道自己在說什麼：「你先好好出去玩，把什麼月曜城，繁星城，都玩遍了，把愛吃的都嘗過，什麼好看的風景都走過，等你回來了，我想辦法幫你介紹個女孩子，你應該談個甜甜蜜蜜的戀愛！這樣才不會後悔！我認識附近學校裡不少女學生，她們曾經來參觀過。各個都又軟又可愛又溫柔……你一定會喜歡的……」

邵鈞聽得十分認真，但是到這裡還是說了句：「可是如果壽命太短的話，這樣對別人不公平吧……」

尤里道：「唉！你這還擔憂這個！開誠布公就行！有些女孩子們在乎的不是這些，她們看重的是感覺！感覺你懂嗎？只要感覺對了，什麼財富地位那些外在的東西，都不重要！特別是你還長得挺耐看的！只要坦誠相待，不是欺騙，沒有傷害，大家開開心心度過每一天，能夠提供快樂給彼此就好！」

邵鈞隱隱覺得哪裡不太對，但是尤里仍然非常亢奮：「你這麼可愛！一定有女孩子喜歡你的！放心，都包在我身上！一定讓你抱著軟軟香香的妹子，度過一個美好的戀愛季節！一定要讓你破了處男之身！享受為人最大的快樂！」

好吧，邵鈞似懂非懂，看著換崗時間到了，尤里匆匆忙忙換了衣服又跑出去了。

等到了晚上，兩人分別睡在床上的時候，邵鈞卻還在想著白天搜尋到的各種內容：「尤里哥。」

尤里睏意重重：「嗯？」

邵鈞道：「我覺得，我不喜歡女孩子啊。」

尤里道：「瞎說，怎麼會有人不喜歡香香軟軟的女孩子呢？你這是沒接觸過，到時候我替你約幾個，又可愛又柔軟，亮晶晶眼睛看著你的時候，心都要化了。」

邵鈞道：「可是你今天說的，要破了處男之身。」

尤里道：「是啊！」說起這他就精神了：「放心！我會教你的！」

邵鈞道：「我在網路上查了下處男，又查了下破處男之身是什麼意思，然後才知道這個是指性行為，說這種事是要相愛的人一起做才最開心。」自從學會了星網搜索，邵鈞的學習能力一日千里，人間生活能力飛速增長。

尤里道：「沒錯啊。」

邵鈞道：「我又繼續搜尋，問怎麼樣才叫相愛，說是要相互吸引，有荷爾蒙方面的吸引力，看到的時候身體會有反應，口乾舌燥……我不明白啊？我沒有看到誰就口乾舌燥過啊，什麼叫身體有反應。」

尤里嘻嘻笑著：「你太小！不懂！不過我早上有看到你洗內褲！鈞寶寶也長大啦！我告訴你，等你看到……你的小兄弟就起立致敬的！那就對了！到時候我教教你……你這是沒見過哪個漂亮女孩子，多見幾個你就知道啦，沒關係，等你回來我帶你去……」他樂不可支笑著，十分猥瑣。

邵鈞道：「可是百科上說，如果見到男子也有反應的，那也有可能喜歡男子，那是同性之愛。」

尤里忽然警覺，整個人都嚇清醒了：「不是吧！你別告訴我你對男的有反應！是誰？難道是我？」他霍然坐起來，緊緊捂住被子：「果然不該洗完澡就出來的！你不是吧！你真的喜歡男的？」

邵鈞有些委屈：「不是你。」

尤里道：「那是誰？」

邵鈞道：「就是夢裡……」

尤里忽然放心：「唉！你不懂！夢是夢！很多青春期的孩子太過敏感，接觸人又少，就會夢到和身邊熟悉的人，甚至可能是自己的親人，這都是正常的！你不要放在心上！正常的青春期荷爾蒙過剩！你千萬不要有什麼想法，就算是夢到這個人，起來要洗內褲洗床單了！那也不是你真的喜歡這個人，懂嗎？不要有心理負擔！」

邵鈞放下了一顆心：「哦……夢到了那個人，也不一定就是真的喜歡他嗎？」

尤里非常肯定地確認：「當然！別擔心！人要活在現實！你遇到那個人，你就明白的！感情是個很玄妙的事情，我們慢慢來。你太年輕啦，我十八歲那時候，也是，嘖，看到驢的屁屁都有反應，那就是正常的青春期荷爾蒙分泌過剩！」

「所以你一定不要有心理負擔！」他斬釘截鐵，一定要讓鈞寶寶改正這個念頭，想起來都不寒而慄，自己天天和鈞寶寶在一起，到時候萬一鈞寶寶夢到自己，以為喜歡自己，那可完了！自己可是喜歡女孩子的！

話說回來，鈞寶寶也挺可憐的，最多也活不過三年，反正自己也沒有女朋友，假如就是陪陪他，安慰他一下，好像也不是不可以。他長得也很白淨，皮膚和女孩子一樣光滑細膩，都沒有什麼體毛，那雙腿也很是修長筆直……他忽然打了個寒顫，不行！絕對不行！自己是喜歡女孩子的！香香軟軟的女孩子！

他閉上眼睛將那個念頭從腦海中驅散開，自己是直男！鋼鐵直男！千萬不能動搖了！

而另外一張床上，邵鈞也閉上了眼睛，默默想著，所以就算夢到親王，那也不是真的喜歡上親王啊。

尤里本來還想多教邵鈞一些，但很快柯夏就踏上了西巡的路程。

走的那天柯樺陛下還來相送，頭上璀璨皇冠壓在金黃色長髮上，銀藍色眼眸猶如最純潔的天使，執著他的手依依不捨道：「本來很捨不得你出去，但是如今我靠得住的也只有你，那邊教會的反應很不好，已經失蹤了不少女子和良民，似乎又隱隱有當地的貴族庇護，始終查不到他們的窩底，你以善戰出名，又和地方貴族們沒什麼瓜葛，儘管放手去查，我都信你。」

柯樺說到動情之處還有些依依不捨：「目前皇室長老院正在為我物色皇后，柯夏哥你早點回來，替我挑挑皇后人選。」

柯夏只是後退一步吻了陛下的手，簡單應了句：「遵命。」便退步翻身騎上了馬，這馬是帝國精心飼養多年的皇室專用優良品種馬，雪白馬身油光水滑，高大俊逸，雪白鬃毛飄揚，儀式專用，簡單說就是排場專用。

柯夏翻身騎上去的時候一身帝國軍服，器宇軒昂。姿容昳麗如神使，衣裝璀璨華美的柯樺站在他身旁，也絲毫沒有奪取他半分光輝。兩人一白一黑，倒像是地獄死神與天上天使交相輝映，這讓崇尚華麗的帝國官員全都被這種反差強烈卻帶著致命吸引的美吸引了，一旁一起送別的官員們全都不能直視，只是深深低下頭去，送這從聯盟歸來，殺伐果斷的俊美死神離開。

邵鈞在一旁站著，也頗覺有目眩神迷之感。

等到柯夏一行走出了外城，柯夏才換了馬，帶著一群人登上了飛船。

邵鈞十分好奇問花間酒：「怎麼不繼續騎馬了？親王騎馬很好看啊。」

花間酒道：「逐日城內城不許任何飛行器飛行，所以要到外城來換乘皇家飛船到月曜城，帝國很大的，不可能只靠騎馬或是搭車。一個帝國幾乎等於大半個聯盟了，疆域和空中要塞，都非常大。」

邵鈞茫然道：「那我看到內城也有車啊，怎麼不坐車。」

花間酒笑了聲，轉頭看他：「你剛才看到親王騎白馬，覺得帥不帥？」

邵鈞道：「帥！」

花間酒白了他一眼：「那不就得了？帝國最講究這種沒什麼用的排場，我以前見到霍克公國的建築，和聯盟真的不是一個風格。後來來了帝國才發現，原來霍克公國原先就是從帝國脫離出去的，審美一脈相承，全是追求那種闊大、恢弘、深沉、華美的感覺。剛來帝國的時候，還是感覺真美啊！」

邵鈞似懂非懂，點了點頭，花間酒道：「到時候好好看看帝國的風景吧，別的不說，帝國風景還是很美的。」

艙門卻打開了，柯夏探頭出來，指了指邵鈞：「邵鈞進來。」

邵鈞連忙走了進去，寬大的專用親王寢殿裡特別華麗，柯夏已經換掉了那身軍服，穿著柔軟舒適的薄襯衫，站在床頭倒酒，金色捲髮披拂在肩膀上，軍服帶來的那冷肅感被削弱了，

邵鈞忽然又衝口而出：「酒精會傷害精神力的。」他現在對什麼不瞭解的東西，都會積極上星網查詢資料，那晚看到親王喝酒，第二天他立刻查了那酒的牌子，還有酒的各種功效，然後就對酒精容易損害神經、影響精神力大皺眉頭，今天看到親王又在倒酒，不由又忍不住開口。

柯夏一怔，倒著酒的手停住，忽然笑了下：「葡萄酒本身酒精含量很低……不過，好吧，聽你的，我只是最近才發現，酒精似乎可以讓我進入一種恍惚微醺的狀態，借助那種狀態似乎可以回憶起一些過去的，彷彿記憶斷層一般的碎片，那種零星卻溫暖充滿希望的感覺。」

他將酒放到軋軋過來的機器人手中托盤，吩咐機器人：「拿出去給廚師，讓他做點心用。」

機器人滾滾滾轉出去了，自從回來白薔薇王府後，他一個仿人機器人都沒有

用，全部用的非人外表機器人服務，大部分貴族只以為這是親王在聯盟養成習慣了。

只有柯夏知道不是，他沒辦法再接受別的仿人智慧型機器人了。

他看向這個「模仿杜因」的複製人，笑得很是溫和：「叫你進來是為了要道歉，我前天不該推開你，還說了些不該說的話，傷了你。」

邵鈞搖了搖頭：「沒有，尤里說擁抱是地位相當的人比較合適，我是您的下屬、護衛，值勤期間維護您的安全是我們的職責，其他時候都不應該打擾您，也不該做出不合適的舉止。」

柯夏笑了下，重新倒了杯有著漂亮桃粉色晶瑩剔透飲料遞給邵鈞：「喝飲料，這是桃子汁，味道不錯。你怎麼這個也和尤里說？」

邵鈞驚覺自己不小心出賣了尤里：「嗯，因為我什麼都不懂，酒隊長說要尤里教我，他什麼都教我。」

柯夏彷彿拉家常：「你不是還和他打了一架嗎？」

邵鈞有些臉紅：「他說要關我進籠子。我以前曾經和野獸一起被關過，我不喜歡，尤里後來和我道歉了。」

柯夏露出了那招牌笑容：「你在柯希那兒吃了很多苦吧？你還記得誰教你格鬥技巧嗎？」

邵鈞點了點頭：「不記得了，醒過來就被扔進籠子裡，大家都一樣……我也不知道為什麼我會打架，他們說我格鬥基因強。他們一直讓我對戰，打不贏就死。」

柯夏伸手拍了拍他的肩膀：「放心，這裡沒人再逼你。」

邵鈞想了一會兒：「是，謝謝親王。」

柯夏失笑：「謝我什麼？」

邵鈞看向他，很誠懇：「你讓我吃飽穿暖，讓我有工作，讓我像個人。」

柯夏戲謔：「那你打算怎麼謝我？」

邵鈞道：「你讓我做什麼，我就做什麼。」

非常簡單的一句話，柯夏原本想笑，但是當他和那對漆黑誠摯的雙眼對視，他忽然覺得這時候並不適合笑。

於是他微微挪開了視線，看向飛船透明的透明舷窗外，伸手招了招他示意他看：「你看下方，那是繁星城，等我們從月曜城回來，會來這裡，你看到那片湖了嗎？那就是繁星湖，湖裡有一種魚，能放出幽黃的光，到了晚上，湖裡就彷彿沉落了許多星星一般，美不勝收。」

邵鈞透過窗子往外望，即使是從飛船往下看，仍然看得出這湖域有多廣闊，如果夜裡整片湖裡都有魚如星星一般發光，那真的猶如星河落在了腳邊，他不由有些神往：「現在白天看不到，竟然有會發光的魚嗎？」

柯夏隨口道：「用基因挑選會發光的魚種，然後人工培育，經過許多代以後就成了這種人工奇觀，其實被改造過基因的魚沒有眼睛，沒有生育能力，全靠人工培育，只為了保持這驚人的美——當然，味道也還行，可以嘗嘗。」

邵鈞茫然，他並沒有完全聽懂，不過還是默默記住了這些詞，準備晚點去星網上查，他非常喜歡這種和親王在一起的感覺，親王就彷彿一個發光體，接近他，才能滿足心中的那種不安感。

柯夏笑道：「等回來帶你去看，月曜城也很美，逐日、月曜、繁星，是帝國三大主城，都各有特色，只是這次我們有任務在身，先辦完了回來，就能好好玩了。」

邵鈞好奇問：「什麼任務。」

柯夏漫不經心：「女巫會，以前比較小規模。教會懶得理，據說最近很是猖獗，到處誘拐女子入會，不少地方陸續回饋未婚妻逃婚、女奴被引誘逃跑或者強行擄走、女孩被誘拐失蹤，地方治安司也查不到。教會那邊有線索，據說有這麼咿個異教組織，誘使女孩們放棄信仰，終身不婚守貞，拒絕婚姻，拋棄家庭和孩子。原本教會也沒怎麼放在心上，結果前陣子在一次清繳中，女巫會竟然出現了機甲，女巫會中的會員稱呼那為神跡，所以過去查查。」

邵鈞一下子接收了太多資訊，仍然有些不太懂，但保持了良好的傾聽和記錄，打算等回去以後查。

這時圓滾滾的機器人從外頭回來了，手裡托盤托著兩碟熱騰騰的點心：「殿下，廚房做好的櫻桃派和蜜桃派，請您品嘗。」

柯夏拈起了一塊外表蓬鬆酥脆的櫻桃派，抵到了邵鈞唇邊，邵鈞有些呆滯，但仍然下意識服從地打開了嘴，一咬，滾燙的櫻桃餡心就燙到了他的舌頭，他張著嘴想吐，又捨不得吐掉，但又實在燙到了，只能囫圇吞了下去，兩隻眼睛頓時蒙上了一層霧水。

那漆黑的眼眸看向柯夏的時候，帶了幾分委屈，倒像是被燙傷了舌頭的小貓，又軟又可憐，柯夏不知為何心裡忽然一虛，有些暗自懊悔自己不該如此戲弄他，放下櫻桃派，拿了衣領上的絲巾替他擦了擦嘴角的酥皮粉末，然後溫柔道：「伸舌頭給我看看，燙到了？怪我不好。」

邵鈞臉色通紅，搖了搖頭，柯夏卻從冰櫃裡拿了杯冰鎮的蘆薈汁抵到他唇邊：「來，含著一口，這個能治療燙傷，過一下子就好了，我小時候吃太快燙傷時，含著這個就不疼了。」

邵鈞又張開嘴含了一口，果然覺得冰涼的汁水很舒服，之前火辣辣的舌頭果然瞬間就不疼了。

就像小貓平復順回豎起的頸毛，眼睛溼漉漉又喜悅崇拜地看向了柯夏，柯夏一時只覺得這感覺頗為新鮮，倒有些忘了他原本對這個著意模仿杜因的複製人是充滿惡意的。

其實，也不是很像吧？柯夏偶然想到，畢竟杜因可從來不吃東西，沒有這樣生動的依戀表情。細細糾結起細節來的時候，一點都不像，一個是平靜強大從容從不失措的機器人，一個只是個懵懂的遵循本能的凶獸幼崽，但是那種偶爾會覺得像的感覺究竟是哪裡來的呢？

到底是哪裡像？

他們在一個很美的晚上抵達了月曜城上，還沒下飛船，邵鈞就明白了月曜城的由來。

整座月曜城最中央的鐘樓頂尖托著一彎月亮，散發著柔和銀輝。

月曜城的首席執行官、地方治安官舉行了盛大的晚宴舞會來歡迎柯夏親王的到來。

歡歌熱舞中，柯夏的護衛隊們雖然仍然在執行任務，但也不由自主地被那熱情的歌聲、舞會給感染了，無數的名門淑女向柯夏行禮拜會，屈膝輕吻柯夏的手背，漂亮的眼睛含情脈脈看著親王。

這裡的女性比逐日城要熱情許多，能夠大方地訴說胸中的心意。站在柯夏身後的邵鈞，整整一個晚上聽到了無數美妙得能夠載入詩歌裡的歌頌親王的言語，比如歌頌柯夏親王的頭髮像金一樣的、太陽一樣的閃耀，柯夏親王的眼睛猶如最美的海水、冰湖、碧空、藍寶石等等等等。

當盛大的歡迎宴會終於結束，柯夏才回到了首席執行官安排的園子裡居住，沒錯，是整整一座玫瑰園，首席執行官高爾謙卑稟報道：「這是尊貴的莎拉公爵夫人提供給您的下榻之地，莎拉夫人聽說您要來，不勝歡喜，她是您母親的好友，只是她如今孀居在家，又喜好清靜，身體也不太好，在城外養病，今晚晚宴她沒有來參加，等您安定下來後，莎拉夫人會上門拜會您。」

柯夏道：「我記得莎拉夫人，不敢請長輩移步，我明日便登門拜訪。」

高爾連忙笑道：「親王殿下真是平易近人。」

柯夏點了點頭，揮手送客後，回到了自己房間內，原本要休息了，忽然想起一事想要交代花間酒，轉身走出來，卻聽到幾個護衛在七嘴八舌地打趣邵鈞：「鈞寶寶一晚上一直盯著漂亮小姑娘們看，我們看到了，哈哈哈，我們的鈞寶寶也長大了？」

「尤里那傢伙不正經，肯定把我們鈞寶寶給帶壞了。」

「我們鈞寶寶也不小了，約會也是可以的嘛。」

邵鈞滿臉通紅不說話，哪裡肯承認自己只是記得尤里說的他見女孩子太少了，所以一晚上他都努力多看看小姑娘們，看看到底是自己是真的不喜歡女人，還是只是見少了女人。

有侍衛道：「別說了，今晚真的是……這裡的小姐真是熱情大方啊，真是非常漂亮！衣服也和逐日城的不太一樣，開放好多，嘖，那蕾絲領口開得好大，別怪鈞寶寶了，我看到派克眼睛都直了，就連那跳舞的模擬機器人，也好看！那腰身，那腿，嘖……」

花間酒道：「行了，都小聲點，該值夜的值夜，先說了不許又讓鈞寶寶頂夜班，明兒親王肯定會帶鈞寶寶出去的，你們不許又欺負他讓他值夜班了。」

一個叫歐羅的侍衛笑道：「好啦好了啦，知道了，酒隊長真是越來越護著鈞寶寶了。」

「親王看重鈞寶寶嘛，都回房吧。」

柯夏沒說話，退回了房間內，心中微微掠過一絲不悅，也並沒有繼續找花間酒，也就直接睡了。

第二天清晨起來，他一反常態，沒有點邵鈞陪同，而是帶了花間酒等幾個護衛出城去拜訪莎拉公爵夫人。點人的時候花間酒有些意外，但也看了眼有些失落的邵鈞，沒說什麼，帶了人陪同柯夏上了飛梭出城了。

莎拉夫人眉目溫婉清麗，唇色淡淡，容貌仍然如同二十許人，風華正茂，一頭純銀色頭髮兩側編成細小髮辮，佩戴珍珠花簪，耳垂和胸口佩戴的也都是珍珠飾品，分外優雅高貴，氣質與當年的南特王妃頗有幾分相似，也因為性情相投，她們才能成為閨中好友。

莎拉夫人看到柯夏前來十分喜悅，但是瞬間又紅了眼圈：「可憐的孩子，竟這麼大了，長得和你父親母親都很像。」

柯夏臉上微微有了些悲哀：「多謝夫人借出園子給我安住。」

莎拉夫人笑道：「不當得如此大謝，你貴為親王，多的是人爭相給您住，住在我的園子，倒真是我的榮幸了。你母親當年幫我良多，噩耗傳來之時，我簡直不能相信。」說著眼圈又紅了，柯夏只得又安慰了她幾句，莎拉夫人又落了好些淚水，才拿了雪白紗帕擦了淚水道：「是我的不是，又提起你的傷心事，都過去了，你好好的，其實在聯盟好得很，為什麼要回來呢？」

「這裡又是什麼好地方，你這傻孩子。我都不願意住在逐日城，恨不得遠離那些勾心鬥角。你倒好，在聯盟都做到元帥了，就算不做元帥，在聯盟好好過日子不好嗎？回來做什麼？」她微微有些嗔怪。

柯夏也帶了些感動道：「夫人肺腑之言，只是我在外流浪多年，無時無刻不懷念白薔薇王府，所以才回來了。」

莎拉夫人道：「好在柯樺陛下很是仁慈，只是你身分始終曖昧，還是需處處留心。」她細細叮囑，十分關愛。

柯夏應了，又和莎拉夫人說了些閒話家常，才問莎拉夫人：「夫人聽說過白鳥會嗎？」

莎拉夫人道：「略聽說過，聽說倒是心善，專門扶助可憐女子的，不過聽說如今不知道哪裡犯了忌諱，教會發了宗教通緝令。雖然你不信教，但皇帝信，教會如今地位很高，你最好還是別接觸她們的好。」

柯夏點了點頭：「聽說她們在月曜城有據點，這次也是受了陛下委託，過來查一查，夫人如果知道什麼線索，還請告知我。」

莎拉夫人搖了搖頭：「你還是好好做你的閒王的好，替他做什麼事，平白得罪人。教會不高興，讓教會自己想辦法處理，你就在這裡好好玩幾天，寶石市場去過沒？等玩夠了，就直接回去說沒查到線索就好了，別真的替他買命，你別看他現在好，就忘了他父親怎麼對你家的，好好過自己日子。」倒是帶了些孩子氣。

柯夏失笑：「夫人說得對，我遵照執行。」

不多時柯夏起身告辭，莎拉夫人也起身送他出來，臨走時牽著他的手十分真摯道：「聽我的話，別理皇室的人，過好自己的日子就好，你母親好不容易留下你，別辜負了她。」

柯夏微微欠身應道：「是。」

從莎拉夫人府回來，回到玫瑰園，便看到幾個護衛們在園子中的草坪上格鬥，其他護衛也都圍觀著，人人都光著上身，大喊大叫，正是投入和激動之時。邵鈞正在場中和一個叫波利的侍衛格鬥，四手對架相持不下，他急速喘息著，雙臂上肌肉隆起，青筋賁起，勁瘦的腰背上都是汗，在陽光下閃閃發光。

柯夏不由想起了當初在決鬥場上看到他的場景。

他遠遠站住了，看著邵鈞果然很快將波利壓翻在地，波利大笑著認了輸，然後邵鈞笑嘻嘻也鬆了手，將波利拉起來，波利嘻嘻哈哈伸手架在了他光著的臂膊上，其他人都湊了過來大笑著分析剛才的戰況，指手畫腳，拍手拍肩，顯然關係都非常好。

柯夏這批護衛個個人高馬大，光著上身更顯得軀幹肌肉賁發，十分雄壯，邵鈞夾在中間，那修長的體型和有些偏白皙光滑的肌膚，實在有些過於格格不入，尤其是那手臂上被對方用力抓過以後，一條條粉色的抓痕觸目驚心，簡直像被人惡狠狠蹂躪過。

柯夏皺了皺眉頭，上前去道：「大家都收拾一下，換身便裝，下午沒什麼事，我帶大家去寶石市場逛逛。」

其他護衛盡皆站了起來向他行禮，聽到柯夏的交代更是歡呼了起來。邵鈞一身汗淋淋的，站在陽光下也跟著護衛們對他行禮，但是臉上是那無拘無束的笑容，眼睛都彎起來了，彷彿全沒有心事。柯夏聽到自己心裡重重嘆了口氣，發現自己居然有些不忍，這個複製人，似乎是真的被洗成了一張白紙，以靠近自己取得信任。

過了一會兒邵鈞洗了個澡，換了身乾淨的便裝來，上午沒有獲得柯夏帶出門的沮喪早已一掃而光，他興奮地和其他侍衛一起行禮，柯夏忍不住想他臉上的情緒真是好懂，問邵鈞：「這麼高興？有想買的東西？」

邵鈞搖頭道：「是尤里說要我幫他買一對裸石，將來做戒指的。」

護衛們轟然笑道：「他一個光棍，買了怕是用不上！」

柯夏一笑：「那好吧，我給他添點錢，你選好了告訴我。」

邵鈞真心實意道：「好的！我替尤里謝謝您！」

柯夏搖了搖頭，戲謔他：「你自己呢？也有喜歡的嗎？」

邵鈞臉紅搖頭，護衛們親切打趣：「鈞寶寶還沒開竅吧？」「昨晚盯著女孩子看呢。」「不要說啦，鈞寶寶害羞呢。」

親王今天看起來甚是平易近人，於是護衛們也都漸漸膽子大了，一路嘻嘻哈哈簇擁著換了便服的親王，乘坐飛梭到了寶石市場。

月光寶石市場依山而建，山坡上風景如畫，點綴著各種各樣小巧的寶石店面，每個店面主打的特色招牌都不一樣，有的主打彩色寶石，有的主打單色的，有的主打原石裸石，有的主打寶石加工，一時之間護衛們都看花了眼。

柯夏這一行個個身材高大，身姿筆挺，渾身都散發著男性荷爾蒙的氣質，一走進市場就吸引了許多人的目光，不少正在挑選寶石的女客看了過來，然後很快發現了為首的柯夏金髮碧眸，英俊非凡，不由飛紅了臉。

柯夏這次是便裝出行，沒有打算驚動地方官員，其實對寶石也沒什麼興趣，就是出來走走，瞭解探訪下民情，因此只選了個最大的店走了進去。

服務員立刻迎了上來，殷勤備至，花間酒道：「把你們這家店最好的寶石都拿出來，給我們少爺看看。」

店長很快從裡頭出來，請柯夏往裡頭上座，柯夏轉頭對幾個護衛道：「花間酒陪我就行，你們在這裡看看，有興趣的就買，邵鈞你不是要幫尤里買寶石嗎？你們替他參考參考，有喜歡的也和我說，我給你們結了。」

護衛們歡呼起來，店長眉開眼笑，知道來了貴客，連忙將柯夏迎了進去，端出了一個一個貴重閃耀，令人目不暇給的寶石出來，一個個替柯夏講解。

柯夏其實心不在焉，隨便聽了一會兒，選了幾個寶石，才漫不經心問那店長道：「我聽說最近你們這裡白鳥會猖獗，連教會都下了宗教通緝令？」

店長被這天上掉下來的大生意喜得眩暈，對這大方又英俊的豪客更是知無不言言無不盡：「沒那麼誇張，客人可別為這個就對我們月曜城止步了，我們這裡好玩著呢。聽說就是教會去清繳他們，結果居然敗了，所以才下了宗教通緝令，說她們是女巫會，其實我們這裡一直挺太平，就是那白鳥會，以前也只是救助一些無家可歸、未婚先孕的可憐女子罷了，經常還會做些善事，哪有教會說的那麼邪惡。」

花間酒好奇問道：「未婚先孕？」

店長神祕兮兮道：「教會這邊不許墮胎，醫院這邊墮胎又要配偶、父母簽字才許墮胎，很多未婚的女孩不小心做了錯事，又不敢和父母說，沒辦法，去地下診所往往會連命都沒了，所以白鳥會就救助她們，替她們解決問題。教會才會不滿，後來鬧了幾次衝突吧，聽說也沒抓到主事者。」

柯夏笑了下：「聽說還收留逃奴？」

店長嘆氣：「可能有吧，這也說不準，外人看來也都是一樣可憐的。客人您別生氣，看您就是個待下寬和的貴族老爺，但是許多領主老爺，那真是……有些女奴是真的可憐啊。」

柯夏點了點頭：「店長心慈，看來這白鳥會藏得嚴實，連教會都找不到她們藏身的地方。」

店長又笑了下，若有所指道：「教會老爺們高高在上，自然是找不到的。」

柯夏已經得到了想要的，站起來笑道：「和店長說話真是愉快，我們再去別的店逛逛吧，外頭那些侍衛挑選的石頭，我也一併結帳。」

店長笑得眉眼花花：「好的好的，客人可以留下聯繫電話，我們稍後派人送到您府上，以後還有什麼需求，也儘管找我。」

柯夏不置可否，走了出來，看到各個侍衛們也挑選到了心喜的石頭，正開心地笑著說話，柯夏看邵鈞臉上仍然緋紅，心中一動問他：「鈞寶寶也買了東西？」

護衛們笑了：「哈哈，他一眼就看上了那塊最貴最大的海藍寶石，問他為什麼喜歡，他說和親王殿下的眼睛一樣！」

邵鈞轉過頭去，柯夏看他耳朵已經燒到通紅，忽然心裡一樂笑道：「是嗎？那就買下。」

邵鈞轉過頭，有些著急：「貴，不要了。」

柯夏笑道：「不缺錢，喜歡就買。」然後滿意看著邵鈞臉上越來越紅，心裡想，真是太好玩了。

寶石市場的特色就是便宜量多，柯夏走出店來，又帶著護衛們在市場裡逛了一圈，什麼當場切割的原石啊，現場加工雕琢的攤位啊，批發零售的那些寶石釦子、寶石小飾物等等，護衛們十分歡快的又都花了不少，邵鈞則站在原石切割攤位前津津有味看那些人將寶石切割出來，扔進專門的機器內拋光打磨，然後開始手工雕琢，最後托出一粒寶光四射的寶石來。

柯夏看他這樣彷彿什麼都沒見過一樣好奇的樣子，索性又慷慨帶著他們逗留了一下午，才回了玫瑰園內。

接連幾日，柯夏什麼事都沒做，除了偶爾參加當地貴族組織的宴會，其他時候就是帶著護護衛隊們在城裡閒逛，把所有有名的景點、市場全都逛過了，又把附近的名勝古跡也都走了一輪，看來就像是個藉著公事遊山玩水的貴族少爺。

地方執政官看到除了第一次交上去的關於白鳥會的資料以後，就杳無回音，再看到這位親王這麼悠閒自在地帶著護衛天天遊山玩水，便也心領神會，知道這位親王不管是什麼原因，應該都沒打算認真查這事，也就越發努力奉承，今天邀請親王去看個新奇的景色，明天給親王送幾隻好玩的小寵物。

托親王的福，護衛們更是大受歡迎，玩夠了月曜城，裡裡外外幾乎都走了個遍，就連邵鈞也在玫瑰園裡看到了幾隻可愛輕盈的機器模擬小奶狗。邵鈞大為喜歡，逗著玩了一會兒，其他護衛並不喜歡，嫌棄地離開了，只有邵鈞不厭其煩和那小奶狗玩著撿骨頭追球球的遊戲。

玫瑰園裡四處都是玫瑰樹，開著一樹一樹各種各樣顏色的玫瑰花，花團錦簇，十分美麗。邵鈞看著小奶狗們將一隻小球踢到了一個用玫瑰花枝和玫瑰灌木搭成的玫瑰迷宮內，小奶狗們也奶聲奶氣汪汪汪地衝了進去，邵鈞有些害怕小狗們出不來，便也跟了進去，在迷宮裡轉了一會兒，好不容易才在一個玫瑰拱門洞內找到了小球，他撿起小球，忽然看到幾隻小奶狗都停住了舉動，身軀僵直，一動不動。

他一怔。

一隻小奶狗抬起了頭，對邵鈞說話：「杜因？你是杜因嗎？」

邵鈞睜大了眼睛，狗會說人話！

小狗看他的神情，倉促道：「我是羅丹，這是我透過天網倉促聯結上的，很快就要失效了，帝國不好過去，天網閘道監控太多，我時間不多。簡短地說，花間風昏迷，奧涅金總統找到了我替他治療，我將他的精神力聯上天網，請艾斯丁幫忙讀了他的記憶，知道了你的存在。你可能是精神體受損，沒有繼承記憶，你不記得我了，但是記住，你如果想要知道一切，回憶起一切，就聯上天網！只要聯上天網，你就什麼都知道了！相信我，快點找個天網聯上，我們會想辦法把記憶還給你！」

小狗張開嘴，吐出了一個金屬磁扣來：「這個能夠破壞複製人脖子上的項圈，讓別人無法定位你和控制你，帝國很危險，你要小心。」

邵鈞瞳孔收縮，那小狗已經眼珠子迅速黯淡了下去，僵直住了一會兒，又重新閃起光來，彷彿一隻機械小奶狗一般伸著舌頭來舔他手裡的球。

邵鈞滿腹疑慮，撿起了地上的磁扣握在手心裡，反手摸著自己脖子上的項圈，杜因是誰？羅丹又是誰？還有花間風？那和酒隊長、琴隊長是什麼關係？艾斯丁又是誰？天網是什麼？記憶？我有記憶？我……不是複製人嗎？這項圈，是控制我的？

他忽然想起了在那些透明格子裡頭見過的不聽話的複製人，會捂著脖子抽搐倒下的樣子，那時候他不明白發生了什麼。

他坐在玫瑰拱門裡，馥鬱芬芳猶如絲絨一般柔滑美豔的玫瑰花簇包圍著他，夕陽是如此之美，他陷入了迷茫混亂的哲學迷思中，我是誰，我是什麼人？我來自何方？

幾隻仿生機器小奶狗就在他腿邊吐著舌頭乖巧排隊坐著，等他擲出球去。

他迷茫了一會兒，打算起來問他最信任的親王，正在這時，玫瑰花拱門外，卻傳來了個聲音：「邵鈞呢？」

正是柯夏親王！邵鈞眼睛一彎，正想笑著應聲，花間酒已經在回話：「出來後按你的要求撤了他的隨身監控，不過剛才我看到他在前院和那幾隻機器狗玩，想來是真的喜歡。」

隨身監控？邵鈞一怔，柯夏已經道：「這次出來，怕是敵人有算計，他身上如果有隨身監控，對方很容易就能發現，反而會提防我們，不如就做出信任寵愛他的樣子，讓對方以為我真的十分信任和寵愛他，這樣他們才會給他進一步的指令，畢竟看他現在這個樣子，很有可能是真的被做過深層催眠暗示，洗去了所有記憶。只有這樣沒有危險的人，才有可能接近我。我沒猜錯的話，敵人會在某個恰當時機將記憶還給邵鈞，然後讓他執行任務。」

花間酒遲疑了一會兒道：「邵鈞……也是個可憐人。」那些九死一生的格鬥畢竟都是真的，那一派天真的如璞玉一般的個性，讓人總不忍心將他看成心懷惡意的人。

柯夏冷笑了聲：「你們可別被他這一派天真的樣子給矇騙了，沒有記憶剛出生的嬰兒，都是懵懂無知天然無辜的。但你看看他的身手，沒有記憶，僅憑本能，就能殺死凶殘的猛獸和變種基因複製人。一旦恢復記憶，他一定是個久經訓練身手驚人的殺手，誰知道他手上流著多少人的血？也許他是個殺人不眨眼的殺手，也許他是個巧言令色的騙子，也許他是個擅長玩弄他人感情和心計的深沉之人，誰知道呢？」

「即便是我，不憑藉機甲，也沒有把握能單人格鬥勝過他，他有著十分卓越的身體素質和戰鬥反應。但他們圖謀應該更大，大概不僅僅是要我的命，千辛萬苦把我騙回帝國，又專門安排了這麼個複製人來取得我的信任和寵愛，應該還有更大的圖謀。但毫無疑問是敵人在暗處，我們只能等他們的下一步，邵鈞是唯一的突破口，只能等他恢復記憶，然後……」

他冷冷道：「我會將他擒下，讓他一樣一樣的把所有知道的都吐出來，讓他永遠後悔，到我身邊。」尤其是模仿杜因這一點，不可原諒。

花間酒嘆息了聲：「剛才接到資訊，奧涅金總統找到了之前的那個叫羅丹的研究員，目前族長已經蘇醒過來，做了精神力舒緩的治療，但是那個研究員也提醒他，因為他的精神力曾經受過重創，和他的新大腦其實並不算完全相容吻合，建議不要再次強行回憶，以免再次發生精神力不穩甚至崩潰的跡象，風先生現在還在休養，只傳了個資訊來提醒我們注意，然後那個羅丹研究員在風先生蘇醒後，再次神祕消失了，哪裡都找不到他。你知道奧涅金家族的力量，連他都查不到的人……」

柯夏低聲道：「我們的敵人太過強大，不得不小心，回去吧，晚上吃什麼？」

花間酒道：「廚房按您的吩咐做了蛋塔，邵鈞喜歡吃那個。」

柯夏道：「挺好，讓他陪我吃吧，看他吃飯，胃口確實好很多。」

花間酒含笑：「月曜城的特色美食的確很值得品嘗，廚房每天都按您的吩咐變著花樣做給邵鈞吃呢。」

柯夏笑了聲道：「讓他多吃點吧，等他恢復記憶，可能就吃不下了。」聲音漸漸遠走。

邵鈞從來沒有想過自己還能如此反應敏捷，在大腦接受了太多資訊完全糊成一團的情況下，他還是非常俐落迅捷地抱起那幾隻小奶狗，連滾帶爬穿過玫瑰迷宮，毫不猶豫將球滾入了玫瑰園中央的湖水中，然後小奶狗們興奮地嚎叫著猶如箭射一般地爭先恐後追逐著小球落入了湖中。

邵鈞便躍入了水中，將那些小狗一隻一隻撈了起來，從湖水中央游到了另外一側，站在了淺水區，完美地讓湖的另外一側正在巡邏的護衛們看到了溼淋淋的他，大笑打趣著：「鈞寶寶！你這是做什麼！」

「那小狗是機器狗！掉在水裡也死不了的！你下水去救他們做什麼？」

「哈哈哈！瞧你這樣子，也像隻落水小狗一樣！」

「鈞寶寶，水裡好玩嗎？」

護衛們大呼小叫轟然笑聲很快引來了不遠處的柯夏和花間酒走了過來，柯夏看到站在水中懷裡還抱著伸著粉色舌頭小奶狗的邵鈞，全身衣褲都溼透了，一雙漆黑眼睛彷彿無辜小獸一般也溼漉漉的，不由笑了：「還不快上來？小心著涼感冒了。」

邵鈞看向他，眼睛使勁眨著，忽然有些慶幸自己從水裡鑽出來，臉上都是溼的，不然一定會被親王看出，自己哭過的。

護衛們早拉著他上岸，將那些小狗放回草地上，七手八腳替他擦著水，邵鈞看著他們笑得那麼真，替他擦溼頭髮的動作也是那麼的認真，心裡想著：他們也是和親王一樣，在演戲嗎？

一切對自己的好，都是演出來的嗎？

所有人都在等著自己恢復記憶，然後將自己捉起來？像對付那些犯人一樣，鎖上鐐銬，關入審訊室拷問？

親王殿下——也會殺死自己嗎？還是像他見過的那些管家們折磨複製人一樣？鎖起來吊起來用鞭子抽打，血流下來滿地，複製人只會哀聲大叫，然後漸漸沒有了聲息，彷彿死屍一樣垂著。

自己不能讓任何人看出來異樣，就像隱藏在那些複製人群裡一樣，他要小心，小心，再小心，因為一步走錯，等待他的，是比死亡更可怕的境況。

身體警戒的本能讓他全身肌肉緊張，有護衛道：「哎呀別鬧了，快點帶鈞寶寶回房沖個熱水澡吧，看他雞皮疙瘩全都起來了，還在發抖，不然會生病的。這水還挺涼的。」

邵鈞麻木地被他們帶著回了房間，打開熱水沖洗乾淨，烘乾，換上乾燥的衣服，然後又被花間酒叫去陪柯夏親王用晚餐。

為了掩飾自己的異樣，邵鈞很努力地保持和每一天一樣的飯量，雖然他每一口吃進去的都不知道是什麼，那些美味的佳餚，進入他的胃裡，然後沉甸甸地墜著，他的胃一直是緊縮著，即便是如此，他還是吃盡了桌上幾乎所有的飯菜。

柯夏非常滿意和寵溺地望著他笑：「吃飽了嗎？夠了嗎？還要再添點嗎？」

邵鈞搖頭，柯夏早已習慣他不太說話的表情，拿了手邊的飲料親自替他斟滿水晶杯：「這是月曜城的特色飲料蘆薈汁，你也嘗一點，味道很不錯，對身體也很好。」

明明已經吃得很撐，邵鈞還是將那杯柯夏親自倒滿的蘆薈汁全部喝完了，然後柯夏又拉著他的手出來花園裡散步：「今晚的月色真不錯，月曜城幾乎也玩遍了，我們下一站去繁星城，那裡也很好玩——是風涼了嗎？你怎麼有點發抖？手也太涼了。」

邵鈞用盡了他短短複製人生命的一個多月的演技，給了柯夏親王一個笑容。

柯夏還是看出了他嘴唇在微微發抖：「算了，你是不是真的有些著涼了，回房休息吧。」

邵鈞行了個禮，和從前一般回了房間。

一直沒辦法消化的食物在胃裡猶如鉛塊，火辣辣的，邵鈞在床上輾轉反側許久無法睡著，覺得身上熱極了，他從枕頭下摸出了那塊藍色的寶石，貼在自己灼熱的臉頰，感覺到那塊昂貴的海藍色寶石帶來的冰涼寒意，他全身都顫抖著，又不覺得熱了，只覺得很冷。他將被子緊緊裹緊起來，將那塊海藍色寶石緊緊握在手裡。

這一夜噩夢叢生，在忽冷忽熱中，邵鈞迷迷糊糊彷彿成為了吊在那水晶籠子裡的人，所有的人都在冷眼看著他，尤里、波利、花間酒、花間琴，柯夏親王坐在高高寶座上，眼睛裡全是寒冰。

鞭子一鞭一鞭落在他身上，竊竊私語包圍著他，殺手！卑鄙者！撒謊的人！

他發著抖落淚，但夢裡的他一個字都沒有解釋。

天亮的時候，高燒的邵鈞終於被護衛們發現，連忙請來了醫生，給他打了一針退燒針。柯夏親自來探病，伸手摸了摸他汗溼的額頭，仍然是笑道：「可憐的鈞寶寶，真是個小可憐，就為了救幾隻小奶狗，你好好休息兩天，沒事的，病很快就會好的。」

邵鈞睜眼看著他微笑的藍眸，在被子裡的手握緊了那塊藍色的寶石，他怎麼就沒發現，那雙總是笑著看著和和氣氣的藍眸裡，一直是如同寒冰一般的冷意呢？

柯夏親自餵了邵鈞藥，輕輕擦了下他脖子上的項圈沾上的藥，邵鈞反手摸了下項圈：「有點緊，透不過氣。」然後作勢要掀那個項圈，柯夏伸手按住他的手笑道：「小可憐，拿不下來的。你躺下來，慢慢調整呼吸，別激動，就不會透不過氣了。」

他關懷體貼替他蓋了被子：「好好休息。」才帶了侍衛離開，走之前吩咐護衛們好好照顧他，也不要吵他，讓他安心靜臥休息。

藥是好藥，邵鈞原本身體底子也好，睡了一覺後起來，很快就退了燒。但他仍然縮在被窩裡沒精打采睡著，什麼都不想吃，精神萎靡，護衛們體貼他，也沒勉強他，只讓他好好睡覺休息。

柯夏又來看過一次他，看到他仍然還睡著，蒼白的臉上長眉緊蹙，緊緊閉著的眼睛睫毛特別黑而長，汗溼的頭髮有幾縷貼在額上，顯得既孱弱又分外稚氣，又有些好笑，沒有吵醒他，悄悄地又走了。

第二天的早上，複診的醫生前來，護衛們才發現，原本一直安靜躺在床上休息的鈞寶寶，消失了。

Chapter 215 原始偽裝

護衛們開始只以為是鈞寶寶睡不住出去院子裡玩了，畢竟一切都沒有動過，床頭櫃上放著通訊器，護衛服外套搭在床頭椅子上，洗衣機裡還有洗乾淨烘乾的衣服，枕頭下還有他如獲至寶的藍寶石。

但當玫瑰園裡裡外外找了一遍，都沒有找到邵鈞，再問當值的護衛有沒有見到邵鈞出去，都沒有見到以後，大家面面相覷，發現了不對，連忙報告了花間酒。

花間酒一聽心裡就咯噔一下，急忙向柯夏彙報。

柯夏抬起頭：「不見了？」他取出了那個控制器，接上了懸浮螢幕，然後查看定位，定位顯示卻無法找到人，只出現無法偵測的訊息。

他臉色微變，退回控制主鍵，然後將電擊、收緊項圈等功能鍵都點了次，顯示無法連接控制器。

他將控制器撂下，神色平淡：「逃走了，很有可能有人接應和幫忙，找地方執政官來，封城搜捕吧。雖然很大機率是找不到了。」

花間酒起身，還有些迷茫和猶豫：「他會不會走失了。」

柯夏笑了下：「昨晚我們說的話，一定被他聽見了。」

花間酒抬起頭來，臉上都是震驚，然後迅速想到了那場動靜巨大的落水和突如其來的發燒，臉色也變了。

柯夏臉上表情也有些奇特：「那場落水，把我們都騙過去了，在沒有回憶一片空白的情況下，他很聰明。晚餐的時候他就已經不太對勁，那場病來得更是奇怪。」

那張臉白成那樣，散步的時候手冷得可怕。一個沒有記憶的人，發現自己已經被人識破，隨時可能被捉起來，他那一刻該有多麼的恐懼？但是在那一刻仍然能夠聰明敏捷地做出最適合的應對，但仍然無法控制身體的反應，於是迅速發燒了，但是一旦身體稍恢復，他立刻飛快逃掉，一個呆子，騙過了他們所有人。

柯夏笑了下：「他應該還會出現的，我還挺期待他恢復記憶的樣子，應該是一個強者，其實還挺可愛的。」

月曜城封城了三天，沒有找到黑髮黑眼的年輕男子，邵鈞彷彿憑空消失了一般。

但花間酒派出的專業眼線在月曜城中央城市廣場的陰溝裡找到了一個複製人專用的黑曜石項圈，項圈是將那些密密麻麻連著皮下的導線硬生生扯開的，上頭還帶著皮膚組織和血肉。

柯夏看到那項圈的時候，眼睛彷彿被燙到一般地移開了，過了一會兒道：「這麼狠……難道他沒有同黨接應嗎？」他沒辦法解釋自己那一刻心裡的銳痛，但他很快認為是因為那人實在有些像杜因，畢竟也是寵了這麼久的小玩意——教他說話，教他生活，教他禮節，果然馴養會讓人心軟吧，對方深諳人的心理。

花間酒臉上卻有些難過：「他什麼都沒帶，又沒人接應，殿下，他會不會並沒有恢復記憶，只是聽到了我們的說話，嚇壞了才趕緊逃跑？他一定很害怕吧？殿下，會不會我們冤枉了他，其實他真的只是一個普通的複製人？我覺得沒有人會這樣冒這麼大的風險，最後卻讓計畫失控的，取得您的寵愛和信任，又能做什麼呢？」

柯夏抬頭看了眼他，低頭淡淡道：「我不知道，我只知道他出現的時機太蹊蹺，他根本不可能是一個沒有靈魂沒有精神力的複製人。而且，這段時間我諮詢了許多催眠師，瞭解了很多催眠知識，受過更高級催眠暗示的人，無法接受低級暗示，你還記得那兩個催眠失敗的學生嗎？他明明滿身是破綻。」他還在模仿杜因，但杜因是他心裡最隱祕的深藏，花間酒並不知道杜因的機器人身分，更不知道他被催眠忘記了很多事，強者絕不會將自己的弱點示人，因此他沒有繼續說什麼。

他也不由自主地被那天真純潔、無辜如璞玉卻充滿了謎題的複製人吸引，但是一旦想到他可能見過杜因，模仿杜因，他背後的人不知道有什麼陰謀，他就不能原諒。

花間酒沉默了一會道：「我讓人把他的生物識別資訊加入通緝系統，繼續搜捕他，一旦他在公共交通、公共市場以及各類福利設備等地方使用了相關設備，系統就會自動報警，如果他沒有恢復記憶的話，看在他誰也沒有傷害的份上，懇請您……還是先不要為難他。」

帝國這方面的監控比聯盟要嚴厲多了，相對來說，追捕逃奴和罪犯，的確是帝國這套天羅地網更方便，但是他有些不忍看到他落網後的下場，如果他沒有恢復記憶，那一瞬間他發現自己全心全意信任的親王殿下、酒隊長都是在騙他的時候，他會有多麼惶恐和恐懼？那場病是真的，他立刻就被嚇病了。

柯夏抬頭看了眼他：「我沒有施虐的癖好。」

花間酒深深鞠躬，轉頭走了，柯夏看著他的背影，垂下睫毛，伸手按著他的眉心，那種綿密而熟悉的神經痛重新找上了他，彷彿老朋友一般，熟練地煎熬他，在每一個意想不到的時刻讓他尖銳刺疼。自從他開始試圖運用精神力，慢慢回憶過去的事時，他就開始陷入了煩躁中，而神經痛也纏繞終日。

一股心煩意亂的失控感湧上了心頭，自從回到帝國，這種陰鬱就伴隨著他，前些日子明明好些了。

似乎，那個模仿杜因的小騙子，真的讓他得到了一定程度上的寧靜。他一直拒絕接受杜因消失的事，甚至去接受過心理治療，心理治療師認為他是下意識地給自己找到機器人其實沒有消失，很有可能捲入陰謀還存在某個地方的藉口來讓自己心裡好過。

但是他仍然還是希望他的杜因確實沒有消失，他甚至在一個哪裡都不像的臥底身上尋找慰藉。

太多想不通的地方，可是他的精神力彷彿被牢牢鎖著，無法掙脫。他牢記著花間風的前車之鑒，小心翼翼控制尺度，不讓自己過於越界，這樣其實對精神力造成了很大負擔。

陰暗的負面情緒再次湧了上來，那種渴望終結一切，希望自毀的傾向再次湧了上來，他冷笑著告訴自己，也許杜因早就沒有了，這一切的確是陰謀，但人們只是敏銳的找到了他的弱點，他忘記了的那些感情，興許已經被暗處的人盯著許久，對症下藥，給他送來了一個複製人。

而他，竟然真的上鉤了，心軟了。

他曾經為那個淡忘了的機器人準備了戒指，可是他忘掉了，他找不回來了，他把他給弄丟了，他甚至在其他人身上尋找他的影子和慰藉，他在背叛曾經的自己，背叛那個給予他長久的陪伴和守護的機器人。

又是無功而返的一天，即便將生物識別系統加入了通緝系統，花間酒還是沒有找到那個傻乎乎的小呆子。

他明明什麼都沒有帶，連那個他最喜歡的珍貴海藍寶石也留在了房間裡，只穿著一身單薄的衣服倉促出逃，還強行撕下了項圈，他已經不知道用什麼辦法干擾遮罩了那項圈的定位系統，可是他還是以傷害自己的辦法決絕地扯下了那項圈。可以想像他離開的決心以及那逃避被捕的恐懼。

但是沒有錢、沒有衣物、沒有身分，他究竟躲在哪裡？又如何生活？他會不會嚇得躲在某個地方，又飢又寒，根本不敢現身。他的傷口得到醫治了嗎？他只要在哪裡就醫，立刻就會被發現，更何況他還身無分文。

花間酒知道守護柯夏本來就是他的職責所在，但是他真的生了內疚，還不如一開始覺得他可疑，就將他逮捕隔離。現在這樣，他對自己的手段很有些覺得不夠光明正大。

那種愧疚感讓他有些難過，特意叮囑了追捕的人，這是親王喜歡的人，找到了也不要傷害他，想辦法帶回來就行。

他回到玫瑰園找柯夏回報，柯夏倒沒有怎麼放在心上，淡淡道：「找不到就找不到吧，隨他吧，他還會出現的。」

他手裡把玩著一個銀色的金鑰，花間酒好奇問：「那是什麼？」

柯夏亮了亮那個金鑰：「天網接入的金鑰，和每個人的生物資訊緊密相連，其他人無法使用。帝國這邊接上天網需要嚴格審批程式和金鑰，這段時間我神經痛發作有些頻繁，醫生建議我可以上天網試試聽聽音樂會、散散心，舒緩情緒，有助於緩解神經痛，我剛找了天網總署，讓他們恢復了我十八歲前的金鑰，生物艙也送過來了。」

花間酒卻緊張道：「殿下又神經痛了？」

柯夏搖了搖頭：「沒關係，只是覺得有點恍如隔世，我甚至已經想不太出我十八歲以前上天網做什麼了。呵呵。其實我不太想上天網，一想到在帝國做什麼都會被嚴格監控，就會覺得天網有些可笑。當初羅丹創造天網的時候怎麼說的？人的思想永無界限。」

十八歲……經過中間這漫長的歲月，柯夏已經忘記自己十八歲的樣子，母親柔軟衣裙上的香味，父親英挺筆直的站姿，妹妹精緻的小手小腳，卻在這回帝國的一年中，反覆在噩夢中出現。

花間酒忍不住勸解：「殿下，不如還是回聯盟吧，您回帝國這些日子，身體狀態一直不太好。」他們都很希望元帥回去，帝國再美，他們也始終覺得格格不入，更何況元帥還一直被那慘烈的過去不斷的反覆提醒，簡直只要想就感覺到了窒息。元帥卻還要不斷面對。

柯夏搖了搖頭：「沒什麼，我去聽聽鈴蘭的音樂吧，最近心情的確不太好。」

他起身走到了房間內，拿起那金鑰插入天網聯結艙的一側，躺了進去，接入了天網。

角色登錄介面卻讓他怔了怔，一個高大威猛有著糾結肌肉的男子讓他依稀看到了自己十八歲的審美，然而……在他旁邊，有著一個男子角色，取名〇〇七……

他為什麼會創造這麼個角色？

這個角色黑髮黑眼，是當時系統自帶預設的模版之一。

他面對著那黑髮黑眼，終於在淡得幾乎難以找到痕跡的記憶深處，依稀記起來，那頑劣皇族少年在某個長假的下午，面對外頭吹來的熱風感覺到了巨大的無聊，渴望趕緊完成可惡的家庭作業好趕緊出去和朋友打球，他看到身邊打掃衛生的〇〇七靈光一閃，讓機器人替自己上天網完成自己的家庭作業。

於是他隨手建了一個角色，讓〇〇七用這個角色上網。

機器人沒有精神力，理論上應該無法接入天網，當時機器人到底是怎麼替自己完成作業的？不對……

柯夏忽然腦海裡一陣劇痛，就連虛擬介面都感覺到了一陣扭曲，他忽然想起，花間風懷疑，杜因和天網裡的鈞是一個人！杜因一個機器人，怎麼接上天網的？

他看向了那個黑髮黑眼的〇〇七，靈魂裡感覺到了一陣顫抖，那種自己幾乎要觸摸到謎底的直覺越來越強烈，那時候他才十八歲……他還像個孩子一樣……〇〇七，那個時候就已經能上天網了嗎？

他控制住自己繼續深思的精神力，否則很有可能立刻就會像花間風一樣崩潰。

他選擇了〇〇七的角色，眼一花，進入了天網。

熟悉的登陸點，他隨便逛了逛，想像著〇〇七當時的樣子，忽然看到消息那裡連閃，還帶著嗡嗚聲，廣告？廣告還能這麼騷擾？他順手點開，那邊已傳來個急不可待的聲音：「〇〇七！你居然復活了！你回帝國了？還在陪練嗎？你在哪裡！我來找你！」

陪練？

柯夏蹙起了眉頭。

那邊已經又回了資訊：「我現在還在巔峰這邊，你過來嗎？玩兩把！一九一九房！」對方已經很有效率地傳了個房間邀請過來。

陰謀？今天這個金鑰才送進來，不至於吧？柯夏盯著那個發資訊來的「土豪」遲疑了一會兒，點進了那個房間。

才進去，就有人握了拳頭一拳攻了過來，他一手捉住手腕，身子一閃，已側身出腿，一腳就將他踢到了牆上。

這才看清了這是一個虛擬格鬥館的房間。

對方不屈不撓又撲了過來，柯夏毫不猶豫地摁住他揍了他個爽。

土豪躺在地板上大叫：「怎麼可能！怎麼可能還是打不過你！我已經是二等機甲師了！」

柯夏盯著地上那五顏六色頭髮下有些眼熟的面孔，緩緩道：「涂浩？」

涂浩笑了：「對，我現在在帝國的繁星城派駐著，你怎麼回帝國了？啊，難道你真的是跟著柯夏親王的？他才剛回帝國，我家裡怕他記恨我，連忙把我外調到了繁星城，你有什麼需要我幫忙的嗎？你現在在做什麼？還缺錢嗎？」

……

柯夏眼睛瞇了起來。

靜謐湖水邊，白色的水鳥從水面上掠過，本來正靜靜釣魚的艾斯丁忽然抬頭，看了眼在岸邊發呆的羅丹：「柯夏上天網了，他精神力裡屬於我下的暗示已經鬆動，恐怕他很快就要回憶起一切了。果然是高精神力者，他的潛意識比花間風的還要強大。」

羅丹猛然抬頭：「啊！那怎麼辦？還能再給柯夏下一次暗示嗎？」

艾斯丁搖了搖頭：「他已經意識到自己被暗示以後，再下暗示用處很小，除非強行催眠忘卻一切，但這樣有可能造成精神力崩潰，這並非鈞願意看到的。再說了現在鈞的境況也不算好，我覺得還是順其自然吧。」

羅丹抿緊了唇，眼睛裡全是擔憂：「鈞怎麼還沒有上天網？」

艾斯丁道：「帝國不容易接上天網，只有經過審核並且擁有祕鑰的人才能上天網。他一個複製人，甚至還上了帝國的通緝系統，哪有這個條件聯上天網，不客氣的說，他一旦聯上天網，很有可能也立刻被帝國的天網總署根據通緝令定位，迅速逮捕。但他只要不上天網，我們就像是兩個世界的人，難以接觸。」

「所以柯夏這時候能想起，對他的安全來說反而是好事，比我們原來的方案更好一些。有他接應我們過去也方便多了，畢竟你那身體要出境入境都太困難，如今帝國聯盟都戒備森嚴，就算給再多錢還是沒有人敢接偷渡的生意，偷渡更不是我們擅長的。」

「至於別的感情上的事情，由他們當事人到時候自己選擇吧。」

巔峰俱樂部格鬥間裡。

柯夏微微垂著頭看著涂浩，臉上什麼神情都沒有：「你什麼時候得罪了柯夏？你在山南中學的時候和他不是挺好的嗎？」

涂浩尷尬笑著：「唉……你不知道，我當時帶了些任務去雪鷹軍校留學，策反了不少人——我也沒辦法啊，我全家都是帝國的人，軍令不可違抗。他後來做了聯盟元帥，肯定對我當時的行為深惡痛絕，我聽說後來元帥身邊的那個臥底，就是他親手抓的。雖然沒有正面衝突，但家裡人分析他看上去就是那種很正派的人，多半對我心有芥蒂。加上回來也不知道柯樺陛下到底什麼有打算，到時候我的立場也會很困難，到底是親近好還是疏遠好呢？畢竟還是有同學情誼在，完全不接觸，直接就要結仇了，尺度實在太難把握。家裡人想了想還是把我外派了。」

涂浩摸了摸頭髮：「算了不說這些事了，你呢？你原來不是刪了這帳號嗎？怎麼可以恢復？你當年和柯夏也挺好的，是不是跟他回來帝國有關，你也回來了？如果真的回來了，可別出賣我啊。」

柯夏伸手一把拉住他的衣領，看著他冷冷道：「不必出賣，表面上是帝國第二軍團二等機甲士，兼職軍機處副參謀員，實際上是帝國安全處的祕密主管，處理情報一流的涂浩中將。」

涂浩整個臉都震驚了，柯夏冷笑：「順便補充，我就是你的好同學，你避之唯恐不及的柯夏。」

涂浩魂飛魄散：「什麼！！不可能！帝國的天網祕鑰是和基因身分綁定的！你……你你怎麼可能是柯夏！不對，你怎麼會在鈞的ID上……」

柯夏笑了下：「我也很想知道這一點，你在繁星城派駐是嗎？繁星城乘坐飛梭來月曜城也只需要半天時間，太陽落山前我見不到你的話……」

他鬆開了抓住涂浩衣領的手，輕輕替他整理了下衣領：「你一定不想知道我會怎麼對待你的。」

逼著涂浩下了線，柯夏卻反手查了自己這個帳號上的所有收入和開支明細，並無異常，都是些購買學習資料、天網遊戲、天網外表等等的費用。

他從來沒有注意過自己的虛擬帳戶有多少錢，需要什麼和管家交代，都能買到，自己當時是未成年人，帳戶任何一筆收支，都會通知到監護人那裡，所以不可能帳戶變動無人知曉。

所以，如果他的機器人用了他的帳號在陪練的話，錢在哪裡？

下午，花間酒帶了涂浩中將進來，甚至連半天時間都沒有用到，想來已經是一刻都沒有耽誤的光速趕到。

涂浩面對柯夏冷冷的詢問簡直是屁滾尿流一敗塗地，無所不答：「那俱樂部我表哥有股份，那時候我正要考機甲系，所以經常去練習。後來聽說有個陪練從來沒輸過，好奇就約了一次，果然很厲害，可惜他上線不穩定，每次一上來都一堆人要跟他約戰。他都挑最貴的約，所以價格越來越高。」

「說你知道的一切。」

「……我知道得不多，後來他再也沒有來過，我……當時年紀還小，有點同情他，就查了下，他那天把寄存在俱樂部帳面上的錢全都轉走了，然後刪了角色。」

「他的錢都寄存在俱樂部？」

「是的……那個俱樂部提供這種服務，類似賭場籌碼一樣，可以存可以換也可以隨時提現，可以在俱樂部內轉帳，這主要其實也方便帝國和聯盟兩邊的人使用，用的錢不同……」

「他陪練應該有不少錢吧？」

涂浩遲疑了下，柯夏冷冷道：「或者你是想去安全局喝一杯茶？」

涂浩看到柯夏極富威懾力的眼神，終於崩潰：「不、殿下！我都說，其實我後來也查過，他那天還在俱樂部見了一個叫海蛇的男人，然後把錢轉給了對方。表哥叫我不用查，說那是黑道上的人，經常在那邊做一些見不得光的買賣，他付錢給他，要麼是被勒索，要麼是買了什麼見不得人市面上買不到的東西，反正叫我不用查下去了。」

「他當時所有陪練的錢都在上頭，數字本來挺多……但是後來花了一大筆，然後當天把剩下的都轉走了。後來我在聯盟遇見他的時候，他另外創了一個帳號，我還是認出了他，你也認識的，就是鈞，也還是在聯盟的地下俱樂部做陪練，還是那樣一次都沒有輸過，特別受歡迎。他應該是有苦衷，一直迴避著人。」

「我看他和你挺熟的，但是應該不想讓人知道他的過去，所以我也沒有和你說過。我以前查過的資料，所有俱樂部上他收支的錢包括轉出去的帳號，當時海蛇的情況，我都已經帶過來了，在這裡。」涂浩老老實實將一個磁片推了過來。

柯夏低頭狠狠盯著他：「聽著，你現在是安全局的高級官員，高級將領，應該有辦法弄到白薔薇王府滅門之夜的監控錄影。不管你用什麼方法，我要所有的監控攝影機的影片。」

這東西當然當時應該是被嚴格保密封存起來，理論上應該是被銷毀了，但是，他有理由相信下面的部門絕對會有人保留著這東西。

涂浩結結巴巴：「這……你不會是想報復那些執行命令的軍人吧……他們只是遵令行事，親王殿下……」

柯夏冷冷看著他：「你信不信我隨時能捏造出一百條你和聯盟暗通款曲的書信出來？涂家深受柯冀器重，但是現在可是柯樺陛下，他會信得過你嗎？」

涂浩瑟瑟發抖：「我……有……」他很沒有骨氣地同意了，柯夏這才滿意點了點頭，叫他出去。

自己先打開了涂浩交出來的磁片，裡頭果然有詳盡的收支帳戶，零零碎碎，一直持續了好幾年，應該是從自己十五歲為他開始建立帳號沒多久就開始了，然後在某一天，全部轉了出去。

他目光落在了那個日期上，他記得很清楚，那是白薔薇滅門夜的兩個月前。

他叫進了花間酒。

「你去查一下，這裡頭有費用的收支情況，你去查那個轉出帳號的所有人，想辦法查到最後這筆轉帳的用途。」

花間酒應了乾脆俐落地下去了。

柯夏坐在玫瑰園裡，拿了張紙出來，緩緩寫下幾個時間點，一個是戶頭上的虛擬幣全部轉出的時間，一個是白薔薇府滅門的時間。另外一個是天網上「鈞」出現的時間點，這個時間點他已經模糊不清，甚至連和他相遇的細節都已經淡忘，但可以明確的是，鈞在那個地下俱樂部陪練的時間，應該就是自己在山南中學學習的時間以及患上默氏病的時間，所以自己那些驚人的費用，是從這裡來的？包括他做替身的錢。

費用這個問題，一直是他和花間風糾結的重點，默氏病需要的費用非常驚人，他的機器人一開始是從哪裡賺錢，一直是個謎題，他甚至還代替他直接拒絕了布魯斯元帥的捐助，退回了所有學校學生的捐款。

而他們相遇的時間點，是他已經開始治療默氏病，全身癱瘓在床，不能說，不能動的時間。

每一天兩個星時的天網時間，對他來說一定是個慰藉，他當時拒絕接受心理治療，於是鈞為了緩解他的心理問題，每天陪著他格鬥，然後和他一起擔任了教師，替孩子們上課。

柯夏壓制著自己那些洶湧的精神力，逼迫自己只用邏輯理性來推斷一切事情。不需要感情渲染，只憑所知道的一切，他就大概已經推斷出機器人做了什麼，為什麼這麼做，清楚明白。

而這一切，都不是一個機器人做到的，再高級的人工智慧，也做不到。

柯夏閉上了眼睛，靠在了靠背椅上沉默了。

門敲了敲，花間酒回來了，神情複雜：「查到了……這帳號就是我們花間族曾經使用過的……他原名叫花間海，但是在帝國的時候化名外號海蛇。」

柯夏抬頭，花間酒有些尷尬，但神情依然震驚：「這是幾十年前用過的了，也幸好是我們自己族內的，否則查無可查，這個海蛇是負責偷渡、走私事宜的總管，一般負責替人偷渡去聯盟，收取一定費用，這一筆轉帳是收取的偷渡船票加上一個身分卡，他們提供了當初賣出的身分卡資訊。」

柯夏心裡隱隱已經有了答案，花間酒表情卻很是恍惚：「身分卡是一名叫杜因的三十八歲成年男子所有，經歷是父母不詳，自幼被遺棄，帝國孤兒院收養長大，良民，有著完整的義務學校學習檔案，畢業後從事體力工作，有帝國的身分證，有繳稅經歷。」

花間酒看向了柯夏：「所以……這是杜因隊長的身分卡？」

柯夏道：「他買了幾張偷渡船票。」

花間酒從手裡拿出了一個金色香球：「一張，十二月八日的東雲港偷渡去聯盟的船票，結果偷渡的時候他抱了個孩子上船，負責偷渡的船員當時不讓他上傳，他拿出了這個抵船費，船員貪心收了放了人進去，第二天封了船港，那船員膽小，後來直接和我們負責組織偷渡的老大坦白，說當時多放了一個孩子進去——金色頭髮的……」

他偷偷看了眼柯夏，時間、名字、頭髮，一切都和杜因隊長以及滅門慘案時的柯夏親王對上了……柯夏親王是怎麼在追殺中逃出帝國的，一直是帝國和聯盟遍查不到的真相。

他甚至心裡微微顫抖著，杜因隊長已經失蹤很久了，親王這是在查什麼呢？

柯夏狠狠閉了下眼睛，揉了揉眉心：「知道了，你先下去吧。」

花間酒大氣不敢出地退下去了，柯夏手腕滴的一聲響，顯示絕密管道收到了影片。

根據涂浩說的密碼，他打開了層層加密的錄影檔，深呼吸了許久，才打開看。

身為親王，白薔薇王府自然是用的是最高品質的監控設備，因此時隔多年，依然清晰得很。

柯夏看到了在沉睡中悍然破門而入的黑衣軍人，沒有肩章沒有任何標識，進門一個一個冷靜地開槍殺人，他溫柔的母親瀕死前還被拉開了護著肚子的手臂，對著肚子又補了一槍，顯然是保證肚子裡的胎兒也不能存活。

他目眥欲裂，牙齒深深地咬在嘴唇上，血冒了出來，多年纏繞的噩夢彷彿又席捲而來，他深呼吸許久，閉了眼睛，平靜了一下心情，將自己從那刻骨到瘋狂的恨意裡抽離出來，強迫自己作為一名觀眾，按了快進。

那個混亂的夜，他沒有注意到的細節湧了上來，比如，本應在他房間裡陪同他入睡的〇〇七，在千鈞一髮的時候，卻不是從房間外間進入，而是從房間的窗戶進來，然後搖醒自己，將自己從窗戶帶走，攀下了二樓，然後因為目睹了一樓自己的妹妹被殺，年幼愚蠢的他發出了尖叫聲，然後便開始了混亂的打鬥，逃亡……

〇〇七的格鬥逃亡動作，都太嫺熟了，用他如今的眼光看，就是一個訓練有素的軍人。

還有當年教他的軍體拳，網路什麼地方能下載這樣的東西？

那時候他怎麼就信了？

他關掉了影片監控，在資料夾裡找了下，找到了他房間外間，本應是〇〇七晚上待著的地方，把時間條往前拉。晚上十點，他打完一把格鬥遊戲，洗完澡，上床睡覺，〇〇七和平常一樣，收拾完了房間環境，靜靜地一個人站在了牆角，燈暗下去了。

之後他一直靜靜站在那裡不動，柯夏將影片快進，凌晨機器人忽然動了，他看了下具體時間，凌晨四點，機器人靜悄悄地走出了房門，柯夏看了下時間，找了走廊的監控攝影機影片，看到他安靜地穿過走廊，下樓，沒有遇到任何人。

柯夏一個一個影片探頭地找，這之後〇〇七就在影片裡消失了，所有探頭裡頭都沒有他的蹤跡，直到三十分鐘後，花園一個攝影機拍到他忽然從樓底沿著水管往上攀到二樓，進入了柯夏的臥室……然後搖醒了柯夏，將他抱著從二樓窗戶跳出，在中間水管的突起中腳踏上去作為緩衝，然後穩而輕巧地著地，然後他看到了一樓保母房裡妹妹被殺，尖叫，混戰。

然後就是逃亡……柯夏終於發現，那天晚上，〇〇七明明帶著他從花園的雜物房窗口破窗而出，上了一輛停在路邊的舊車，後來他就暈過去了，醒起來的時候已經在偷渡往聯盟的船上，〇〇七告訴他，帝國很危險，所以只能離開。

機器人托著托盤進來，為他送來晚餐，窗外已經是夕陽滿天，不知不覺，他已經在書房裡過了一整天。

他看著機器人，忽然發問：「機器人？」

對方道：「親王殿下，我叫玫瑰一號。」

柯夏道：「玫瑰一號，假如現在我讓你保護我的孩子，晚上有人偷襲殺了全家，只有你還保護著我的孩子，你會採取什麼方案？」

玫瑰一號道：「我會為小王子戰鬥到最後一刻。」

「我是說，你會盡可能地保全他，帶他逃跑嗎？」

「如果主人給我的應急預案有逃跑的選項。」

「你會偷渡去聯盟嗎？敵人如果太強大，留在帝國如果已經很危險的話。」

「如果主人在應急預案中有這個方案，並且在當時情形下最適當，又滿足預先設置的情況，我會執行。」

柯夏閉上了眼睛，深吸了一口氣：「如果沒有呢？你會帶孩子逃跑嗎？」

「我會聽從小主人命令決定是停留還是逃跑，捍衛小主人的人身安全直到最後一刻。」

柯夏深深吸氣，往後靠在了靠背椅上，抬起頭，忽然用手臂掩住了自己發熱的眼睛。

橫禍發生的那天晚上是如此突然，自己的父親母親，一直安心做著他們的太平親王、王妃，從來沒有覬覦過帝位，給自己長子的機器人的應急預案，多半也就是機器製造工廠設置的遇險應急預案，也就是即使犧牲自己，也要保護孩子的人身安全。怎麼可能做出一個錯綜複雜明顯違反法律的行動——逃離帝國，偷渡到聯盟？

所有因果彷彿一切都聯起來，河水理應奔向大海，候鳥於冷地飛往暖鄉，一切原是如此順理成章。

一個機器人不知何時，不知為何，身體裡覺醒了靈魂，他私下陪練，想要離開主人，購買偷渡船票，離開帝國，前往聯盟開展新的人生，然而即將開始新生活的那一夜，他的主人家忽然遇上了圍殺，原本可以什麼都不顧的機器人回頭，將小主人救走，從此隱姓埋名到了聯盟，然後……

就是數十年的陪伴和輔佐，甚至在他默氏病發時，仍然不離不棄地守護著他，隱姓埋名改頭換面在天網裡陪伴著他。

和一開始他和花間風推想的不同，並不是機器人〇〇七在和主人長期的陪伴守護中誕生了意識，而是這個機器人，從一開始就是有著獨立靈魂和意識的。

他並不是什麼為了保護主人這樣的程式命令救了他並守護他這麼多年，所有的一切，都是出於他的獨立靈魂和選擇。

他那時候完全可以果斷離開帝國，永遠沒人知道他曾經是機器人的過去，但他卻選擇了救助頑劣不堪的小主人，並且帶著這個累贅，漂洋過海，負擔生活費，供他上學，替他治病，替他尋找克服默氏病後遺症的辦法考入軍校，守護了他這麼多年。

無論面臨生病、流放，還是戰爭，他都不曾離去，直到他成為了聯盟統帥，他才想要離開他，因為他的機器身體已經殘破不堪……

柯夏忽然坐了起來，放下了手臂，一雙藍色冰眸忽然瞳孔縮緊：離開！

每一個沒有杜因陪伴的深夜，他都會反覆思想卻一次也沒有想通的疑問再次湧上心頭，杜因當時為什麼要離開聯盟前往帝國？

他的機器身體只要和自己開口，不要說自己聯盟統帥的身分，就是他作為聯盟統帥護衛官的身分，也完全可以有辦法換一具最新最好的機器身體，即便是違反聯盟法律製作模擬機器人，但在有奧涅金家族 AG 公司作為後盾的情況下，這根本就不值一提。

他當時為什麼要頂著叛國罪的罪名，離開自己，離開聯盟？有什麼東西在帝國吸引他？他擁有靈魂的事，不敢和自己說。一個擁有和人類一樣靈魂的機器人，在那個時候匆匆離開聯盟偷渡帝國，會為了什麼？

什麼東西，是聯盟不能提供，帝國可以的？

那個答案彷彿就在腦海裡躍躍欲出，隨時破土而出。

他幾乎是顫抖著按鈴叫花間酒進來：「你立刻去查柯希郡王當初訂製複製人的那個實驗室，不管你用什麼辦法，我需要那個複製人的訂製資訊和購買資訊。」

花間酒下午一直沉迷剛剛查到的杜因隊長的事裡，這一刻沒有反應過來：「哪一個複製人？」

他抬眼和柯夏眼睛四目相對，忽然心裡一顫，柯夏眼睛裡幾乎全是淒厲和受傷：「邵鈞。」

「那個身體應該不是柯希郡王訂製的，柯希不會喜歡這樣的複製人，我要真正訂製的人的資訊，不管你用什麼方法，我要真話，越快越好。」

花間酒對逼問這一套可是太擅長了，第二天他就帶著人出差，以迅雷不及掩耳的速度，以複製人帶了主人的東西逃跑的藉口，迅速將製作複製體的實驗室負責人凱斯博士逮捕起來審訊。

本來製作複製人在帝國就是違法的，只是耐不住許多貴族私下好這口，這實驗室也一直在逐日城裡頗具盛名，被很多貴族庇護著。但柯夏一發火，其他貴族想要保下凱斯博士，也只能勸他先如實交代，等親王消了氣就好了。

權勢之下，螻蟻根本無力抵擋，再加上花間家族本就是擅長於審訊和攻心，於是花間酒並沒有花太多功夫就問了個乾乾淨淨，還拔出蘿蔔帶出泥，甚至問出了一個令人震驚的線索。

他連夜趕回來彙報的時候，柯夏一直坐在書房裡，彷彿從來沒有離開過，機器人送來的飯菜仍然原封不動。

花間酒有些心驚膽跳，總覺得發生了什麼自己不知道的大事。但仍然詳盡地彙報了這次審問的結果，他按開了懸浮螢幕，一具黑髮黑眼的頎長男性身體浮現在了懸浮螢幕，旁邊是一系列的參數，血型、身高、性別、體重、基因訂製要求。

花間酒低聲道：「凱斯博士全招了，實驗室一直在接來自聯盟的走私訂單，價格昂貴，比在帝國更賣得出價格。鈞這具身體，就是來自聯盟老客戶的訂單，從頭髮眼睛，包括所有的身高體重年齡基因訂製要求全部由客戶訂製，基因訂製裡頭特意指名了要求格鬥能力高、身體健康、神經反應及堅韌等特性。」

「值得注意的是，這具複製體和其他複製體並不一樣，客戶要求在這具複製體的大腦中加裝了一個很小的電子設備，這個設備是由聯盟那邊寄出來的，要求必須要加裝在顱腦特定位置，並在複製體大腦完全成熟後才植入。他們研究過，但看不出是什麼，只大概知道應該和精神力有關，與天網接入艙內的精神力接收設備有點像，採用的材質是金錫製作，完全密閉，無法拆開。」

柯夏盯著那懸浮螢幕中栩栩如生的身體放大顯示了顱腦內一個小小的金色設備，桌子下的手微微顫抖，花間酒道：「原本已經接受了訂金，複製人培養艙也已經培養到接近成熟體了，相關的設備也已經植入顱腦中。帝國忽然皇帝駕崩，兩邊全部收緊了邊防，嚴打走私，所有走私管道全部被封死，無法運出。實驗室那邊因為無法找到可靠的出貨管道，提出了返還訂金，中止協議。但聯盟那邊的老客戶沒有同意，一開始是提出他們自己過來接貨。但後來某一天，聯盟那邊的老客戶明確答覆中止協議，放棄複製體。」

柯夏忽然問：「日期。」

花間酒還沉浸在自己的思緒中：「啊？」沒有反應過來為什麼柯夏會關注日期。

柯夏聲音出奇地鎮定：「中止協議的日期。」

花間酒道：「啊，這有客戶明確簽訂放棄複製體的回覆單，您看，日期是四月十日，簽字是修羅。殿下，請注意這個簽名，一會兒我會提到這個名字。」

柯夏眼睛卻已經落在了那行日期上，桌子下的手已經發抖起來，那是杜因被爆炸摧毀那一天的次日。

他深呼吸著，一切日期都吻合，因為打擊走私，訂製的複製體無法運到聯盟，因此杜因急著匆匆連夜偷渡，他是想要過來接收身體，然而卻被自己中途捉了回去。

他為什麼不說？他一直沉默的抗拒，卻被自己強行中止了電源，更換了華而不實的人魚身體，還自以為是給他最好的東西。

他全身幾乎都在微微發抖，花間酒還在說話：「因為客戶明確放棄了身體，連訂金也不要了，但是培養艙裡的身體已經接近培育成熟，放棄很可惜。凱斯博士承認他正好失敗了一對要給柯希郡王的雙胞胎複製體，於是就拿去作為賠償給了柯希郡王，管家驗收時並不滿意，說是柯希郡王不喜歡這種類型，是他強調這個複製體的格鬥能力特別強，又給那個管家一筆賄賂，才把複製體塞給了柯希郡王那邊。後來……您也知道了……」

知道什麼？知道了他的鈞，在千方百計的訂製了一具人的身體，在最後接近成功的時候，被自己摧毀了一切嗎？知道了他千辛萬苦終於復活在了新的身體裡，並且以人類的肉身和無數的野獸、怪物搏鬥，甚至在自己眼前幾近死亡，然後終於活了下來，見到自己的第一時間就撲向了自己，以為終於獲得了新生和安全，實際獲得的卻是自己冰冷戒備的目光嗎？

他甚至曾經冷酷地坐在高臺上，看他在格鬥臺上生死相搏，全身骨頭盡碎，窒息瀕死，當時如果一念之差沒有開口索取他，是不是他永遠都不會知道他曾經存在過？

那是他曾經想要送出戒指的人，那是陪伴了他守護了他多麼久的人，他什麼都忘記了，只記得自己的名字，如同一個新生嬰兒，卻仍然記得他，他明明警惕著這個對他來說充滿惡意的可怕世界，卻在見到他第一眼的時候還記得他，撲向了他。

他曾經在自己的懷中哭泣！那是什麼樣的淚水？他在機器人身體裡頭從未露出過的脆弱和依戀，全部在他跟前袒露，像一個天然如璞玉的孩子，將自己全心全意交給了他，他會抱著他入眠，許諾一切都聽他的，他說喜歡那寶石，因為藍色寶石像他的眼睛。他至真至純，卻不知道這世界有多險惡，包括他全心全意信任的人，也是一個惡劣的人。

他在那麼多複製體中小心翼翼隱藏著自己，好不容易逃過了複製人為奴的命運，在格鬥場上殺出一條血路，來到了自己身邊，他們原該可以重新開始，一切卻被自己搞砸了。

花間酒不知底裡，還在報告：「殿下，我還發現了一個驚人的線索，就是這個訂製身體的客戶，修羅，他之前還花了大價錢訂製過另外一具複製人身體，並且順利的運送到了聯盟交貨，之前這具身體的資料，您請看。」

懸浮螢幕中閃現出來一具男性身體，白皙肌膚，深紫羅蘭色眼眸，深色捲髮，整個人看著有些憂鬱。

花間酒道：「殿下還記得這個人嗎？這就是替我們族長做了腦部手術的羅丹研究員！」

花間酒仍然有些難以相信自己居然查到了這個：「查到這個的時候，我覺得有些眼熟，和奧涅金伯爵之前發給我們家族查找的人照片相似，已經和奧涅金伯爵閣下核對過了，這就是神祕消失的他。更離譜的是，這個相貌之前伯爵已經查過，和紀念館裡天網之父羅丹年輕時候的相貌幾乎一樣，除了眸色不一樣。他還是羅丹基金會神祕的繼承人，奧涅金伯爵查了許久都沒有查到他的下落，彷彿消失在人間一般。還有名字，修羅這個名字，伯爵說，當年杜因隊長第一次參加奧涅金家族的拍賣會的時候，拿著的請柬，就是以修羅的化名參加的！」

花間酒看了一眼一直坐在黑暗裡一動不動的柯夏親王，小心翼翼道：「風先生想和您通話。」

柯夏聲音有些沙啞：「接通吧。」

花間酒接通了，花間風出現在那頭，阿納托利站在一旁，顯然對花間風上次暈倒還有些顧慮，擔心地看著他們。

花間風急切道：「小酒把查到的資料傳給我了，夏！我原本已經腦死亡，他們卻複製我的大腦後重新將我救了回來。看到小酒查到的資料以後，我讓人重新覆核我之前的手術資料，果然在手術過程中，我的大腦裡曾經加裝過一個類似這樣的精神力接收設備！作用就是為了輔助接收我的精神力，在我恢復以後，他又做了顱腦手術，將那個設備取走了。陪同手術的所有醫護人員都說以為那是他的專利技術，也不敢多問。我想應該你也猜到了，那個羅丹的身體是複製體的話……他們已經成功過一次了！」

「杜因……是有精神力的！他能夠接上天網！」

花間風聲音已經嘶啞：「那個很像杜因的邵鈞……」一切事實都彷彿擺在正午日光下，明白而直接。

柯夏閉上了眼睛：「我知道了……」

他聲音微微發著抖：「但是，我把人弄丟了。」

他按住了他的頭，劇烈的頭痛從昨天就一直侵襲著他，這一刻更是劇烈，無數洶湧的情緒浮了上來，千萬根刺攪弄著他的大腦，他藍色的眼眸裡淚水開始洶湧的湧出：「他那麼辛苦，克服了多少艱難險阻，來到了我身邊，我卻把他給弄丟了……」

沒有什麼陰謀，更沒有什麼假想敵，他只是在冥冥命運的指引下，在刻在靈魂裡的本能吸引下來到了他的身邊，以為得到了安全和照顧，卻忽然在某一個傍晚發現了最信任的人懷著巨大的惡意。他被嚇病了，發起了高燒，如同發現危險一般的小獸，硬生生地撕下了項圈，逃跑了。

他被他嚇跑了，直到現在都沒有找回來，他身無分文，身上帶著傷，沒有身分，沒有記憶，他應該如何生活？外面那麼危險，他還活著嗎？會不會他已經又消沒聲息地死在哪裡了？懷著對著世界的懵懂，對親近人背叛的惶恐，飢餓交加，躲在陰暗的角落，不為人知的死了？

阿納托利已經敏銳發現了不對，伸手按住了花間風的手阻止他再說話，在對面喝道：「不要想了！柯夏！控制你的精神力和情緒！」

花間風也已經站了起來，握緊了身旁阿納托利的手：「夏！」

「殿下！」花間酒衝了上去，趕在柯夏直挺挺倒下去前抱住了他，驚惶道：

「殿下！」他感覺到了懷裡親王殿下整個身體都在劇烈發抖，溫度很高，是神經痛又發作了！

懸浮螢幕那邊的花間風道：「小酒！快叫醫生！替他上鎮靜劑！讓他儘量保持情緒平穩。」

花間酒連忙道：「是！」

過了一會兒花間風又道：「還有，我立刻啟程趕去帝國，你讓他們做好準備。另外，把我們在帝國所有的眼線全部喚醒，尋找邵鈞，一定要儘快找回他，不能傷害他。」

花間風漆黑的眼睛深不見底：

「不計代價。」

花間風很快就接到了歐德的通訊，已經做好了一切準備要前往帝國，用的名義是劇組前往帝國著名景點月曜城、繁星城拍電影，辦理了帝國暫住簽證。阿納托利則坐在一旁悶悶不樂。

花間風身無職務，又擅長偽裝，過去很簡單，他卻身居聯盟總統之位，日理萬機，而且冒險去帝國萬一被發現的話，那可就直接演變成外交事件，甚至很有可能是第一個在帝國殉職的聯盟總統，留名聯盟史。

花間風接完通訊轉頭看到伯爵閣下悶悶不樂，有些歉疚：「我很快就回來，你知道的，杜因……我欠了他很多，如果他真的出了什麼事，我這輩子都沒辦法安寧了。」

阿納托利琥珀色的眼睛看著他，什麼話都沒說，卻含情脈脈，可憐兮兮，花間風忍不住一笑，走過去低頭和他接了一個綿長的熱吻，阿納托利眸色轉深，和他糾纏良久方才放了他，看著呼吸不穩的花間風，啞聲道：「我有預感，你會在那裡很久，我受不了被總統這職務緊緊束縛著了，我要退休！」

花間風輕輕撫了下他飽滿額頭和挺拔眉眶：「我看伊蓮娜小姐已經非常嫻熟處理政務了，但是你還正當壯年，你還有那麼多的規劃沒有實施，放手給別人，多半是要半途而廢的。」他太瞭解這個野心勃勃的男人了，因著千載難逢的良機他得以站在了權力頂峰，怎麼可能輕易放手？一旦失去權力，他將會失去更多。

就連自己也不敢保證，眼前這個男人如果不再是奧涅金家族的掌門人，不再是聯盟總統，不再替花間家族提供源源不絕的利益，他還會喜歡他嗎？他們都是這樣權力家族浸染出來的慕強怪物啊，對權力、利益以及強大的追逐早已深刻在他們的靈魂中，分不清楚自己的本心究竟喜歡什麼了。

阿納托利洩氣：「風先生，你能不能不要看得這麼清楚？」他低下頭再次堵上了這個永遠能看清楚他的男人的嘴，花間風氣喘吁吁半分鐘後才好不容易掙扎開來：「總統閣下，正因為我們都是這樣的人，所以才更不希望那個永遠單純執著的人有什麼意外。」

阿納托利不滿地鉗制著纖細的腰身將他扣回自己腿上，想攫取更多，中控語音卻響了：「總統閣下，羅丹先生到訪。」

花間風瞬間從意亂情迷中清醒過來，彈起來道：「快請！」絲毫沒有發現自己已經越俎代庖。

阿納托利有些沮喪地站了起來，整理自己淩亂的黑色外套。

深黑透著藍如鴉翼一般的濃捲髮下，擁有著一雙紫羅蘭色憂鬱眼眸的羅丹靜靜坐在會客廳裡，彷彿之前被奧涅金家族大肆尋找過的人不是他一般，安靜平和，他肩膀上端端正正坐著一隻晶瑩剔透的機器寵物貓，一雙銀灰色豎眸轉過來看著來人的時候，如有靈性。

阿納托利笑道：「羅丹先生，您終於出現了。」

羅丹看向他身旁的花間風：「我想要去帝國，但我的身體有異樣，很難通過安檢，因此希望能夠借助花間風先生的力量，混在劇組中一同前往帝國。」

花間風瞳孔急縮：「我們剛剛接到帝國的入境許可，你就已經知道了？」

羅丹淡淡道：「星網入境許可審批是公開的，任何人都能查詢到。」

阿納托利卻充滿興趣：「我想知道羅丹先生的身體有什麼異樣？據我所知，複製身體和天生的人類身體，是完全一致無法區分的。」

羅丹舉起手臂，在他們眼前颼的一下從手指關節中彈出了幾把尖利的祕銀錐，然後又縮了回去：「這樣的異樣。我可以作為你們的道具機器人過境。」

花間風茫然道：「可是如今身體改造，在身體加裝機械、仿生義肢之類的很正常……」

羅丹並不是個擅長交際的性格，已經有些不耐煩毫無保留的解釋：「身體改造做不到我身體這個地步，我的體重、血管內臟等等有異於常人，簡單地說這具身體其實是一個小型生物機甲，明白嗎？如果被帝國或者聯盟任何一方發現我身體的異樣，我的安全得不到保障。你們應該也已經知道邵鈞現在不太安全，我需要過去，他的精神力受損，沒有記憶，我看不到他本人，不知道他現在究竟是什麼情況。」

花間風沉默了一會兒道：「好。」他又看了眼那隻銀灰色的貓，不知道為什麼，那隻貓明明什麼動作都沒做，只是看著他們而已，但他總覺得那隻貓的存在感過強了，他忍不住問道：「這隻貓……也一起過去嗎？」

羅丹摸了摸肩膀上的貓，貓愛嬌地蹭了蹭他的臉頰，羅丹道：「艾斯丁和我一起去。」

阿納托利終於忍不住了：「是那個艾斯丁嗎？」

他這句話沒頭沒腦，但羅丹卻平靜看了他一眼：「是那個艾斯丁。」

他站了起來：「那我就回房間了，還是那間客房吧？走的時候叫我就行，其他時候不必打擾我，希望儘快啟程，時間不等人。」

他熟門熟路地走了出去，彷彿一直住在奧涅金的大宅裡從來沒有離開過，然而他卻走錯了方向，艾斯丁從他肩上悄無聲息躍了下來，跳到了正確方向那兒的走廊地毯上，輕輕喵了一聲，管家上前小心翼翼周到的為他引向了正確的方向。

花間風目送著他走遠了，才輕聲問他：「哪個艾斯丁？」

阿納托利滿臉迷幻：「天網之父羅丹，將他的摯友，著名的生物學家艾斯丁的遺體大腦切片，最後研製出了天網，但是在當時他接受了諸多的非議和責難。」

花間風深深吸了一口氣：「你是說……」

阿納托利伸出手指點在他嘴唇上，制止他說出來：「不要說……我們不能說，這個祕密，要帶進墳墓裡。」

花間風已經瞬間明白了過來，阿納托利輕聲道：「否則面對我們的，大概不僅僅只是催眠和暗示了。」

「你還記得花間雨嗎？他們並不忌諱我們知道，因為他們知道我們在他們跟前毫無掙扎之力。」

花間風想起了那隻貓的眼神究竟是哪裡不對勁了，那是來自高等生物對低級生物居高臨下的審視和漠視，冰冷無情，猶如神祇俯視螻蟻一般的凡人。

他身上不由也微微顫抖起來：「天啊……杜因，究竟是什麼人啊……」他伸手握住阿納托利，彷彿希望能得到一點真實的感覺，以確認自己不是在作夢：「他還好嗎？他千萬不要有事。」

否則，他們會不會將要面對來自神靈的震怒？

寬大高闊的機修室內，璨金色的陽光從明亮寬大的玻璃窗照進來，投射在灰色的水磨地磚上，明亮光柱中灰塵粒在旋轉飄舞。無數的零件橫七豎八擺在地上，一具鏽跡斑斑的巨大機械車佇立在正中央的機架臺上，機蓋頂已經被打開，露出了裡頭橫七豎八的零件，一個銀白色短髮的精悍老年男子正聚精會神站在其中一個架子上拿著扳手再擰螺絲，忽然張嘴對下頭交代：

「散彈器 AH008 彈殼！」

洪亮的聲音在機修室內回蕩，一個起降器控制著的鐵籃垂了下去，被許多人都關心著的邵鈞抬起頭，陽光照在他染成銀灰色的短捲髮上，一雙醒目的墨綠色眼睛敏銳靈動，他熟練地將一個零件放進鐵籃裡，上頭男子蒼老的聲音又接著發話：

「微型火炮 876 號螺絲五個，坦克氣動噴射器嘴三個！」

邵鈞站起來在巨大的零件架上找了一會兒，準確地找到相應零件扔進了起降器的鐵籃內。他頎長的身上穿著一件洗得發白的舊粗布短袖汗衫，露出了肌肉紋理清晰的手臂，粗布藍色工裝背帶褲前後的口袋裡全裝滿了各式各樣的鉗子扳手，腳上套著長靴，身姿挺拔，臉上因為總有些懵懂好奇的樣子，仍然帶著些少年的稚氣。

機修室的大門被推開了，一個歡快清脆的聲音響起：「吃午飯啦！今天有肉！」

上頭的老年男子低頭看了眼，有些心疼道：「還沒到月底，又吃肉，吃點人造肉有味道就夠了，你們要吃窮老子了。這小子又特別能吃，一頓能頂三個人的飯量！」

一個紮著火紅馬尾的小姑娘穿著同樣的工裝背帶褲提著籃子站在下邊，插著腰道：「老爹，人家吃得多工作也做得多啊！有他幫忙，你一口氣結清了多少筆壓在手上的修理生意了？一下子收了一大筆結帳回來！人家還受著傷呢！不讓人吃點肉，怎麼會好？」

老爹念念叨叨：「我的小茉莉啊！主要還是你老爹我在修！就這麼偏心這小啞巴，又替他染髮又替他治傷的……」起降器軋軋下來，他忽然深吸一口氣，身手敏捷地躍了下來：「這小子！又快吃完了！給我留點！我的肉！」

他飛撲過來，拿起刀叉，眼看著已經少了一大半的肉盤，心疼不已，邵鈞抬起頭，無辜地對他一笑，眼睛彎彎，老爹氣不打一處來：「就會笑！這麼能吃！別以為會認點零件會修理點東西就了不起，我告訴你，你脖子上那傷，花了大把錢！都是好藥！高級止血凝膠！高級模擬肌膚貼敷！你還要修很多機器才還得起！還有伙食費、住宿費！都要付！」

少年眼睛一彎，又笑了，雖然笑著，他吃起東西來還是飛快的，老爹看著情形，連忙也趕緊大口吃起來。

小茉莉小心翼翼走到少年脖子側，替他揭開那模擬肌膚貼敷料，露出了裡頭的傷口來，看了下：「傷口癒合得挺好的，還不用換藥，就是要留疤了，真皮撕裂太厲害了，換真皮要好多錢，貴族才治得起。」

老爹醋意滿腹道：「上次妳老爹我腰疼，要妳替我擦擦藥，妳還嫌那藥水味道重，不肯擦，非要推給妳……」他忽然住了嘴，不說話了，小茉莉抬眼看了他一眼：「是啊！我是不如玫瑰，但是是你把她趕走的！」

老爹不說話，默默吃著，氣氛忽然安靜了下來。

邵鈞敏感感覺到了大家的不悅，有些不安地放下了湯碗，小茉莉拍了拍他的手：「吃你的，我剛剛又接了筆大生意！機甲！真正的機甲整修！今晚就送到！」

老爹狐疑道：「機甲整修不找專業的店？怎麼送來我們這農業機器修理店。」

小茉莉怒道：「誰叫你整天用農業機械修理店來打趣！我們明明是祖傳機甲機械整修店！」

老爹撇了下嘴：「事實上我們已經很久沒有接機甲整修生意了。」

小茉莉怏怏不樂道：「聽說是駐月曜城第二軍團後勤部剛剛拍賣了一批軍用退役二手機甲，大部分都是壞的，城裡有名氣的機甲店都滿了，而且要價也高，所以才送來我們這裡。」

老爹怪叫一聲：「什麼鬼！那一定是爛得根本沒法啟動的那種！他們本來買的就便宜！當然就隨便扔給我們了！修起來特別費勁那種！還要換很多很多的零件！妳接這種生意是要賠本的！」

小茉莉插腰道：「我看是你學藝不精，怕修不好吧！你多久沒有碰過機甲了？

以前都是靠玫瑰撐著，現在你還行嗎？要不是有小黑在，我還不敢接這生意呢！」

老爹怒道：「誰說我不行？人家叫我鐵甲老爹！就是因為我修理最好！」

小茉莉伸出舌頭略略略：「那你倒是修好給我看看啊！」

老爹七竅生煙：「玫瑰所有的本領都是我教的！」

小茉莉冷哼了聲：「誰知道呢。玫瑰都是自學的，天天都到處找星網盜版機甲整備課程的資源，整夜整夜上課自學，摸索著學會的，她走了以後你好多東西都修不了，壓了多少生意，我們都快沒錢了！要不是小黑來了，你別說肉了，連人造肉都吃不起了好嗎！」

老爹臉上一紅，低頭掩飾，忽然發現肉已經被吃完了！大驚：「又被吃完了！你這頭狼孩子！怎麼吃這麼快！」

小茉莉連忙護著少年：「晚上再做給你吃啦！好了好了，我先走了。晚上機甲送過來啊！時間很短，只給了七天，你們要加油喔。能修好的話，對方說還會介紹其他買了二手機甲的客戶來我們這裡修的！到時候就可以要更高的價錢了，然後我們就有更多的肉吃了！日子會越來越好的！」

老爹怒道：「算了吧！誰知道這小子會不會招引禍事上門，城裡還在搜捕他嗎？」

小茉莉道：「之前本來都放鬆了些，城門都開了，結果今天忽然又重新封城了，好像聽說還在查，也不知道他惹到了什麼貴人。」

老爹道：「你就不怕他是個殺人放火的壞人。」

小茉莉道：「他才不是！他看上去還那麼小！在防空洞還替我打跑了那些搶劫的！幫你修東西又快又好！他還肯聽我彈琴！」

老爹涼涼道：「你每次彈琴隔壁都要跑來抗議，他肯聽，說不定是個聾的。」

小茉莉道：「我已經可以考二級了！只是交不起樂理考級費而已！他哪裡聾，老爹你真是瞎說！他可喜歡了！每次我彈琴他都湊過來，還替我修好了那把豎琴，他一定不是壞人，一定又是那些貴族老爺欺負農奴了，逃奴天天抓，只是這次聲勢大一點而已，他只要不出去就是安全的，再過幾天等風頭過了就好了。最近風聲太緊還是因為最近教會也在查白鳥會……」她聲音小了些，偷偷看了眼老爹。

老爹不說話了，靜靜坐在開始西斜的陽光裡，臉上彷彿疲憊下來，皺紋都多了幾條，小茉莉低聲道：「也不知道玫瑰有沒有好好藏著，那些教會執事，也是如狼似虎的，聽說陛下還派了個親王來查案。」

小茉莉看著懵懵懂懂但吃完後勤快地在收拾屋裡零件，整整齊齊排放在木架上的少年，小聲道：

「希望玫瑰危急的時候，也能遇上好心人解圍收留。」

巨大的破舊機甲一運進機修室，原本寬闊高大的機修室瞬間就顯得狹窄起來。

鐵甲老爹帶著邵鈞上上下下裡裡外外檢測過一次以後，唉聲嘆氣：「我就說這丫頭逞能！這都破成什麼樣子了！一看就知道被蟲族一腳蹬破了能源艙和發動機艙的！這怎麼修都得花一大筆錢！先看看發動機還能不能接起來，如果接得起來，還有救，就列零件單子看對方答不答應吧！如果接不起來就完了，沒辦法修！浪費時間！」

兩人折騰了一晚上，也沒將那些錯綜複雜的線接通，發動機仍然安靜如死魚，鐵甲老爹非常沮喪，喝了點酒罵罵咧咧走了。只有邵鈞仍然不死心，一個人窩在那破損的大洞內，耐心地一條一條地理著線。

深夜，機修室安靜得不得了，小茉莉跑來看到他還在理線，十分愧疚道：「老爹又跑了吧？太晚了，你也回房睡吧！還有你眼睛裡的彩色瞳孔片，要記得摘下來清洗，不然怕眼睛要發炎的。」

邵鈞看著她搖了搖頭笑了下，小茉莉被他的笑容晃了下眼睛，又低聲道：「老爹……其實年輕的時候真的很聰明的，就是後來……我媽媽去世了，他太悲痛了，整天酗酒，酒精損壞了他的精神力，就越來越修不好東西了。」

「小時候是玫瑰接了下來，她天天跟著老爹上上下下的修，慢慢自學，後來漸漸的店裡送來修的東西，都是她修的了。」

她坐在邵鈞身邊，臉上微微有些悲傷，一邊追憶往事，一邊又看了下邵鈞還在專心接線，便問他：「不會打擾你吧？」

邵鈞搖了搖頭，摸了摸小茉莉的馬尾，安慰地笑了下。

小茉莉摸了摸自己的馬尾：「以前都是玫瑰替我梳頭的，她好強，什麼都要做好，她覺得她能比貴族更聰明，比貴族學得更好。她還覺得她也能駕駛機甲，她特別喜歡機甲、喜歡各種兵器，和蟲族打仗的時候，她也加入過民兵組織，還短暫地用過幾次生物機甲、人形裝甲，她說那真是爽快了！她用槍也比別人準，你說好不好笑，征民兵的時候大家都後退，只有她往前，可惜帝國不喜歡用女兵，把她扔去醫護兵裡去了。戰後她又回來了，整天又和醫護兵的時候認識的女醫護兵們混在一起，組織了一個什麼白鳥會，說是要救助可憐的女子。」

「後來她就越來越少管家裡的店了，經常往外跑，老爹不高興生意被耽誤，就成天和她吵架……後來，發生了一些事，老爹和玫瑰吵得很厲害，老爹就要玫瑰滾出去，玫瑰個性也是很倔強，出去了就沒回來。現在天天教會都在通緝白鳥會，說她們是女巫，家裡都來查了好幾次，但是大家都知道她吵了一大架走了，所以也沒牽連到我們，但是我好擔心她啊，老爹應該也很擔心，但是我們都聯絡不上她了。」

邵鈞只是默默聽著，偶爾對小女孩笑一笑，小女孩就越發吐露起埋藏在心裡的心事來：「我不喜歡家裡這些機器鐵塊，但是沒辦法，要吃飯，我喜歡音樂，我想考豎琴等級，以後就可以參加樂隊，出去賺錢，但是教會的樂隊只收皈依的聖女，離家到修道院苦修，終身不婚。我要養老爹啊，不能入教，玫瑰整天不回家的，我也不管他，他喝太多酒，神經受損厲害，要是我也不管家裡的話，家裡就完了啦……」

「音樂學院學費太昂貴了，我只能偷偷在網上找盜版資源，但是都太糊了，我也買不起好琴，然後現在連檢定費用都繳不起。檢定的那天，還有人看著我的琴恥笑我，其實老爹也不贊成，他想讓我和玫瑰一樣學機械修理，說以後至少有口飯吃，哪怕修修家用機器人，農用機械，灑水機或是收割機的，戰爭年代也不會餓死，但是我還是好喜歡彈琴啊。」

「我聽說聯盟那邊，所有人都可以受義務教育，可以學自己喜歡學的東西，只要想學，就有條件，窮人也可以考獎學金考上音樂學院——其實我們這裡，也有貴族推薦制度的，領主推薦。但是那些名額，都被有錢的商人花錢買了，我們窮人是不可能的，自主去考檢定，越往後越難，沒有專業老師教，我連樂譜都有點看不懂了。」

「我們為什麼出生在帝國呢？哎，但是比起那些出生就是農奴的，我們就又太幸福了，而且和蟲族戰鬥這麼多年，我們都還活著，已經很好了！只要活著，就已經是幸福的事了！」

邵鈞抬頭看了看她，又笑了下，顯然非常讚許她這句話，又伸出手比劃了個撥琴的姿勢。

小茉莉會意：「你想聽琴啊？我來彈！我給你唱首歌吧，是姊姊教我唱的。」

小姑娘拿出一把斑駁已經掉漆的豎琴來，那把豎琴的弦甚至有一根都是剛接好的，她伸出手指輕輕撥弄，一邊輕輕唱著歌：

「在那裡，心是無畏的，頭也抬得高昂；

在那裡，知識是自由的；

在那裡，世界還沒有被狹小的家國的牆隔成片段；

在那裡，話是從真理的深處說出；

在那裡，不懈的努力向著完美伸臂；

在那裡，理智的清泉沒有沉沒在積習的荒漠之中；

在那裡，心靈是受你的指引，走向那不斷放寬的思想與行為

——進入那自由的天國，我的父啊，讓我的國家覺醒起來吧。」[1]

月色如水，小茉莉的歌聲清脆而稚嫩，琴聲猶如清泉，雖然偶爾還有些澀滯，卻靈動如風，在寬闊的機修室裡回蕩著。

邵鈞嘴角含著微笑，埋頭在那些線堆中，一路接著線，雙手動得飛快，彷彿如有神助。

直到深夜，忽然轟隆隆！發動機發動了！

線連上了！

小茉莉停下了手裡撥著的琴，瞪著那可以正常運轉的發動機，哈哈大笑一聲歡呼起來：「太棒了小黑！你真的把它修好了！太棒了！」

她歡呼著撲上邵鈞背後抱著他：「你真的太厲害了！我覺得你比姊姊還厲害！太棒了！我真是撿到寶了！我以為修不好呢！其實我沒有告訴老爹，他們已經找了好幾家機甲店都沒有修好，乾脆扔給我們，說了如果修不好就當廢品折價賣給我們的！哈哈哈愛死你了！你真是個大寶貝！」

邵鈞舉著髒兮兮的手有些不知所措，雖然臉上也在笑，但是眼睛深處卻有著疑慮——自己果然不是複製人吧？不然怎麼解釋自己這無師自通看到就會的機甲整備技能？自己離開了親王，那些針對親王的人，還會派出其他人嗎？

1　出自泰戈爾《吉檀迦利》。

第二天老爹看到修好的發動機也很欣慰，欣然合計了一番，列出了一長串材料、零件、塗料等等的價格，向對方報價去了。

客人萬萬想不到這家小破機修店居然還能修好機甲，要的價錢也還算公道，等全修好了，到手又能賺不少，立刻就先轉了一筆預付款過來，老爹哼著歌出去採購零件去了，就讓邵鈞乖乖躲在機修室裡不要隨便外出。

邵鈞其實挺喜歡在機修室裡的，這裡的零件讓他著迷，還有無數等待他修好的機器，他應該學習過。他拿起那些零件，就知道他們應該放在哪裡，他應該進行過非常刻苦和長久的學習。

當然小茉莉堅持說那是因為他有著很高的精神力：「高精神力的人，學什麼都很快！」

邵鈞皺著眉頭，覺得自己應該並不是那種天才，彷彿曾經有人痛恨地罵著他是笨蛋，連初中課程都不懂。

但是的確有人教過他，一個一個零件教過他，他似乎也曾經組裝過機甲，一臺非常非常巨大的機甲。

比這一臺要大很多。

他抬頭觀察著這一臺參加過帝國與蟲族戰爭的制式機甲，墨綠色的機身，充滿著力量的肩炮臺，腿上露出密密麻麻的榴彈孔，確實是真正的殺人武器。

據說這一臺還是小型機甲。

真正的大型機甲，是這一間機修室都裝不下的，需要非常非常闊大的場地，所以機甲修理廠，那占地都是非常廣闊的。

雖然以他的目光看，鐵甲老爹的這間機甲維修場，已經非常非常大了，也因此他得以在此棲身，因為這機甲維修間太大，來搜查的士兵們大多懶得仔細搜查，只是踩著飛行器象徵性地在維修間裡轉一圈，揩點油收點費用，就打道回府了。

很快老爹採購了零件回來，他們就開始了日夜加班，兢兢業業修理機甲的日子。

不知道為何，邵鈞還挺喜歡這種專注的感覺，彷彿他也曾經這樣專注地裝配過一臺機甲，一個一個零件的組裝，一條線一條線的組裝。整個世界裡只有零件，這種專注到極致忘我的感覺讓他感覺到非常平靜，忘記了一切煩惱，忘記了自己是一個被通緝的在逃複製人。

他只是專注的一個一個零件地往上安裝，接線，有時候甚至連飯都忘記吃，要老爹和小茉莉在下面叫好久，才下來吃。

他裝得實在太快了，就連之前嫌棄他吃得多的老爹都閉了嘴不再罵，看著他的眼光越來越吃驚，他悄悄拉著小茉莉低聲道：「該不會你真的拉了個貴族機甲整備奴來了吧，我聽說有些貴族的機甲，光是負責保養養護的奴隸就要上百人的。」

小茉莉輕聲道：「那多好啊！你看他那麼厲害，憑什麼要給那些貴族做奴隸，子子孫孫都做奴隸？他跑出來了，跟著我們工作，到時候我們也分他點錢，不好嗎？」

老爹抓了抓頭髮，有些煩惱：「不是長久之計啊！在城裡人多眼雜的，現在是他整天待在機修室裡，沒在店裡人家看不到，難道他還能躲在機修室一輩子？窩藏逃奴被發現，也是要被變成奴隸的！」

小茉莉撇了撇嘴巴：「將來的事將來再說吧！逃奴多得很！到時候就說我們也不知道好了，再說你不靠他，我們也快沒錢了，到時候繳不了稅，我們也要變成逃奴了！明年的商稅，我們缺口還大著呢！還有店鋪租金，領主大人貼了布告，說明年又要漲價！」

老爹咬牙道：「真是黑心，這已經比繁星城那邊貴很多了！我早就說要搬家了，這裡是住不下去了，這租金年年漲的！」

小茉莉道：「湊合著過吧，搬家了，玫瑰回來找不到我們怎麼辦？那什麼白鳥會的，我看全是些不靠譜的，不是都說不許結婚嗎？她待不住的吧？就小黑這身本領，現在是我們賺了！」

老爹嘆了口氣：「還是想辦法找玫瑰吧，找到她，我們就回老家種田去吧，現在也不打仗了，不如回去修修農用機器人農用車什麼的，也好過現在這日子緊得沒辦法。」

小茉莉咬了咬唇：「早知道今日，你何必那麼衝動趕走玫瑰？」

老爹臉色變幻，過了一會兒才惱怒道：「誰讓她不肯打掉那孽種！我幾輩子的老臉都被她丟盡了！」

小茉莉大怒：「你的面子重要還是玫瑰重要！她和我們相依為命這麼多年！只是因為肚子裡多了個孩子，她就不是你女兒了嗎？就不是我們親人了嗎？我們又不是養不起一個孩子！」

老爹道：「誰知道那是什麼垃圾的種！血管裡流著都是強姦犯的血！憑什麼要替他養孩子！」

「她想要！她想要就該讓她生！我們難道教不好一個孩子嗎？你總是這樣，從來沒有顧慮過我們做女兒的心情，永遠自私自利，只想著自己，天天酗酒損害精神力，完全控制不住自己，玫瑰撐起整個家，自學修理，後來加入民兵、參軍，你呢？從來沒有讚許過我們一句！永遠都是在打擊我們！我只是喜歡彈豎琴，你永遠只會說學那個沒用！永遠都是嘲笑和打擊！」

「你什麼時候才明白，我們喜歡就夠了？哪怕是個孩子，她喜歡，就讓她生！不管日子再難我們一起度過，不管喜歡什麼都應該支持，這樣才是一家人啊！」

小茉莉摔門出去了。

老爹抹了下臉，深吸了一口氣，顯然情緒也極為激動。

寬大的機修室門後推開了，邵鈞有些侷促地看著老爹，他不是故意要偷聽的，實在是茉莉喊得太大聲了。老爹瞪了他一眼，又抹了下臉：「小丫頭們懂什麼，生個孩子養個孩子，哪裡是那麼容易的事！」

「好好找個好人，嫁了不好嗎？帶著個孽種，哪裡還能嫁到好人？將來生下來了又後悔，還不如一開始就別生。」

「都是小孩子，以為愛可以拯救一切，生活那麼難，到時候生活艱難，就連孩子也不原諒，學琴也沒錢，小姑娘家要去參軍貪那點軍俸養家。我難道不知道孩子們辛苦嗎？就是因為太辛苦，才不希望她們繼續走更難的路啊！」

「一條生命的責任哪裡是那麼好承擔的，小時候要吃要穿，長大點要上學要讀書要學東西，到了叛逆期天天和你對著幹，萬一不學好去賭去打架的，誰知道那是個什麼種，強姦犯留下來的，將來想到就難過。」

「都太年輕了，想不到未來，我們過來人當然怕她們犯錯。」

「有些錯誤犯了，就再也翻不了身了，就像她們的媽媽，嫁給我一輩子沒過過好日子。」

「都太年輕了。」

老爹沉重地嘆息著，找了支粗大的雪茄，然後在身上的口袋到處摸，邵鈞摸出了打火機，替他點上了火，老爹長長吐出一口菸來，摸了摸他的頭髮：「你也是個好孩子，將來帶你回老家去，就憑你這手藝，養家糊口沒問題。」

「是我錯了，茉莉說得對，一家人是要互相照顧，你以後也多看著玫瑰和茉莉些，等玫瑰回來，你叫她姊姊，她修理技術也很好，還會玩機甲，你一定會喜歡她的。」

「等我——找回她，我和她們兩姊妹道歉。」

「做錯了事，就要道歉，道歉了，就還是一家人。」

Chapter 220 地下城

花間風風塵僕僕帶著劇組一行，聲勢浩大抵達月曜城，甚至還召開了個短暫小型的新聞媒體、影迷見面會，風度翩翩的他穠麗面紋耀眼，漆黑的眼睛和長髮更是充滿了神祕氣質，這些年他斷斷續續拍了不少片子，早已洗清了當初那演技爛的惡名，影片更是賣得大紅大紫，帝國影迷們瘋狂呼喊著花間風的名字，求得他一個簽名。

深夜，花間風帶著人與柯夏在玫瑰園的書房裡祕密會面。

花間風一見到柯夏就大吃一驚，從聯盟一別，不過短短半年多的時間，柯夏就已經明顯瘦削，身姿筆挺，一雙藍色的眼睛雖然仍然是那樣的犀利，但又過於鋒利凜冽，令人不敢接近。

他看到花間風倒沒怎麼動容，只是微微頷首，眼光很快落在了羅丹以及他肩膀上的貓上。

羅丹好奇地回望他，臉上有著一點不諳世事的天真，那隻貓卻忽然開口了：

「你想起來了，暗示失效了。」

柯夏眼神一凜：「是你給我們下的催眠，那場天網演唱會。」

艾斯丁端坐在羅丹肩膀上，側了側臉，語氣淡漠：「邵鈞做出的決定，我只是執行。」

柯夏的薄唇緊緊抿成一條線，眼睛黯淡了下去，他握緊了手掌，以掩飾微微顫抖的手指。

花間風緩和氣氛：「當前關鍵是先找到他，羅丹先生說，他的精神力應該是在爆炸中被撕裂了，損害太厲害，才導致如今這種懵懂無知，失去記憶的現狀，最好不要讓他接受太強烈的刺激和壓力，也不要在過於複雜的環境生活，現在情況怎麼樣了？」

花間酒上前邀請各位入座，上茶，艾斯丁輕盈地落在了扶手椅側，優雅坐起。

柯夏淡漠道：「花間酒。」

花間酒低聲彙報到：「生物資訊已經輸入了通緝系統，但他沒有使用任何公共設備，沒有就醫，沒有在任何酒店、旅館住宿和公共店家進食，廣場那兒的攝影機查了他只是當晚深夜在那裡短暫出現了一會兒，將項圈撕下扔到了噴泉下的水溝中，然後很快進入了下水道……」

「月曜城的下水道通道四通八達，與很多戰時廢棄了的防空洞相連。大戰為了躲避蟲族，留下了許許多多的防空洞，有的是官方挖的，有的是私人挖的，有的是民眾自行組織挖的，究竟有多少洞，誰都說不清楚，戰後大部分都廢棄了，那裡完全沒有攝影機，也沒有任何安全保護措施。」

「很多戰爭中失去田地交不起稅的農民、從領主莊園逃亡的農奴、戰場逃兵、以及城市貧民、戰爭中殘疾重病失去住地的流浪漢、通緝犯、小偷等等混雜寄居在裡頭，生活環境非常複雜，我們正在逐一排查，但是太難了，那徹底就是另外一個地下灰色城，居住著數萬名黑戶，無法清查，就是普通平民以及貴族都也不願意踏足的地方，強者為尊。」

「我們只能大致確認他應該還在月曜城裡，因為地下城想要出城也很難。」

柯夏放在扶手椅上的手掌再次抖動起來，一個機器人，在上天護佑下得以擁有了人類身體的新生，雖然失去了記憶，但他本來可以有很長而從容的時間，被他信任的人護佑著，慢慢教他說話，教他作為一個人類應當如何生活，如何適應社會。他本可以享有最榮耀的地位，最豐厚的物質生活，衣食無憂，尊貴無匹，如今卻被自己嚇得只能像躲在陰溝裡的老鼠一樣躲藏了起來，和乞丐、流氓、逃奴混在一起，飢寒交迫，還帶著傷。

他原本應該帶著他遍覽河山，回到聯盟，過他曾經最希望過自由自在的日子。

花間風道：「我們原來的眼線呢？」

花間酒苦笑搖頭：「這幾年花間家族已經逐漸洗白，按照您的意思——原本的地下眼線都根據自願原則，有的想回聯盟就回去了，想留在這裡的也給了一筆遣散費，定居了，因為一直沒有任務，所以很多人也都鬆懈了……誰願意一直在地下做見不得人見不得光的眼線，所以……族長，這次我已經把原本在這裡待過的所有人都問過了，目前他們也都在想辦法詢問地下各個領域的頭目，但是他們也說了，可能我們需要求助於白鳥會。」

花間風抬頭：「白鳥會？」

花間酒道：「是的，教會管她們叫女巫會，是女子組成的組織。組織裡的女子都穿繡著雙翼的白袍，所以叫白鳥會，宗旨為女性自尊自強自愛，戰後救助女性的。收養了很多女孩，有女子組成的戰鬥武裝，聽說甚至配有輕型機甲，敢和教會對上。有傳聞她們其中一些會員極端仇恨男性，高層主力終身不婚，結婚的也要拋棄丈夫離棄家庭，據說如果有人敢惹她們的會員，就會受到很慘烈的報復，比如閹割、切手指、挖眼睛之類的私刑。」

場中的男子全都有些悚然轉頭看著花間酒，羅丹脫口而出道：「私刑？這是恐怖組織嗎？」

花間酒苦笑了聲：「帝國和聯盟的法制健全不一樣，法律照顧不到，自然強者為法。」

「不排除教會的抹黑和妖魔化，這幾天我們和親王在城裡到處走，大部分民眾對她們的印象是好的，都停留在她們救助弱小照顧老幼的印象上。和聯盟不一樣，帝國這邊女性受到的壓迫是最深重的，可能沒有點非常手段，也待不下來。那地下完全就是個叢林社會，什麼人都有，她們不這樣，一群弱女子，如何保存自身。據眼線說也不是人人都這樣，不過最近這幾年隨著白鳥會的急劇擴張，高層似有變動，開始越來越偏激，地下組織都忌憚她們發瘋是真的，那眼線原話這麼說的：白鳥會那群什麼都不怕的瘋女人說不定知道消息。」

「白鳥會教會查了這麼久，也知道她們經常在地下城來去，就是找不到她們的老巢，城裡的平民認為她們是好心的白衣天使，同情她們，因此也不會透露她們的蹤跡。地下城倒是知道一些，說是近來白鳥會高層風格有所變動，一旦誰出賣了她們成員，這些人就會包括家人、孩子都會受到白鳥會慘烈的騷擾報復，因此地下城裡沒人敢惹她們。我也有點擔心，因為這次殿下過來查案，打的名頭就是來查白鳥會的，會不會……那群瘋女人把鈞寶寶給帶走了，想要威脅我們親王？」

柯夏抬眼看著他們，有一種不堪重負到了崩潰邊緣之感，他下巴頜線緊緊繃緊，終於說話：「他是自己走的，白鳥會只收女子的話，暫時應該不會太快關注到他，但不排除下一步可能會注意到他。官方不用再太過於關注，吸引其他人的目光，我們也不能逼他太緊。」

他停了一下，壓下胸膛那一瞬間的痛意：「他就像負傷的幼獸，越是密不透風地逼得越緊，他越緊張警惕，寧死也不會出來的。」

「尋找所有地下城的出口，駐紮護衛，要求最近的駐軍聽從調度，派兵協助，將所有地下城的人逐一登記，疏散清理地下城，讓所有地下城無處可去的人一一登記，農民的，可以到我的封地申請耕地；平民有一技之長的，登記後可以免租加入工匠工會，統一安排工作；殘疾的，上過戰場的，重病的，未成年孤兒、老年人可以統一安置到福利院。」

「為了防止地下城罪大惡極之人逼急了放火或者無差別傷害無辜人，一律先宣稱赦免所有地下城有罪的、逃奴、逃犯、逃兵等等，只要限期內按時出來自首的都將能得到赦免，先登記後逐一甄別，輕罪可赦無罪，重罪可改有期勞改，死罪可改有期監禁。」

「給定七天期限，等自願出來的大部分人出來後，組織軍隊分散成小隊進去清場，仍然懷柔為主，遣送出來。」

「敞開城門，明鬆暗緊，出城的人一律用人臉識別星網核對，發現人不要驚動，先跟著看他去哪裡。」

花間酒輕聲道：「這個涉及面太廣了，恐怕需要上書陛下取得同意，而且一時半會這些都需要調動力量。」

柯夏道：「先調兵把守入口，開始著手宣傳、登記工作，免費為地下城居民發放藥物、食物，其他的具體安置方案，立刻安排人做出來，報逐日城陛下那裡。」

他以為帝國只是他暫時停留之處，從未想過這裡的人民，這裡的封地，和他有什麼關係，回帝國之時，他仍然彷彿一個早就死去的幽魂，淡漠的遊蕩著，帝國和聯盟都不是他的安身之處，沒有任何能夠引起他留戀的地方，沒有任何引起他興趣的事，他找不到和這個世間的任何關聯。

而邵鈞，一個從機器人轉變成為人類的人，會笑，會哭，他吃著從來沒有嘗過味道的食物，對世間萬物一切充滿了興趣，那樣一個生動的活生生的新生生命，猛然將他扯回了這個真實存在的人間。

他需要重新面對這個錯綜複雜險惡的世界，為他鏟平一切滋生罪惡的土壤，蕩清霧霾，梳理出一個太平喜樂人間，來讓他的鈞寶寶放下警惕，坦然走出來在陽光下，回到他的庇護中來。

他還要為他遮風擋雨，讓他完全接觸不到陰暗和險惡，讓他無憂無慮，享受作為人類的所有歡樂。

有著一雙銀灰色冷漠瞳孔的艾斯丁笑了聲：「非常高明的舉措，果然我們的思路是對的，要找到鈞，必須借助俗世權勢的力量。」

柯夏冰冷地轉過眼眸，沒有理會艾斯丁，羅丹道：「我建議 AG 公司可以免費資助一批生物天網接入艙投入到街頭，和在聯盟一樣，免費提供娛樂……趕緊找到鈞，讓他聯上天網，想辦法讓他精神融合，這樣記憶可能就會找回來了，」

柯夏瞳孔急縮，冷冷道：「帝國不許平民隨意聯上天網，這個方案不可行，動作太大容易引起皇帝陛下的警惕。」

羅丹有些遺憾：「皇帝會反對嗎？不是說皇帝挺仁慈的。」

艾斯丁親暱地舔了舔他的臉安慰他：「帝國和聯盟不一樣，專制者一向警惕自由，慢慢來，先找到鈞吧，目前看來柯夏親王這個舉措是最靠譜的，我們只需要等著鈞自己走出來，找是找不到他的，他什麼都不知道，全世界都是他的敵人，他會藏得更深，逼太緊了怕反而要傷害他。」

他輕聲道：「我還有個小建議，請風先生有空也上上天網，我將下給你的暗示也抽回，這樣可能有助於你回想起更多，畢竟他長期和你相處過，可能你能想起什麼他的特性、愛好，這樣也方便我們下一步的搜尋。」

花間風看向他，深吸了一口氣：「好吧，你成功的讓我對天網的陰影更大了。」

艾斯丁側了側頭，銀眸幻轉：「放心，巨人對足下的螻蟻想要如何並不關心。」

花間風脊背微微一涼，轉頭看向柯夏，柯夏卻臉上並無任何畏懼，只是深思著看著羅丹道：「當初那生物神經元套裝，是你給鈞的吧？」

羅丹有些茫然，艾斯丁笑了下：「羅丹製作的沒錯，但是是我送出的，感謝他幫了我一個大忙。另外，我也有個小請求希望親王殿下能幫忙，既然都來到了帝國，想來丹尼爾也還要在帝國陪陪鈞寶寶，我希望也能訂製一具複製體。」

羅丹喜悅抬頭：「太好了，我來替你設計新功能！」

艾斯丁有些寵溺看了看他，又看回柯夏，柯夏淡淡點頭道：「讓小酒替你安排，他剛抓了那凱斯博士，算是你們的老合作對象了。」

他起身道：「我已經讓小酒安排了住處給你們，先住下吧，需要做的事情還很多。」

送走了人群，柯夏坐回書房內，深深的疲憊和焦慮再次湧上心頭，花間酒回來，十分擔憂地問：「殿下，請您保重身體，您已經很久沒有休息了，您的神經痛只是暫時緩解而已，您還不肯用止痛藥，這樣下去，我怕您身體堅持不住。」

柯夏搖了搖頭：「派人立刻制定出詳細的安置方案，列舉出需要陛下同意的事項，一是調駐軍配合，二是安置許可權，三是教會和這裡的領主要配合，這必然要觸動教會和這裡執政官的利益，我必須要趕在他們之前更快取得許可權，今晚就要致電柯樺，給你們三個小時拿出方案。」

花間酒知道讓柯夏休息是不可能的，應了下去了，卻看到花間風和歐德在外面等著，連忙道：「族長。」

花間風道：「我和歐德來幫忙，你在民事政務上的經驗不足，有歐德幫你會快很多，還有我讓族裡擅長公共管理的所有族人都已經建了星網會議群，包括奧涅金總統那邊也派了幾個家族內擅長政務的專家也加入了。」

花間酒連忙大喜道：「太好了！」

有花間風組織的專家組以及的幫忙，地下城居民疏散安置方案很快做出來了，而且還極其細緻而完善，地下城大量黑戶流浪漢的危害，疏散安置的意義，分類甄別疏散的應對處置，每一項都清清楚楚。

柯夏一目十行掃了下，看著沒有什麼大問題，便按了自己的電子印章，即刻透過皇室祕網直呈柯樺陛下。然後隨後沒多久打了個影片電話過去給柯樺。

柯樺接到通訊要求很是高興，他應該是剛剛祈禱完，一邊解下身上華麗的教會外袍一邊道：「你查得怎麼樣了？實在查不到也沒關係的，我還挺想你的，你什麼時候回來？昨天舞會上，我看上了一個美麗的名門淑女，她真的和別人不太一樣，很特別，生機勃勃的，我想等你回來給我參謀一下。」

柯夏沒有理會他的話茬，而是正色道：「我傳了個地下城安置方案給你，這些時間我深入民間多次探訪，知道白鳥會大部分人都在月曜城的地下下水道以及防空洞裡出入，那裡聚集著數萬的地下居民，逃奴、逃兵、逃犯以及形形色色的人在那裡混雜居住，沒有法律管轄，遲早是個隱患，索性借著這次清查白鳥會，一併疏散安置，解決掉這個隱患了。」

「要知道混亂的土壤才會滋生毒草，將這土壤清走，只要有路走有口飯吃的人，就不會受到她們的挑撥和蠱惑。」

柯樺笑道：「那個計畫我有看到，剛才就已經批覆了，還發給了參政院，讓他們好好參考，這點小事你放手做就是了，還用專門和我說一聲？你也太小心了。」

柯夏道：「我要調動這邊的駐軍來協助把守，否則數萬人，一旦有有心人從中挑動，那就是民變，會出大事，此外還要討要個赦令，將其中一些輕罪的、因為戰爭造成的逃民、逃奴、逃兵都赦免了，有些無處安置的，我打算安置在我的封地內。」

柯樺道：「你能處置這些燙手山芋最好不過，各地分封的伯爵侯爵們太多了，給你個命令容易，想來也只有你合適，其他人都不敢惹，三大主城都是皇帝直屬領地，但是旁邊全是柯葉、柯樺的人的封地，你自己小心。」

柯夏道：「不就是因為其他人不好查，你才派我來的嗎？難得你讓我做事，總不能辦壞了。這次能以陛下的命令赦免的話，你的仁慈之名又要美名傳播了。」

柯樺笑了下：「神會寬恕世人一切的罪，神終將會赦免一切罪行。」

「戰後帝國受到了太多的損害，子民是需要一個仁慈寬鬆的環境來休養，讓經濟恢復，如果這次做得好，我準備將你這個方案遞交上下議院，讓他們推行全國，讓戰爭引起的所有逃奴、逃兵、逃民統統能夠赦免罪名，回到家鄉，獲得土地，重新開始生活。等再過一兩年緩過來了，我打算廢除農奴制，然後，探索君主立憲制。」

「三權分立，君權不再是至高無上，宗教同時也淡出權力中心，我知道你在擔心什麼，你擔心我信教，會讓教會獲得太多的權力，你放心，我明白得很。」

「帝國失去了金錫能源上的壟斷地位，封地又四分五裂，權力分散，這座緩慢陳舊卻龐大的戰車，上頭龐大陳腐的駕馭者們已經落伍了，帝國已經無法與年輕的新自由聯盟競賽了，如果再不做出改革，帝國將會無可避免走向衰敗，甚至在我這一代就會毀滅。」

「所以這次白鳥會的查處，其實是我想看看哥哥的態度，如果哥哥實在沒興趣，就算了，哥哥愛怎麼樣都行。沒想到哥哥太讓我意外了，這麼周詳的計畫，果然做得很好，不愧是聯盟戰神，我非常高興，哥哥一點都不見外，真的是在實打實地為帝國、為子民做事。」

「我有那麼多的雄心壯志，那麼多的規劃想要在這片山河實施，真高興哥哥也能加入進來。」

他將皇冠摘下來放到旁邊跪著的使女捧著的軟墊上，淺金色的長髮淌下來，薄唇含笑，是真的滿心喜悅對柯夏道：「就讓我們兄弟同心，來開創這帝國的黃金時代吧。」

柯夏垂下了睫毛，擱住了藍眸裡的冷笑：「謹遵陛下聖命。」

昔日可憐兮兮軟弱純良的白兔，也終於褪去了溫順柔弱的外皮，露出了雄心萬丈，但由統治階級自上而下推行的變革，真的能實施嗎？

鐵甲老爹和邵鈞並不知道外頭為了他掀起了多麼驚心動魄的風波來。他們兩人一心投入在機甲修理中，而小茉莉雖然在和老爹大吵一架後，仍然又很快原諒了老爹，天天變著花樣為他們送來飯菜，一心只等著他們修好機甲後大賺一筆。

機甲一天天補好，甚至刷上了漂亮而昂貴的墨綠色的機甲專用漆，巍然佇立在高闊的機甲修理廠房內，光亮如新，威風凜凜。邵鈞眉眼也都舒展開來，站在下頭，心裡湧起了一股難言的成就感。

彷彿他也曾經有過這樣驕傲到極點的時刻，全心沉浸在修理機甲之時，他感覺到這些零件是如此的熟悉和親切，彷彿曾經親手撫摸過、組裝過、研究過。拿到手他就能猜到那是要做什麼，而且，他裝過更大，更雄偉的機甲，他只是忘記了，但那種組裝拼裝起來的成就感，彷彿刻在了靈魂中。

小茉莉也在一旁讚嘆：「真雄壯啊！難怪姑娘們都喜歡嫁給機甲騎士，真是太帥太美了！」

老爹凝視了一會兒：「等等手動調試一下，都好的話就可以交付使用了。」

小茉莉眉開眼笑：「又能收到一大筆進帳了！到時候客人一定會介紹更多的機甲來給我們的！」

老爹笑了下：「人家哄妳的，這次修理的價格都快能買一臺新的了，還不如折價賣舊零件，多少還能賺一點回來。現在蟲族已經很少了，民用機甲賣不了錢的，也就是有錢人玩玩。聽說聯盟那邊新能源崛起，更多民用機甲出來了，有錢人都去買新能源機甲了，這種老能源機甲，已經過時了，很快就都被淘汰了。」

他站在機甲前，非常惆悵：「到時候我們的技術也要過時了，從前聯盟要仰仗我們帝國這邊的金錫能源，所以很多技術聯盟那邊都會共用交流給帝國，但是現在不一樣了，聯盟有了新能源，從此以後機甲新技術，只有聯盟才能掌握了。」

「不僅僅是機甲，包括所有的高端技術、機器人、人工智慧等等，我們都要輸了。帝國如果不再做出變革的話，勢必衰落下去。」

「雖然說衰落以後總會迎接變革。但是我們這一代底層，勢必要承擔所有這衰落的痛苦和改革的犧牲，默默地被時代車輪從身上碾過去，淪為碎石塵埃。」

「我們，就要被時代給淘汰了。」

小茉莉也有些悲傷：「如果我們平民也能夠接受更多的教育就好了，這樣就不會落後聯盟太多。我們人口這麼多，如果人人都努力學習，我們也能發明創造啊！

帝國的生物技術，不是遠遠超過聯盟嗎？」

老爹笑了下：「那是以前的事了，帝國生物技術強，是因為亂來，沒有倫理限制，他們在製造怪物，毫無人類底線。你知道聯盟的生物機甲嗎？聯盟的科技已經再不斷進步了，他們的人可以隨意上天網，不斷增加精神力，一代一代累積下去，聯盟的人精神力就會越來越強，越來越聰明，從此以後，帝國就再也趕不上聯盟的腳步了。」

「人，才是國家的根本啊。」

老爹拍了拍身旁的邵鈞的肩膀：「像這孩子，如果能進專職大學裡頭好好深造，一定會成為非常強大的機甲整備師的！」

邵鈞轉過頭看著老爹，臉上似懂非懂，但卻默默將他的話都記了下來。

小茉莉低聲悄悄道：「我們能去聯盟嗎？」

老爹搖了搖頭：「很難，別想太多，先過好自己的日子吧。」

他拍了拍那光亮如新的機甲：「先調試了交貨吧！約客戶，我們出去試機，然後就可以交貨結帳了！」

他看了眼有些激動的躍躍欲試的邵鈞，有些愧疚，又拍了拍他的肩膀：「你太顯眼了，還是在機修室待著。主要是這次時間太急，而且我們的精神力不足以啟動機甲，對方一定會帶機甲駕駛員來驗收。下次吧，下次一定讓你出去看他們試機！」

他轉頭又看著有些笨重的機甲，十分惆悵道：「我聽說現在高級機甲已經可以搭載空間鈕了，平時就停在空中要塞，當使用空間鈕的時候，機甲會自行躍遷到駕駛者所在的地點，真是太讓人嚮往了。」那種將要被時代淘汰的恐慌再次席捲了他的心臟，他蕭索地搖了搖頭，帶著茉莉上了裝載車，啟動了車輛。

邵鈞微微有些不捨，滿臉悵然地看著老爹巨大的裝載車將機甲運走，他們將把機甲一路拖去了城外的山頭，那裡還需要付錢才有足夠的場地讓機甲運行，以便客戶驗收。

裝載車一路拉著機甲到了闊大的城門，看到城門附近的一個防空洞入口熙熙攘攘全是人，老爹隨口道：「怎麼這麼多人？還有這麼多帝國軍人在，演習嗎？還是又發現漏網蟲族了？」

門口的守衛一邊開動儀器檢查車上的貨物一邊隨口道：「沒聽說嗎？陛下出了赦令，赦免月曜城地下城黑戶居民，限期七天，讓居住在下水道、防空洞的所有人都必須要出來一一登記，赦免除了死罪外的所有罪行，死罪也可改成有期限的勞教監禁，只要七日內全部從地下出來，有勞動能力的就給地或者進工匠工會，沒有勞動能力的可以去福利院，柯夏親王的封地接收所有地下城居民。」

小茉莉睜大了眼睛：「這麼好！那親王還真的會做好事啊！這地下城亂七八糟的這麼多年了！以後安全多了吧？」

守衛笑了下：「應該是吧，這位親王可是做過聯盟元帥的，整軍一流，手段非常，聽說待下也寬和仁慈。」

旁邊一位老者呵呵了一聲：「這親王才從聯盟來，封地缺勞動力，過去只怕也是要做奴隸的，先哄人過去的手段罷了，不過只要能除掉這月曜城多年的隱患，對我們來說也是好事。」

守衛輕輕咳嗽了聲：「這可是皇帝陛下的赦免令，不要瞎說。」一邊又抬頭看那巨大的機甲，笑道：「這是修好的二手機甲？呵呵，這不值錢了，修起來浪費時間和材料，這些材料還非常高昂。聯盟那邊的新能源機甲多得很，帝國這邊剛剛和聯盟簽署了個協議，允許聯盟公司在帝國出售新能源小型機甲，這批太老了，耗能又大，能出手趕緊出手吧。」

老爹心事重重，笑了聲，給守衛放了點小費，但守衛仍然還是兢兢業業拿了個紅外線掃描器，將機甲裡裡外外掃了一遍，確定沒有人，才把大門打開了，放了他們出去。

車子開著，小茉莉還在莫名亢奮：「看來這位聯盟來的親王，還是很棒的啊！這麼大手筆！一口氣把整個地下城給清空了！上次我去地下城收零件，還被幾個流浪漢搶劫！幸好遇上小黑，不然那次真是慘了。」

老爹不吭聲，過了一會兒才道：「玫瑰有危險了。」

小茉莉一怔，老爹道：「地下城這麼多年沒有清理，難道還真的是因為執政官清理不了嗎？當然是因為有利益，帝國三大主城，都直屬皇室管轄。這位親王，流亡聯盟多年，和地方貴族的利益沒有關聯，才敢這麼大刀闊斧。」

小茉莉道：「那關玫瑰什麼事？」

老爹痛心疾首：「你忘了這位親王是打著什麼名頭來這裡的？查白鳥會！玫瑰可是白鳥會的創始者之一！她們全都藏在地下的，現在這樣大張旗鼓的疏散地下居民，顯然就是衝著她們來的。」

小茉莉低聲道：「她又沒有做壞事！沒觸犯帝國法律！她都是在救人的！」

老爹道：「她們整天到處收逃婚的年輕女孩子，收留女奴，甚至偷偷收留從修道院逃出來的修女，都惹惱教會了，你說呢？」

「而且她堅持要生那個來歷不明的孩子，白鳥會應該也在排擠她，趕緊交了貨回去。我等等就去地下找到她，我們立刻離開月曜城，那個柯夏親王不好惹，貴族都不是好欺負的，我們回去。」

小茉莉張大了嘴：「那明年的商鋪錢和機修室的錢，不續了嗎？還有我們還有那麼多的零件，那些都很值錢，倉促之間哪裡能找到人轉手。」

老爹道：「顧不得那麼多了，那些零件說值錢也不值錢，以後都會是新能源了。託付給老高斯，讓他幫我們找人轉手吧，到時候給他點仲介費就好，我們趕緊走。」

兩人心事重重繼續往目的地去。

在機修室裡的邵鈞仍然勤快地收拾著各種零件，將機修室裡的零件都擦得光亮。該抹油的抹油，該排整齊的排整齊，不知不覺夜色降臨，天黑了下來，皎潔的月亮升起，為大地鋪上了一層銀白色的冷霜。

邵鈞看了看天色，想著怎麼老爹和小茉莉還沒有回來，卻忽然聽到了奇怪的聲音。

他一怔，抬頭看到一個短髮女孩子推門進來，身上穿著白色寬鬆長袍，腹部高高隆起，女孩有著一雙非常大的褐色眼睛，長得非常漂亮，她抬頭看進來看到他，也是一怔：「你是誰？新請的機修工嗎？老爹呢？」

是玫瑰嗎？邵鈞心裡想著，卻忽然聽到忽然外頭傳來腳步聲。他們這間機修室，是租用的城裡西側工廠區空置的大廠房。這一片地方都是寬闊荒涼的廠房和各式各樣的機修室。因為戰爭，許多廠房都已經空置廢棄了，大量工廠機器放著生鏽，平日裡人跡罕至，大部分工作都由機器人和一些奴隸們完成，平日裡人跡罕至，所以邵鈞才得以在這邊安然躲藏。

玫瑰臉色一變已經轉身將門推上鎖上。但幾聲槍響，門鎖已經被擊壞，門卻哐鐺直接被暴力打開。

四五個女子手裡持著雪亮的長刀出現在了門口，刀刃微彎，雪亮鋒利，她們身上都穿著和玫瑰一樣的白色長袍，卻披著寬大的幾乎遮住臉的斗篷披風，風帽垂下來，戴著雪白口罩，斗篷背後畫著一對羽翼。她們一手持刀，另外一手卻都拿著一把手槍，槍口牢牢對住了玫瑰。

為首的女子冷喝：「玫瑰，你身為副會長，卻公然違反會規，涉嫌出賣會員，還不束手回去接受會規處置！」

玫瑰冷笑道：「白鳥會從成立開始就一直是抱著救助女性的宗旨，妳們這兩年為了謀奪權力，越跑越偏，偏激狹隘，蕾拉？素曦身上那盆污水就是被妳們潑上的吧？現在輪到我了？究竟是什麼人在妳們背後操弄是非，醒悟吧蕾拉，妳早已被人利用！」

蕾拉用刀刃掀下了自己額上的風帽，露出了冷若冰霜的面容和一雙綠玻璃一樣的眼睛：「笑話，什麼自尊自立自愛，因為嫁人背叛出賣了我們的會員還少嗎？就是因為妳們這樣把白鳥會當成抬高自己地位的工具，然後嫁人以後迅速出賣背離姊妹們的女人多了，白鳥會才越來越軟弱，被教會追得只能藏身於陰溝！」

「素曦也是這樣，妳也是這樣，妳肚子裡的孩子怕不是意外，而是什麼貴族的孽種吧？否則妳為什麼捨不得處理掉！妳是不是又想把我們姊妹們當成妳的祭品，變成妳向上走的臺階？」

玫瑰神經冷峻：「蕾拉，我也知道妳受到太多的傷害，同情妳的遭遇，所以我和素曦一直包容妳過於偏激的言行，當初我們救妳的時候，是希望妳能從傷害中早日走出來，不是讓妳到今天反過來捅我一刀的！」

「我肚子裡的孩子怎麼來的妳們心知肚明，白鳥會原本只是個戰後女子互助組織，我和素曦一開始並沒有任何野心，初心只是能幫多少人算多少人，是怎麼變成今天這樣的？」

「從去年開始的盲目招人擴張，到今年素曦被趕出白鳥會，這一切明明是有背後的勢力正在我們之中分化挑撥！妳被他們蠱惑了！清醒吧！白鳥會已經淪為某些不可知勢力的工具，妳成為傀儡和排除異己的刀還不自知！」

蕾拉冷笑了一聲：「這些話留到妳接受全體會員審判時再說吧，妳從前聲稱不婚不育，騙取了那麼多支持者，現在卻和男子通姦懷孕，有多少妳的擁護者為之失望？誰知道那男子是什麼人？誰又知道是不是妳已經出賣了白鳥會？在妳決定留下那個孽種的時候，妳就已經站在了所有會員的對立面，現在又涉嫌出賣會裡高層幹部，出賣情報，妳如果堅持清白，逃什麼？回去受審啊！」

玫瑰面容冰冷，自知難以以寡敵眾：「我會和妳們回去，但我要先見我父親和妹妹！」她轉頭想找剛才那個少年，想要交代幾句，卻一怔，不知何時那個少年已經悄無聲息消失了。

蕾拉不知她在找什麼，只冷冷道：「人不在，你還是老實先和我們回去，別拖延時間了……」

啪！

原本亮著燈的機修室忽然漆黑一片！

蕾拉大吃一驚，聽到異聲，面生警惕，猝然轉頭，但等她眼睛適應黑暗，已遲了！

那高高的修車頂上的吊鉤，不知何時一個少年一手攀在上頭手持巨型扳手一路呼嘯帶著巨大的衝力向她們沉重迅猛地甩了過來！

哐哐哐！猶如雷霆萬鈞之力的施展卻也不過是須臾之間。

尖叫聲、摔倒聲，呻吟聲此起彼伏。

五人中有三人被他帶著巨大慣性的衝力擊倒在地！其中一個頭破血流，當場暈厥！

蕾拉倉促滾地躲開，抬頭看到原本在機修室中央的玫瑰已被那少年攔腰抱著靈活地借助起重機跳上了高高的機修架！

高闊的空間裡，無數的廢舊機器和垂下來的機械臂懸空掛著，陰影重重，只看到一個黑影在其中靈活跳躍，她們對此地不熟悉，完全看不清楚。

蕾拉怒喝：「快開槍！！」

「砰砰砰！」

那幾個女子便攜手拔出雷射槍亂射一氣！

漆黑而高闊的機修室上空，無數的橫豎機修架被雷射槍反射出點點火花，那少年身材頎長，卻力氣奇大，長腿充滿了活力，抱著懷孕的玫瑰在上頭仍然十分靈活閃避。

一個女子急道：「太遠了！他們動作太快，遮蔽物多，瞄準不上！」

蕾拉怒道：「開燈啊！」

一個女子才匆匆忙忙跑了過去，找了半天開關，才倒吸了一口氣：「開關被損壞了！」

蕾拉氣得吐血，抬頭冷笑：「這機修室再大，我們把守住門，她一個孕婦，能跑去哪裡？」

「哐！」「哐！喀嚓！」「霹哩啪啦！」

一股巨大的聲音和玻璃窗碎掉的聲音響起，彷彿在嘲笑蕾拉。

一個女子失聲驚叫：「蕾拉姊，他們要從側頂上透光窗出去了！」

蕾拉怒道：「開白鳥追！」

一個女子道：「可是夫人說了最近不要用機甲……」

蕾拉急切道：「夫人也說了要儘快抓她回去！這裡人少，白鳥小，不要使用火炮，動靜小點就好了！」

邵鈞抱著玫瑰打碎了房屋側面玻璃窗，往下看去，離地面實在太高了，他冷靜地尋找攀援點，將幾根皮繩牢牢在架子上綁緊，直接往外扔去，準備抱著玫瑰順著皮繩滑下去。

玫瑰卻忽然按住了他的手，聲音微微顫抖：「她們開白鳥了，那是最新研發的輕型裝配式生物機甲，我們逃不掉的。我很高興你冒險救我，但是你帶著我跑不遠，她們的目標是我，你放棄我吧，快點去叫老爹和茉莉離開！走遠點！」

開白鳥？邵鈞有些不解，往下看去，果然看到下方幾個女子掀開寬大的斗篷，露出她們背上銀色小巧的背包，只見背包分解變形，各自從背上舒展開了一雙銀白色的機甲翅膀，而她們纖細的身體、肩膀、雙足雙臂迅速被銀色金屬護甲包圍，彷彿幾隻纖細白鳥即將振翅飛起，但足後的助推器以及手肘處露出的尖利刀鋒意味著其中隱含的恐怖速度和力量。

？？？莫名覺得那雙翅有些眼熟的邵鈞詫異的盯著那沒有毛的白鳥多研究了幾眼。

玫瑰聲音有點哽咽：「能源預熱還要點時間，但一旦啟動成功，我們就跑不掉了。和茉莉和老爹說，是我對不起他們……叫他們忘了我吧！千萬不要來救我，她們背後有惡魔，我擋了她們的路，她們是一定要我死的！」

邵鈞其實根本聽不懂，卻已懶得再聽，一抱她的腰，一手拉著皮繩，呼！身姿靈巧帶著玫瑰已經穿過了破洞。唰！順著長而結實的皮繩滑下了十幾公尺高的機修室外牆，迅速落在了一側的小型代步運貨推車上，按動了開關。

運貨小推車猶如一顆出膛子彈全速前進，瞬間向機修室外寬闊的馬路衝了出去，他們二人瞬間被濃濃的夜色包圍。

厚重的夜色裡，危機重重。

而他們身後，幾個銀白色展著雙翅的輕型裝備機甲，也以輕靈飛快地速度從機修室破爛地大門中掠出，手裡持著的長柄銀色彎刀在夜空中劃出了冰寒的光軌。

Chapter 222 逃脫

漆黑的夜裡，荒涼空曠的廠區公路上，一輛運載車運著巨大的機甲正緩緩開進廠區。

剛剛從城外回來的老爹一邊開著運載車，一邊罵罵咧咧：「我都說了修理的費用會比買新的還貴！妳是傻了吧？白忙了這些天，還賠本進去了多少零件！」

茉莉滿臉沮喪：「我怎麼知道這機甲精神力中樞栓也有問題？你不也沒看出來啊？你如果早看出來，我們就不必浪費這麼多時間了啊！再說了你修了嗎？都是小黑修的好嗎？」

老爹道：「拍賣資訊表上就沒說這精神力中樞栓壞了！如果說精神力中樞壞了，誰買這東西？誰不知道精神力中樞壞了，這就只是個大玩具了？手動啟動一切正常！根據協定他們就該拿回去的！誰叫人家是貴族呢！沒落貴族，那也是貴族！有什麼辦法！硬賴著就是不給錢，就說不要了，有什麼辦法？我們今天這樣載來載去的，又費了多少能源！真是賠本到家了！」

茉莉怒道：「拿回去當零件賣也能賺點的好嗎？再說他也預付了一筆零件費！

人家也都說了不要了！」

老爹道：「賺個屁！妳知道 AG 公司那邊的新能源機甲已經大批製造出來了嗎？這些零件一文不值了！淘汰了！蟲族又幾乎都被消滅了，帝國和聯盟也不打仗了！這些東西哪裡還有用？我告訴妳！我們這次賠透了！連回家的路費都沒有了！下次接生意先問問老爹我！老爹我吃的飯比妳吃的鹽還多……」

茉莉卻忽然道：「老爹！那是什麼？」

罵得正上火的老爹抬眼，卻也怔住了，只見遙遠的夜空地平線上，幾隻白色的機械大鳥展開雙翼，手持彎刀，猶如死神一般從遠處疾飛過來。

茉莉忽然按住了老爹的手臂尖叫：「那是小黑和玫瑰！」

老爹剎住了車，茉莉從寬敞的車窗探出頭去，拚命尖叫揮舞雙手：「小黑！玫瑰！」

邵鈞帶著玫瑰在那運貨自動小推車上疾馳到了車邊，茉莉早已推開了車門，將玫瑰拉了上來，狹小的駕駛室裡瞬間擠滿了，玫瑰看到他們，蒼白著臉嘴唇顫抖：「快跑！那是白鳥機甲！」

茉莉伸手要去拉邵鈞，邵鈞卻揮了揮手，手一伸，已經身姿靈活地翻上了後頭的裝載架上，躲到了機甲後。

茉莉鬆了口氣，連忙縮回車內，老爹已經迅速將車掉頭，往外衝去！一邊衝一邊怒喝：「妳怎麼又惹了事回來！」

玫瑰深呼吸，冷靜道：「往城門跑！她們不敢在士兵跟前出現！」

老爹怒吼：「來不及了！她們太快了！那是新能源機甲！我這臺車跑得慢，還載著機甲呢！」

玫瑰眼睛一亮：「機甲？能啟動嗎？」

老爹吼：「精神栓壞了！再說妳一個孕婦！啟動什麼！還要不要孩子了？」

茉莉一邊轉頭去看那些飛著的白鳥，一邊急切道：「把那破機甲卸貨，能跑得快一些嗎？」

老爹怒：「來不及了！」

只見倒後鏡裡那銀白色的白鳥機甲已經持著彎刀追上了他們的車子，尖利的彎刀帶著衝力撞擊上了他們的前擋風玻璃！

砰！

擋風玻璃上立刻現出了巨洞！碎玻璃四散，玫瑰抱著茉莉迅速躲了下來，老爹怒吼著繼續直衝！要到城門了！再多點時間！城門那邊帝國軍守衛就會發現這裡的不對！

這時原本因為拉著機甲行駛緩慢的車身忽然一輕，速度陡然加快！老爹一怔，低頭一看倒後鏡，怒吼：「啊啊啊啊啊啊！你這小子怎麼亂來！」

茉莉掙扎著往後看，看到他們修了七天的那墨綠色的機甲，不知何時已經啟動，從車子上一個後空翻，從疾馳的裝載車上躍了下來。

轟！鋼鐵巨足沉重落在地上，塵土四濺，墨綠色的制式機甲已經完全不復之前在機修架上待修的破爛黯淡，而是彷彿從沉眠中蘇醒的鋼鐵巨人，舒展四肢身體，一隻手臂回收，一隻手臂舉起，向前一個墊步，左腿屈膝，右腿倏然帶著千鈞之力橫踢！

轟！

一隻白鳥被這帶著巨力的鋼鐵腿一腳踢飛，後跌飛到了夜空中，直飛到了幾十公尺後，才狠狠撞上了一幢廢棄廠房。轟！嘩啦啦啦！彷彿一隻墜毀的鳥屍，直接落了下去，搖搖晃晃開出了降落傘。

玫瑰被這一腳驚住了，茉莉尖叫：「啊啊啊啊啊啊啊啊！小黑真是太帥了！」

玫瑰詫異道：「不是說精神栓壞了？」

老爹也被驚住了，過了一會兒才回過神來喃喃道：「是手動操作──這小子……」究竟是什麼人？這年頭幾乎已經找不到能夠手動操作做出這樣極容易失去平衡戰術動作的人了。

剩下的白鳥機甲已經圍上了那臺機甲，機甲肩部轉動，毫不猶豫將炮對準了某隻沒毛的白鳥，那白鳥果然被震懾住了，連忙迅速飛快錯開炮口。

然後幾隻白鳥也顧不得不用火炮的禁令了，為求自保，她們毫不猶豫地展開了手持火炮，紛紛向那墨綠色的機甲放出了火炮！

邵鈞沉穩地平移後退，再次握緊拳頭，精準擊打其中為首的一隻白鳥。

老爹卻連忙加速車輛，飛快開著：「快跑！那機甲裡已經快沒能源了！等她們反應過來就完了！」

月曜城的防空警報卻被武器的能量所驚動，高聲響了起來。

玫瑰園裡夜不能寐的柯夏霍然起身，披衣推門，警衛們已經在門外報告：「是西城工廠區靠近城門處出現了武器使用能量警告，瞭望塔報告那邊有軍方制式機甲出現！正在與幾臺輕型裝備式白鳥機甲對戰！軍方已經集合，正在申請機甲隊出勤！」

「白鳥機甲？」柯夏道：「是白鳥會？」

花間酒道：「是，教會那邊給的情報中有提到白鳥會的武裝組織有著大批的白鳥裝配式樣的機甲，小而靈活，在普通人中傷害非常高，加上成群結隊的出現，很難逮捕。」

柯夏道：「那軍方機甲是什麼情況？」

花間酒道：「不是軍方的人，根據報告應該是淘汰的制式機甲，不知道是什麼人在和白鳥會的人纏鬥。」

柯夏走出了花園，伸手拿出了機甲鈕來：「來帝國這麼久了，也該活動活動筋骨，讓我去會會她們。」

花間酒忙道：「您的神經痛！」

柯夏笑了下：「幾隻小鳥，有什麼關係，去看看。」他按下了機甲鈕，天寶從無盡的高空得到了召喚，躍遷出現在了月曜城的高空。

在制式機甲內手指飛舞正操作機甲的邵鈞似有所覺，抬頭看天空。那裡光線在扭曲，怒雷隱隱作響，黑暗在不斷坍塌形成一個黑洞，一個漆黑巨大的身軀彷彿擋住了所有光線一般，猶如鬼魅憑空出現了。

機甲內警報響起：「警報，檢測到附近有大型機甲躍遷，請注意閃避！警報！」

一具巨大無匹漆黑的機甲居高臨下，遮住了大半個天空，屬於金屬特有的森冷機身遍身燃燒著黑色的火焰，蘊含著摧毀一切的恐怖力量，鋼鐵手臂持著一把巨長的長柄三叉戟，戟尖纏繞著電弧閃電。而在機甲身後深紫黑色的天空，一輪彎彎的慘白月亮高懸，整個畫面充滿了毀滅的力量感和威懾感。

空中原本糾纏不休凶殘的白鳥機甲也已經發現了天空中那巨型機甲，毫不猶豫地四散逃竄而去，顯然極為畏懼。但夜空中雪白的她們實在太過醒目，

不過一個呼吸間，巨大的機甲就已經落在了一隻白鳥跟前，一隻機械手臂輕

而易舉捏住了一隻鳥翅膀，白鳥身上立刻被電弧環繞，翅膀和雙手雙腿都無力抽搐著。

漆黑機甲再次躍起，巨大的身軀輕靈無比，落在了另外方向的一隻白鳥跟前，彷彿兒童捉鳥一般，伸出手指戲弄那隻白鳥。

白鳥無望地掙扎著。

邵鈞默默看著那猶如戰神一般的機甲，雖然他不知道這種感覺因何而來，但他看著那機甲，只覺得熟悉萬分，彷彿每一個零件每一個關節，他都熟悉。一股直覺告訴他，那是他做的，是他親手裝配的機甲。

機甲內尖銳的警報再次響起：

「機甲能量已不足百分之五，請注意！」

老爹他們駕著車已經到了城牆附近，但遠處的城門已經聚集了軍隊，正在往他們這裡趕過來。

邵鈞看了眼城牆，按下了早已蓄能完畢的加農火炮，用最後百分之五的能量，對著眼前的城牆，轟出了一炮！

轟！

厚重的城牆被火轟開了一個大洞，警報再次拉響，遠處的機甲也正在往這邊駛來。

最後二%能量！

邵鈞伸出巨手拉開車門，將玫瑰他們三人攏進了駕駛艙內，迅將機甲變型成為小型飛梭。颼！迅速穿過城門，幾乎是極速飛速往濃黑的黑暗中駛去。

能量條見底了！！

老爹怒吼著：「怎麼辦！我們要被軍方抓回去，就要全部變成最卑賤的軍奴了！」

「我們逃不掉的！」

老爹絕望地抓著頭髮，無能狂怒。

玫瑰沉著道：「逃得掉！你叫小黑是嗎？聽我指揮！我知道附近有個廢棄的大型防空洞！從前蟲族對戰留下的，可以通往附近港口！往東邊座標 34.69！」

邵鈞操作著飛梭急速往玫瑰說的方向前進。

茉莉兩眼發光：「小黑！你太帥了！那一個後踢橫腿真是帥呆了！你居然會手動操作機甲？」

老爹怒道：「我遲早被你們這些年輕人害死！一個比一個膽子大！什麼都敢做！老老實實不打架的話，軍方來我們還可以說是被白鳥會追殺，現在洗不乾淨了！我們會不會被通緝！我這老骨頭經不起驚嚇了！」

茉莉卻哈哈哈大笑：「這真的是我這輩子最刺激的一天了！」

玫瑰撫摸著隆起的腹部，看著飛梭飛快地往目的地前進，沉著指揮：「好了！到了！把飛梭設成自動導航，我給你個地標，往水道去！我們從這邊下車，往防空洞裡走！讓飛梭自動導航，迷惑他們！」

「很好！完美！小黑你很棒！」

「我們走！」

一行老小下了車，看著那飛梭自動導航繼續往黑魆魆的河面上掠去，然後迅速往防空洞走去，茉莉伸手俏皮地揮了揮手：「再見啦月曜城！」

邵鈞也回頭看了眼遙遠空中，那裡深黑一片，已經看不到那具讓他莫名熟悉的頂天立地的機甲身軀。

但剛才那一剎那，他彷彿想起了什麼，也許是在星群間疾馳穿行，也許是靈魂翱翔在風中，巨大的鋼鐵機甲手持巨劍急速降落當空劈下，無數的星艦如焰火炸開，星雲旋渦散開，銀河也在身旁傾瀉如河流，那是許多凡人終其一生無法想像的美景。

有人陪著他看過那樣的風景。

「『白鳥之詩』是AG公司新開發出的一款裝配式輕型機甲，主打女性，但實際上玩機甲的富有女性並不多，這個東西在戰場上並不實用，防禦很差，只能說是一款華美昂貴的玩具，因此在聯盟銷量很一般。只有在去年，忽然接到一筆來自帝國的訂單，訂製了足足一百架，對功能進行了進一步的優化，要求更輕更適宜攜帶，速度快，減少了一些攻擊性能。客戶應該是化名，但顯然非常富有，一次付清了餘款。」

花間風看著剛從機甲下來的柯夏，笑著解釋。

遠處站著被驚醒的羅丹，他還穿著睡袍，睡眼惺忪，肩膀上趴著艾斯丁，遠遠看了下他們，找了護衛問了確認沒什麼大事，應該用不上他們後，又轉回房休息了。

柯夏一邊脫手套扔給一旁的花間酒一邊道：「奧涅金現在對你是不是予取予求，連這種客戶資料都開放給你了。」

花間風一笑，柯夏轉頭看到花間酒進來，漠然道：「那幾隻白鳥抓起來審訊，看能不能用上她們在地下城的力量。那臺用帝國軍方舊機甲的呢？抓到了沒？」

他輕而易舉處理完那幾隻白鳥，有些大刀砍蒼蠅的索然無味，看那臺機甲已經衝出城去，軍方也已經派出了軍隊追，知道他們逃不掉，也懶得再追，自己回去了，只等著審訊那幾隻白鳥，順便借助她們的力量尋找邵鈞。

花間酒道：「還在追，不過駐軍這邊反應很快，已經查到了那臺機甲的編號和去向，那臺機甲已經完全損壞難以修復，因此和其它機甲一起淘汰後開放拍賣，目前駐軍那邊已經找到了買下的人，正在審問。」

柯夏沒當回事：「白鳥會樹敵多，打起來也不奇怪，地下城疏散登記已經三天了還是沒有消息，正愁找不到突破口，儘快開始審問那幾個白鳥會女子。」

花間酒應聲而去，花間風笑道：「白鳥會明知道你在查她們，怎麼還敢大動干戈鬧出這麼大動靜自投羅網。怕是就有人希望她們躲不掉，故意挑釁也不奇怪，我有預感那軍方機甲，恐怕查不到使用人，你不要高看了帝國軍，這裡不是你帶過的兵。」

柯夏抬眼看了他一眼，轉頭找了個護衛：「你帶一隊人去追蹤那臺軍用機甲。」

花間風道：「不如讓歐德帶上一些人和他一起去，我這次帶了點人手過來。」

花間風的直覺一貫很準，也因此他對在意的事情，都會第一時間跟進。花間家族原本就善於追蹤、刺探、潛伏，去查這些想來也更擅長，而阿納托利因為擔心他，也放了好幾個得用的人手在劇組裡，保障他的安全。

柯夏點了點頭，歐德便也領命帶人和那護衛出去了。

天大亮後，連夜審訊的花間酒回來覆命了：「白鳥會那幾個俘虜，為首的叫蕾拉，三十八歲，在白鳥會中的職務是執戒者，負責會規執行和懲戒。說是追捕會裡的叛徒，一個叫玫瑰的女子，原白鳥會的副會長，懷有身孕在身，她們追蹤這個副會長到了城郊機修室，結果在機修室裡，這個玫瑰被一個年輕小伙子關燈趁亂帶走，黑暗中看不清楚面容，應該是玫瑰的家人。根據供述，那個玫瑰的父親原本就是修理機甲和農用機械的，不知從哪裡弄了個舊機甲出來和她們對戰，才演變成昨晚那種機甲對戰的情勢。我們正在派人查對玫瑰以及她的家人、廠房的租用者的背景調查，不過初步判斷應該沒撒謊，因為幾個女子分開審問一致，而和機甲主人的口供也一致。」

花間酒翻出另外一份口供：「這邊是在二手軍用機甲拍賣中拍到的制式機甲主人的口供。基爾羅，身上有個祖先買來的小爵位，五十六歲，因為一向喜好機甲，這次貪便宜從拍賣會拍下來這臺二手機甲。但送了幾家有名的機甲店都說修不好拒收，經人介紹就送到了鐵甲機修店，沒想到對方居然將發動機修好了，便預付了一部分訂金，對方果然修好後送來給他。昨天下午正是他們約好驗收的時間，他還花錢請了個退役軍人去驗收。」

「結果驗收的時候發現機甲的精神栓已經徹底損壞失靈，那臺機甲修不好了，更換精神栓太過昂貴，本身能源也已經快要耗盡，二手也賣不了好價格，處置機甲還需要一大筆錢，店家還催著他結尾款，他乾脆就不要那臺機甲了。根據口供，負責修理的男子歐羅，六十九歲，接生意的是他的女兒，人們叫她小茉莉。他們當天下午才剛剛驗收，推測那臺運載車就是運載著驗收後被拒收的舊機甲回去，在路上遇到了被追捕的玫瑰，於是和白鳥會的人對戰，為了自保而啟動了那臺機甲。」

柯夏卻忽然抬頭：「精神栓損壞？」他忽然被觸動了敏感的神經：「精神栓損壞，那那臺機甲昨晚是怎麼和白鳥對打的？」

「手動操作嗎？」

花間酒一怔，花間風卻已經迅速站了起來，接通了歐德的通訊。

很快歐德出現在懸浮螢幕裡，抬頭看到他們，言簡意賅道：「沒追到人。被發現在河面上機甲能源耗盡，開啟了自動導航，推測人應該在中途就下去了，故意讓機甲沿著河面走，誤導追蹤。初步判斷沿路應該是去了某個廢棄的防空洞內，但是這裡的防空洞太多了，戰後這些防空洞幾乎沒有人維護和修整，四通八達，裡頭流浪漢也很多，且沒有攝影機，和城裡的情況一樣，有點難查探他們的下落。」

花間風已經沉聲道：「你檢查過那個二手機甲的精神栓了嗎？是不是壞了？看

得出駕駛者是怎麼操縱那臺機甲的嗎？」

歐德抬頭道：「能源耗盡了，沒有使用精神栓駕駛艙，駕駛者應該是藉由手動操作來控制機甲，我們在在手動操作駕駛椅扶手上發現了血跡，駕駛員應該受傷了，我們收集了血跡、頭髮之類的生物資訊，稍後會拿回去檢測。」

柯夏和花間風對視了一眼，兩人全都在對方眼裡看到了那句不敢說出來的推測。柯夏喉頭發緊：「傷勢重嗎？我是說血多嗎？」

歐德有些茫然：「只有幾滴，應該傷勢不重——不然也不會那麼能打吧。」

柯夏和花間風臉色微微放緩，花間風喃喃道：「修好了別的機甲店都修不好的機甲，在數人圍攻之下能夠救走一個身形不便的孕婦，還手動駕駛機甲，對戰後衝出城牆，帶著人逃走……」

柯夏下顎緊緊繃緊，交代花間酒：「我要看到那臺機甲和白鳥會機甲對戰的影片。」

花間酒連忙道：「之前已交代月曜城警署調來沿路的攝影機影片，已經整理過匯總傳來了……但是警署說那邊很多攝影機年久失修，早已壞了，只收集到了一些監控影片。」

他按了下懸浮螢幕，影像彈出，一間巨大的機修室外，一個穿著白裙腹部隆起的女子先推門進去，花間酒道：「這就是玫瑰，白鳥會副會長，據說也是白鳥會的創始人之一，參加過帝國軍，被編在醫療救護兵內。」

很快幾個穿著白袍戴著斗篷的女子也粗暴地用手槍擊穿了門鎖，推門進去。

沒多久那機修室玻璃窗上顯示燈忽然關掉了，然後黑魆魆中玻璃窗被擊穿，從裡頭扔了皮繩出來，不多時就見到一個頎長身影抱著個身形臃腫的女子從裡頭躍了出來。影片因為太遠而顯得模糊，只隱隱看出那男子頭髮染成了銀灰色。他一氣呵成從十幾公尺高的窗臺往下爬時，那雙長腿展現了極佳的彈跳力，即使抱著一個女子，但他仍然靈活踏在每一個攀登點上，顯示出了相當強悍的運動神經。

他們落在了地上，然後迅速上了一臺機械運貨車，衝向了路面。很快那幾個白鳥會的執戒執事也從裡頭飛了出來，緊緊尾隨。

之後畫面切換到了路上。

雖然一路很模糊，但那個修長身影靈活敏捷翻身上機甲的動作讓柯夏眼皮一跳，之後機甲被啟動了，使出了漂亮的一腿，將白鳥掃飛到了幾十公尺外。

花間風忍不住笑了：「雖然失憶，還是那麼能打，看起來還是個招惹是非的個性。」

花間酒懵懂看向族長：「族長的意思是，這是……鈞寶寶？」

花間風嘆氣道：「不是他還能是誰？還以為他在地下城，費了這麼大功夫，原來他躲在機甲整修廠，這倒是意料之外情理之中了。畢竟他可是親自組裝起天寶的人！要不是有用處，誰敢窩藏一個逃奴？顯然是他為對方帶來了更大的利益，難怪我們找不到他了。」

柯夏轉過頭，銳利藍眸逼視花間風：「天寶是他組裝的？」是了，鈞是他的話……古雷那時候突然要送他一臺機甲本就奇怪，但他當時太年輕，心裡充滿仇恨，自以為是世界的中心，沒有意識到這些巧合其實並不是巧合，而是他的機器人一直在默默為他提供幫助，他甚至都沒有看到畢業典禮——他的機器人究竟還有多少事情瞞著他？

花間風笑了下：「是的，他當時在松間別墅後的賽車場足足拼裝了大半年，完全只有他一個人不眠不休組裝起來的。現在想來應該還有人指導他，應該是古雷。最後也不知怎麼拐彎送到了你的手裡，你一直還懵然不覺身邊的機器人的異樣，我那時候就已經懷疑他不是普通的機器人了。」

柯夏閉了下眼睛，復又睜開：「羅丹把記憶還你了？」

花間風站了起來：「是的，夏，我一直懷疑他不是機器人，而是人。他不像是一無所知的機器人，而是像羅丹他們一樣，有著不為人知，身為人類的過去，靈魂不應該是憑空而生的，他應該曾經是人。」否則人工智慧誕生這麼多年，為什麼沒有聽說過哪一個人工智慧誕生了靈魂，只有鈞一個？

「不過這些都不重要，等我們找回他再說吧，有了這個鐵甲老爹和這一對姊妹花的資料，要找到他應該不難，只是我們要祈禱他不會又離開他們。所以，還是得快，另外也要防止白鳥會繼續追殺他們。」

柯夏握緊了手，低聲道：「我會找到他的。」不管他是一個人的靈魂寄居在機器人裡，還是一個機器人誕生了靈魂，都一樣，對於他來說，那都是陪伴了他的那個靈魂。

他站了起來命令道：「我要去那個機修室看看。」鈞在機甲裡操作時間不多，受傷的話，應該是在機修室，他擔心他中的是槍傷，高溫灼燒傷口會導致出血量少，但如果得不到及時醫治的話，後果會很嚴重。

他必須要親自確認——他還想要看看他這些天躲藏的地方，他這些日子被自己的想像折磨得夜不能寐，噩夢一次一次喚醒他，他的鈞在夢裡總是縮在狹窄黑暗潮溼的地方，他在夢裡要麼是怎麼都進不去，要麼是手一伸摸到一手冰冷嚇醒了。

寬大的機修室被打開了，看得出沒有被破壞的架子上，零件和各色工具都是擺放得整整齊齊的，雖然地方足夠高闊，但仍然難免有著金屬的鏽味和機油的味道。而中間歪歪斜斜的架子和梁柱上都找出了不少子彈，看得出的確經歷過一番激戰。

柯夏對那令人不適的味道皺了皺眉，冷聲道：「找血跡，看在哪裡受傷的。」

這並不難找，他們很快在破碎的玻璃窗洞尖銳的邊緣找到了血痕，想來是抱著人穿過的時候被刮傷了，應該沒有中槍。工作人員們小心翼翼收集著能收集到的所有基因資訊，血跡、頭髮等等。

柯夏黑著一張臉，躍了下去，轉出去找到了邵鈞這些日子居住的地方，那是在機修室後的工具房往上轉入的一個隱祕的小閣樓。

閣樓裡收拾得很乾淨，光線也不差，透過玻璃窗能看到外頭的藍天和半坡上廠房間的樹木。幾件洗得乾乾淨淨的粗布衣服和褲子疊得整整齊齊，小而窄的床上甚至沒有床單，只有一張明顯遮不住人的毛巾被，顯然一開始就不是為男子準備的，柯夏幾乎能想像他的鈞躺在上頭不得不縮著腳委屈的樣子。

杯子是黯淡的不鏽鋼金屬杯，閣樓裡東西少得幾乎讓人錯覺這裡並沒有人居住，窗前有個矮矮的小桌板，貼著燈條，一本厚厚但翻得非常破舊捲曲的《機械修理實用手冊》擺在桌子上，旁邊還有個簡陋的小筆記本，封面是漂亮的卡通星星公主捧著豎琴，顯然是某個小女孩用過的舊物，旁邊放著一支鉛筆。

他在狹窄的床上坐了下來，高大的身體幾乎蜷成了一個不舒服的姿勢，過長的腿根本無處安放，他皺了皺眉，伸出手去翻窗前桌子上的筆記本。

即使是躲在這小小的閣樓內，即使什麼都想不起來，少年機修工並沒有放棄探索和學習的步伐。本子上畫滿了零件和一些機械圖的草圖，想來是冥思苦想著什麼，應該是在回憶白天修理的一些草圖，七天內修理了一臺發動機完全損壞的機甲，雖然還有人和他一起修理，但對於一個脖子上還有傷的人來說，實在是過於繁重了。也不知道他平常吃什麼，傷口有沒有發炎惡化，那修理店的老闆不知道有沒有虧待他，但能夠冒險留下這麼一個來歷不明的人，想來是個貪小便宜的人。

柯夏皺著眉頭，一頁一頁地翻著那小小而粗糙的本子，在草圖中間還有一個一個字，大多是一些零件的名字，一開始筆劃還有些笨拙遲疑，但漸漸地越來越熟練，翻到後邊，已經看得出完全是一個成年人的筆鋒，沉穩圓融中又帶著秀逸之氣。

他的機器人一直在他跟前兢兢業業扮演著一個合格的機器人，他從來沒有見過他寫字，他只會直接列印出印刷體的試卷讓他寫。

柯夏目光落在那些潦草的「散彈器」、「榴彈炮」上，忽然拿出了通訊器來，調整了下，調出了前陣子他讓聯盟那邊調出的杜因筆跡，這些筆跡包含著杜因在AG公司扮演研究員的時候，以及在聯盟軍中擔任他的護衛隊隊長的時候。數量並不多，還是莫林中將提供的。

莫林在聯盟已經升到中將，聽說柯夏要找原來杜因的筆跡，有些意外，提供了一張紙：「這是元帥當初被突然扣押的時候，杜因隊長帶我們開會商量對策時寫的，我後來將這張紙留存了下來。他真是一位優秀的軍人，面對您忽然被扣押失去消息的情況下，還是依舊沉著冷靜，一手策劃將三位將軍誘到星谷要塞，完美控制了局勢。這是我這輩子親身經歷過最優秀的軍事行動，我真為那時候對他的幼稚態度感到羞愧，很希望還能和他有機會一聚。」

那些筆跡展開，完美地和眼前筆記本上的筆劃重合在了一起。

柯夏深深吸了一口氣，閉了閉眼，微微鼻酸。他知道眼前已經太多擺在跟前的證據，證明這個匪夷所思的複製人，體內的靈魂就是機器人身體內的靈魂，但每當更發現那個靈魂的特別之處一些，他們曾經共同度過的過去，他的機器人曾經為他做過的每一件事，就顯得分外的鮮明。

他一直以為那麼多年他一個人獨立度過，沒有人體會他的痛苦、孤獨、憤恨、仇視和孤僻。然而一直有一個強大而沉默的靈魂，溫柔地守護著他，替他分擔，與他共同度過那些難以煎熬的時刻。不是什麼根據刻在中樞內的命令無條件服從守護主人，一切全出自於那個比許多人更高貴更獨立的靈魂的自主行為。

他是自願帶走他救護他，他是自願撫養他，他是自願陪在重病的他的身側，他也曾經想要離開他，卻在他被流放以後再次回到了他的身邊，然後又是這麼多年的輔佐。

記憶長河裡那些席捲吞沒一切的猙獰浪潮退下，露出了沙灘上晶瑩剔透的鑽石。

他翻到了簡陋的小桌板上筆記的最後一頁，在那兒寥寥草草畫著的機甲草圖中，似乎是繁重的機甲修理之餘，失去了記憶的少年修理工彷彿不經意地在筆記本的角落裡，寫了柯夏兩個字。

但那小心翼翼端整的筆跡，又顯得寫下的那一刻，主人其實是非常慎重而仔細的。

微微泛黃的紙頁上，一滴淚珠落了下來，碎了。柯夏將本子推開以免自己越來越多的淚水會打溼本子，捂住了自己發熱的眼睛。

Chapter 224 我的神

天空鉛色的雲層厚厚堆疊著，寬闊河面上吹來的風有些寒涼。時間已經是深夜，但這寒滄江岸的私渡口仍然熙熙攘攘如同白天。

這是一個非常原始而隱蔽山腳的避風港，窮人的船家為了避交帝國港口稅，私下悄悄聚集，形成了一個小型的私渡港口。說是私渡，其實還是有有背景的人在管理的，但收的稅比帝國官方港口收得少太多了，而且還不會盤查人員和貨物，不少小型的船、走私的船就在這裡卸貨上人，旁邊還有著不少船工就在岸上的擺攤小吃裡解決一頓溫熱的晚餐。

邵鈞手臂上纏著繃帶，坐在小板凳上頭也不抬地在吃烤肉串，他已經吃了三十串了還沒有慢下來的跡象，一副餓得厲害的樣子。小茉莉又到隔壁買了好幾個捲餅過來給他吃。

玫瑰低聲道：「這裡出去就可以找到便宜的車，一路都不會遇到盤查。這邊窮，當初和蟲族對戰，地全毀了，沒有油水，也沒人管，我們才好安身。我們再往東邊走一段路，就可以申請成為拓荒者，拓荒拿到的地都是我們自己的，還能領到執政官免費分發的種子。然後慢慢安身下來，再繼續幫人修理點東西，我身上也還有點存款，日子還是能過下去的。」

老爹長長噴了口菸：「到處都缺勞動力，領主們可算有些懂得留住人才有收益了。」玫瑰看邵鈞還在吃，莞爾一笑：「窩在船上半天，我腿有點腫，出去走走順便看看能買點什麼路上用的吃的。」

小茉莉連忙站起來：「我陪妳！」

老爹瞪了她一眼：「妳在這裡看著小黑別讓他亂跑了，我陪玫瑰走走。」又看了眼玫瑰：「這裡魚龍混雜，什麼人沒有，妳一個孕婦，不能一個人行動。」

玫瑰眼睛一彎：「好的。」

老爹便起身陪著玫瑰在河岸邊緩緩散步。

小茉莉早就吃飽了，只好百無聊賴坐在一旁看人在河岸上釣魚。

邵鈞吃到第三個雞蛋起司捲餅後，速度終於開始慢了下來，開始小口小口地喝水，然後被一陣孩子的哭聲吸引了注意力。

旁邊的雞蛋起司捲餅攤子上，一個紮著圍裙褐色捲髮的大媽正在熟練地將蛋打在餅皮上，然後淋上乳酪、香料、番茄汁之類的以及碎肉、幾片蔬菜葉子，捲起來遞給旁邊來買捲餅的船工。

剛剛停靠了一艘船，一群船工剛剛結束了卸貨，絡繹不絕的過來解決肚子問題，而這個雞蛋捲餅不僅便宜味道不錯又有菜有肉，還溫熱又飄香，顧客一下子排成了長隊，生意非常不錯，大媽瞬間忙得不可開交。

但她腿邊一個小女孩大概二三歲的樣子，一直拉著她的腿哭鬧，小女孩顯然睏得厲害，一直揉著眼睛一邊抽抽噎噎說著：「媽媽，我要睡覺，我要抱抱。」

但大媽只是推開她，然後繼續飛快地做著捲餅，生意都是一波一波來的，錯過了這一波，下一波不知道又是什麼時候，她需要交不菲的費用，才能夠在這裡擺攤售賣，生活總是這麼的糟糕。

小女孩哭得更大聲了，但並沒有人在乎她的睏倦，船工們剛從疲憊的工作中解放，滿臉漠然只等著吃上一口食物，路過的人們來來往往，無人在意這個母親就在身邊的小女孩的哭泣。

邵鈞看了一陣子，忽然站了起來，走了過去站在大媽身側，將她在攤子旁掛著的塑膠手套拿了過來戴上，然後先替她遞了幾個菜、乳酪醬汁、香料瓶，大媽感激地謝謝了一聲，又過了一會兒邵鈞非常順其自然接過了大媽手裡的杓子舀麵糊、打蛋、捲入菜葉及肉片，每一步都和大媽之前做過的一模一樣。

大媽詫異看著他，邵鈞卻下巴抬了抬示意她抱抱還在抽噎哭著的小女孩。

大媽忽然眼圈一紅，低頭下來抱住了小女孩，小女孩本來就睏得不得了，需要的只是媽媽的一個擁抱，幾乎是在被抱起的瞬間，就滿足地將頭靠在母親肩膀上，睡著了。

大媽將孩子放進了一旁的嬰兒車內，蓋上被子，才起身接回了她的杓子，眼睛紅紅地對著邵鈞致謝。

這一幕落在了散步走回來的玫瑰和老爹的眼裡，玫瑰轉頭對老爹道：「你們去哪裡找到這孩子的？真是溫柔。」

老爹咬著菸頭含糊道：「還不是小茉莉，晚上自己一個人逞能去取零件，我都要第二天再去了，她非要說很快就回來，結果差點被人搶劫了。幸好路上這孩子救了她，她看他流著血，又不會說話像是個啞巴，問他家在哪裡也搖頭，看來是個流浪漢，說家裡反正也需要人手幫忙，就自作主張帶回來了，後來發現他修理還真不錯，我之前懷疑他是哪個貴族豢養的機甲奴，跑出來的。妳看他脖子上的傷，應該是項圈的傷，貴族們就喜歡玩那種事情，把奴隸當狗看待，也是個可憐人。但是昨天妳也看到了，他那手動操作機甲的工夫，一般人學不來，我又有點擔心了。」

玫瑰低聲道：「他應該接受過格鬥訓練，能操作機甲的，精神力必定不低，他甚至還會手動機甲，你看過他吃飯的儀態沒，應該也接受過禮儀訓練，我覺得他很有可能是哪個落難貴族的子弟，帝國剛剛換了新帝，自然又有一批敗落被問罪的貴族。」

老爹搖頭：「沒聽說過哪個貴族是黑髮黑眼的，他這樣的基因在帝國並不多見。月曜城的通緝令裡有他，還搜捕過黑髮黑眼的人，官方有來查問過。不知道他到底惹了什麼禍，你們幾個孩子都是惹禍精。」

玫瑰一笑：「是個溫柔的好人呢。」

老爹沉默了一會道：「有個小兄弟在，妳們也算有靠山。」

玫瑰道：「他是個好孩子，不要太功利對待他，他救了我們。」

老爹嘟囔了幾句：「你們年輕人總是這樣，妳肚子裡的孩子馬上又出來了，我們需要勞動力，收留他這麼一個來歷不明的人也是要擔風險的。」

玫瑰沉默了一會道：「對不起，給您添麻煩了。從前年輕總想改變世界，後來才發現太難了。就連保護自己家人這一點，許多人都做不到。雖然知道是個麻煩，但是這孩子我還是想留下。」

老爹轉過頭，嘴硬道：「知道錯就好，回家來好好養胎，我們還養不起個孩子嗎？忘了那些什麼亂七八糟的人吧，」

玫瑰笑了：「好的，我們一家人，好好過日子。」

月曜城。

地下城裡的登記已經到了尾聲，雖然柯夏已經意不在此，但方案都在自己的人手督促下扎扎實實推進著。他們扣著蕾拉，花間酒很快便直接帶著人去活捉白鳥會在地下城的一些幹部們了。其他一些負隅頑抗想要逃跑的罪犯也被乾脆俐落的處置，要麼逮捕要麼就地槍決。

七天後機械部隊直接開進了每一個防空洞的入口，在自願作為導航的原地下城居民的引路下，一個洞一個洞的仔細清理，將所有非官方挖出的洞和地道全部回填，僅保留了原本的防空洞作為戰備防空洞。

月曜城出現了從未有過的安靜寧和。

而柯夏也迎來了月曜城神殿主教執事格萊斯的來訪。

高貴的教廷執事見到柯夏的時候是帶了些居高臨下的倨傲：「尊敬的親王殿下，我們聽說您的手下已經逮捕了不少白鳥會的骨幹成員，這其中有不少是在我們教會通緝令上的，我們希望親王能夠將這些女巫交給我們，移送教廷執法院接受懲治。」

柯夏乾脆俐落地回絕：「我接受了王命下來調查，目前也還在審訊處理中，但我另有要事，因此這些俘虜我將會讓人送回逐日城審訊。」

格萊斯忍下了脾氣道：「那不知等審訊過後，能否移交給教廷？」

柯夏道：「不行，據我瞭解，這些女子均宣稱已經不信聖教，不適用於教廷戒律。經我們審訊後，做過不法事的自有國法制裁，沒有犯過大罪只是被蠱惑的，釋放回家讓家人好好規勸，信仰自由，教廷不得隨意開展宗教迫害。」

格萊斯怒道：「一朝入教，終身受教規束縛，豈能說信就信，不信就不信？這樣會被神責罰的！」

柯夏道：「信教是個人自由，不信教當然也是個人自由，國法不是教律，請你分清楚，相反既然她們已經明確不信教，教會若是擅自懲罰，那是違法的。」

格萊斯氣得臉發白：「親王殿下，即使是陛下，對我們教宗也是十分尊敬的，還請您注意您的態度！」

柯夏訝異：「陛下信教，我又不信，為什麼要對教宗尊敬？」

格萊斯冷笑一聲站了起來直接往外走：「既然如此我自回去稟報教宗，只是殿下，你如此心無敬畏，不怕神罰嗎？」

柯夏冷笑了聲：「我父母弟妹被屠戮之時，請問神在哪裡？我身患重病癱瘓在床之時，神又在哪裡？我受奸人壓迫流放謀害之時，請問神又在哪裡？」

格萊斯凜然道：「你所受的一切苦難，都是神給與你的苦難！你既能站在這裡貴為親王，度過那些災厄，這就已是受到神眷！那些幫助過你的人，都是神派去的……」

柯夏噗嗤一聲笑了下：「世人永遠有罪，只要受苦必是贖罪，若是有福則是神賜，厚顏無恥到這樣，也難怪永遠立於不敗之地。」

格萊斯臉上漲得通紅，憋出了一句：「瀆神者自有報應！」他拂袖而出，迎面卻幾乎撞到了一個有著紫羅蘭色憂鬱眼睛的男子身上，那男子肩上還蹲著一隻寵物貓，他不由多看了兩眼才走了。

羅丹看他面有怒色，身上又穿著教會的白袍，頗為好奇也看了他兩眼，看他走了才進去，看到柯夏茫然道：「你信教？」

柯夏笑道：「不，我只信我自己。」他忽然覺得很有意思：「按剛才那教廷來使的邏輯，鈞其實才是我的神。」

羅丹也笑了下：「若以力量強弱來論，神其實就是比你強大太多的另外一種存在罷了，我聽說有鈞的下落了？風先生稍後也會過來，說有了點線索。」

花間風從外頭走進來了：「我聽說教會來人，就沒進來，怕打擾到柯夏，沒想到親王殿下絲毫不給來使情面，真是無情啊。無神論者，你讓人顫抖。」

柯夏不以為然：「少廢話，找到什麼線索？」

花間風按了下懸浮螢幕，打開了一張地圖，拉開放大：「我們的人將那二手機甲一路行進的路線上有可能進去的防空洞地道一路全部篩查，發現他們很有可能上了某條船，這就有些糟糕了。畢竟寒滄江太長了，沿線私渡無數，他們完全可以在隨意一個私渡口上岸，甚至根本不經過渡口隨意上岸，然後隨意找一個農莊落腳，戰後帝國很多電子設備都跟不上，你們的基因追蹤庫只有在月曜城才有用，到了這種落後而寬闊的農莊、農場，那基本就太難找到人了。」

他神色嚴峻：「這無異於大海撈針，恐怕我們真的又弄丟他了。」

柯夏凝視著那懸浮螢幕，忽然手指往下劃了下，沿著江水一路往下劃，現出了懸浮螢幕上的大片土地，他在那裡畫了個圈：「根本不需要沿路追蹤搜索，這效率太低了，只需要猜測他們可能去的目標地就行。」

花間風道：「你的意思是？」

柯夏放大了那一片黑色的土地：「這裡，帝國北部北陵藍平原，原本有著非常肥沃的土地，能夠種出非常豐厚的糧食，但是蟲族入侵後，這裡也成為了戰場之一。雖然為了整個藍星，無論聯盟還是帝國在蟲族對戰中，都沒有使用核武器和輻射性武器，但是生物基因武器是難免的了。」

「大量運用生化武器的惡果是受到生化武器毒害、基因武器污染的耕地全毀了，人口也大量流失，帝國在戰後針對這邊的情況只進行過簡單的污染治理，但收效甚微。於是帝國出了一條政策，允許帝國居民到這裡拓荒，開墾的土地可以一百年免稅，並且允許低息貸款購買治理污染的相關藥劑、耕種所需的大型農具設備、房子建造等，此外種子免費領取。」

羅丹讚嘆：「帝國居然也會制定這樣的仁政？」

花間風笑了下：「先生實在天真了，你知道受到生化武器毒害、基因污染治理要延續多少年才能種出能吃的糧食嗎？一百年免稅，根本就是大部分時間都在治理污染。還有，我敢保證，生物基因污染治理必然是指定的壟斷公司，一定會非常昂貴，而低息貸款和免費領取種子也必然是要行賄當地官員才能得到，去拓荒的人，接受的是另外一種剝削，很有可能有生之年都還不完那所謂的低息貸款，我沒猜錯的話，貸款經手人一定會在放款時收一大筆回扣……」

「一模一樣的套路，你猜我為什麼知道？因為這些剛剛全在戰後的聯盟發生過。阿納托利在書房裡咆哮，不知抓了多少官員派了多少巡視組或是調查組下去，那些污染治理才算正常推行下去。高高在上的政策制定者，初衷也許是好的，但是政策實行的每一個環節，都很有可能讓逐利者抓住所有機會謀取利益，花團錦簇的仁政背後，是一張張吸血吃人的惡獸，帝國情況只會更糟糕，戰後流離失所的民眾被看似優惠的政策吸引，聚集到污染的無人區開荒，以為能夠拿到一塊安身立命的土地，沒想到面對他們的是更狠的剝削和細水長流的吸血。」

羅丹滿臉震驚和惋惜：「讓我來制定方案治理生物污染，由國家來出錢的話，從一個國家的角度來說，並不需要多少資金！而且很快就能將這裡恢復成良田。」

艾斯丁蹭了蹭他的臉，柯夏道：「他們既受到官方通緝又被白鳥會追殺，只能去那裡，各大主城的各項資料都是聯網的，他們無法立足，其他農莊都由領主管理，日子都不好過，你們儘快替我出一個治理方案出來。」

他看了眼羅丹，微微鞠了個躬：「還有您說的生物污染治理方案，如果願意提供，那當然是最好不過。我會儘快上書陛下，要求將那裡作為我的封地，開展治理。理論上這邊大部分人都避之不及，如果我願意接手，應該沒問題。」

羅丹道：「我需要詳細的使用過的生化武器、基因武器的資訊以及那邊受污染情況的報告。」

柯夏道：「稍後給你，非常感謝，還有什麼需要的，儘管提出來，可以和花間酒提出或者直接和我說都沒問題。」

羅丹有些羞赧：「不用這麼客氣，都是為了鈞。」

花間風笑吟吟：「親王殿下的果決行動力真是令我非常欽佩，不過您可能會觸動到一些把基因污染治理和貸款作為獨門生意的人的利益，你最好先做好準備。」

柯夏淡淡道：「只要不是陛下拿得到的利益，陛下就會支持我。」

花間風笑道：「您這是心甘情願作為帝國皇室的刀了？」

柯夏道：「這本就是他的意圖，不妨順勢而為，畢竟不做事的人，是沒有價值的。我們手裡總要有些能和人交換的價值，才能夠奪得話語權。」

「畢竟我也很好奇柯樺到底想做到哪一步，帝國搖搖欲墜，所有階層都各有私心，他究竟哪來的信心，自己能推行變革鞏固統治的呢？」

Chapter 225 小菲婭娜

鐵甲老爹帶著姊妹花和邵鈞抵達目的地北陵藍平原上的邊城小鎮落錘鎮的時候，這邊已經快要入冬。

他們以飛快的速度在拓荒者公會登記後，很快先在公會旅館裡先住了下來，然後用了三天的時間選定了拓荒的地區，購買了建房材料，用了一天的時間在建房機器人的幫助下，在拓荒地邊上搭起了一幢二層小樓，還建了個後院。

公會嚮導是個漂亮女孩子，非常熱情：「你們要養動物的話，一定要注意不能讓牠們吃這裡的飼料，飼料必須要買沒有污染的飼料來養。水必須接上中央淨化水管的水，所有食物在拓荒者集市上都有賣，千萬不要在私人店家購買食品，一不小心買到基因污染的食品和水，就麻煩了。你們有寶寶的話，更是要千萬注意飲食了。醫院這邊提前預訂床位，可以做產檢和預訂生產日期，可以完全無痛生產的，就是有點貴。」

四人完全定居下來的時候，他們的存款已經去了一大半。

鐵甲老爹出去轉了一圈回來，臉色有些發白：「生活用的東西都太貴了，肉、菜、主食、麵粉雞蛋這些都比主城貴很多，還有我瞭解了一下，低息貸款都是要排隊的，想要早點排到，貸款拿到的錢就要先分經辦人一半！還有污染治理，價格也非常昂貴，說是治理方案是拓荒署免費制定，但是實際上聽說如果不給小費的話，他們就會幫你做非常昂貴的治理方案！」

玫瑰安慰他：「慢慢來，其實哪裡都一樣，至少這裡免農業稅，而且以後我們會擁有一塊自己的土地。我剛才留意了下，這邊官方的修理店價格也很昂貴，這是我們的機會。其他地方我們稍微節儉些就好。」

鐵甲老爹臉色微微緩和：「是這麼說沒錯，但是妳馬上就要生了，到時候要照顧妳，怕會顧不上修理店的事務，還有生產也需要很大一筆費用，這個必須要留足開支。」

茉莉道：「修理店這邊你和小黑負責，姊姊有我照顧就夠了，還有我剛才也問過了，公會嚮導這邊也還在聘請兼職嚮導，每天四個小時，能拿到一個銀幣，我覺得我可以勝任。」

邵鈞抬頭也笑了下，玫瑰笑道：「我們每個人都有手，放心，餓不死的。」

他們認領的那塊拓荒地的污染治理第一期很快開始了，基因隔離藥水噴灑進去，然後播下了第一期試驗作物的種子，這一定是不能吃的，只是用來判斷污染的程度，當試驗田裡每個角落的實驗作物經過檢測已經排除基因污染了，說明這塊地已經完全清理了污染，可以繼續耕作。

這還需要很長的時間，在地能夠種出真正能吃的作物之前，他們需要別的收益，來這裡的拓荒者，大部分也都有著別的收益，只有少部分一無所有的拓荒者，不得不出受過基因污染的動物和作物。雖然相對來說並不會對身體造成很大影響，但這對精神力、生殖系統、後代的影響卻是隱形而長遠的，即使這一切可以透過基因治療來改善，但仍然是有錢人的特權。

不是被逼得沒辦法，誰也不會來到這裡拓荒。

小小的鐵甲修理店很快開起來了。

不得不說他們來的時機剛剛好，秋天剛過，污染治理的藥水打入地裡，經過一個冬天後，等到明年春天播種，土地污染情況又會得到更進一步的減輕，拓荒者們需要在冬天將所有的農具重新修好，做好修整，然後在開春的時候翻開耕地播種。

拓荒者們開始在聽說這家小機修店的時候，也只是抱著試試看，便宜的心態去試了下，然後發現這家機修店修得快，要價低以後，生意漸漸多了起來，很快在他們修好了一個大型的人工智慧翻土機以後，一筆一筆的生意迅速湧向了這個小小的機修店。

老爹每天笑得合不攏嘴，帶著邵鈞上上下下每天忙得飛快，修理得又快又好。因為酒太貴，他連酒也戒了，精神力似乎也開始恢復了些，店裡的營業額隨著他們乾脆俐落的修理飛快增長。

拓荒者們對他們也表示了熱情的歡迎，有時候顧客會在店裡交換消息，還有些好心的顧客私底下提醒他們：

「你家兩個女孩，太顯眼了，少出門拋頭露面，或者儘快找個勢力靠著也好。」

老爹道：「怎麼了？」

顧客壓低聲音道：「太水靈了，你知道現在教會在通緝白鳥會吧？然後有些貴族，還有些教會的大人們，路上看到漂亮女孩就一口咬定人家是白鳥會的女巫，不由分說就讓隨從抓回去了，糟蹋之後甚至還勒索家人，拿了錢才放人……」

老爹沉默了，顧客道：「總之小心點，女孩子少一個人出去，出去最好也遮擋下頭臉，要麼最好還是換男裝，帶上兄弟。」

老爹低聲道：「謝謝你。」

顧客道：「唉！說實話也不止我們這裡，就我聽說各地發生的事情太多了，現在沒權沒勢的人家，女兒都是早早嫁出去的，也不知道那白鳥會的事情什麼時候才解決。」

老爹陪著笑臉送走了顧客，回去看到玫瑰和茉莉，也愁了：「聽到了吧，少出門吧，有什麼事讓我和小黑去做好了，小黑又不會說話，這真是，唉。」

玫瑰兩眼怒得生火：「怎麼能這樣？」

老爹道：「在主城裡還能講點道理，在地方還是有權有勢的人說了算。不然我怎麼說有個小兄弟對妳們是好事呢？只能說，希望妳肚子裡的不要又是個女兒，這年頭生存太不容易。」

玫瑰沉默了。

老爹這下也不放心讓小茉莉出去聯絡了，把小茉莉扔在家裡照顧玫瑰，然後自己出去醫院去預訂位子去了。

玫瑰坐在一旁看小黑專心修理，小茉莉在一旁給他時不時的遞工具，忽然百感交集，笑道：「我年輕的時候的確一腔熱情，以為可以改變世界，沒想到最後卻是連家人都保護不了，一個人的力量，真是如此無力啊。」

小茉莉道：「不要這樣說姊姊，至少妳努力過，也聚集起了一群人，一個人的力量是渺小的，但是妳們幫助了很多人，大家都在說妳們的好話。」

玫瑰無可奈何笑了下：「一開始只是幾個醫護兵聯合在一起，包括素曦，她逃婚隱藏在軍隊中，白鳥會的名字還是她取的。我們開始只是希望能夠救助收留一些可憐的女奴，後來漸漸有了些名聲，開始不斷有會員加入，我們志同道合，然後發現能做的事越來越多。」

「一開始我也為白鳥會的不斷壯大，不斷救助越來越多的人而感覺到驕傲，但是最後發現漸漸失控了，會裡的人越來越多，我們開始叫不出會員的名字，但仍然還是不斷增加會員。蕾拉不知道從哪裡弄來了幾臺機甲，開始我們還高興能夠保護自己，結果後來發現隨著力量的增長，我們莫名其妙地開始樹敵。事態失控是從某個修女被誘拐開始的，素曦起先反對，但我沒有警覺。素曦提出要停止收人，先清理內務，還要求蕾拉解職，結果，素曦就出事了。」

小茉莉道：「是那個長金捲髮的漂亮姊姊吧？我見過她。」

玫瑰道：「是，她本來就是逃婚出來的，被家裡人捉了回去，沒多久就嫁人了，我想辦法見過她一面，她的夫家勢力很大，她精神力很高，對方很重視，她不可能再逃婚了，只要我小心蕾拉。」

「但是我沒有放在心上，不久後會裡就開始有流言，說素曦這個會長只是為了增加自己結婚的籌碼才組織了白鳥會，等自己嫁了名門後就背叛了我們。我只是禁止會裡姊妹這麼說，但沒有意識到自己也在擋了人的路，直到有一天我在地下城常去的酒吧裡被灌醉了，然後被和一個男人放在了床上，那個男人……」

小茉莉睜大了眼睛：「竟然是被暗算的！」

玫瑰苦笑：「不錯，完全精確計算過我的排卵期，還有那個男人，是店裡經常來的顧客，我見過他，是個紳士，並不是那種不講道理的人。我清醒過來的時候發現他還昏迷著，應該是被下了藥。他是被連累的，我為了保護他，把他偷偷送出去了，然後沒有告訴任何人孩子的父親是誰。」

「原本我也想放棄孩子，一切就當沒有發生過，但是在我祕密聯繫診所的時候，我懷孕的事被在會裡曝光了。還有人告訴了老爹，老爹和我大吵了一架，我回來後做了檢查，看到醫院裡懸浮螢幕那個小小的胚胎，我忽然覺得那是一個和我血脈相連的生命，就像老爹和茉莉一樣，她已經來了，我卻要放棄她。」

「可能也是叛逆的心理，會裡姊妹們的一再勸說和鄙視，老爹的反對，反而讓我不願意處理掉她。等到胎兒越來越大，我再次去醫院的時候，已經能看到她的五官和手足了，是個女孩，那就是一個活生生的人。醫生給我看她的照片，告訴我她很健康，基因組合也很優秀，甚至有著一雙藍寶石一樣的眼睛，那是她父親的眼睛的顏色，太具體了，我……我沒辦法放棄她了，她沒有錯。」

「可能我真的永遠無法面對我的弱點，我還不夠強大……」

小茉莉道：「玫瑰！這是你的權利和自由！」

玫瑰低聲道：「我已經給她取了個名字，叫菲婭娜，傳說中的女戰神，我希望她能比我更勇敢，更強大，面對這世界的危險永遠不會退縮。」

小茉莉笑著拍手道：「太好了！我替她彈琴！」

邵鈞抬眼也笑了下，玫瑰低聲道：「決定留下她，我覺得沒有後悔。」

很快鐵甲老爹回來了，喜悅道：「正好預約到了一個床位和號，明天妳就可以去檢查。如果可以，立刻就能把孩子剖腹生出來了，我還選了最好的麻醉師，妳放心，一定一點都不痛！選個好日子吧。還有名字、新生兒的衣服奶粉什麼也要趕快準備起來。」

一個新生命似乎讓這個新建起來的房子充盈了希望和歡樂，他們迅速忙碌了起來。

小菲婭娜出生那一天，產婦的所有資訊已經被傳往了親王柯夏這邊。

「當知道他們裡頭有孕婦的那一天，我就想到了這一點，她們必然要產檢。親王殿下又已經將範圍縮小到了北陵藍平原，那一切就好辦了。我讓小酒派人調集和監控了北陵藍平原一代所有拓荒者可能去的醫院，果然找到了。」

花間風道：「已經生產了。一個有著漂亮藍寶石眼睛的女嬰，取名為菲婭娜。他們落腳在落錘鎮，已經申請了一塊地，並且開了一間小小的機修店，生意很不錯，一個老爹，兩個女兒一個兒子，兒子已經恢復了黑眼黑頭髮，比較內向，據說是個啞巴，但是修理技術頗有天賦，一切吻合。」

柯夏眼睛沉沉：「啞巴？」

花間風道：「小酒說他之前剛學說話，說得就不太流利，本來說得也少，他們逗他才說一些。現在在外頭，可能怕洩露身分，乾脆不說話了。如今陛下也看了你的治理方案，帝國議會也通過了，從這裡搭乘飛船過去接他，只需要一天的路程，最好還是趕緊行動，以防他警覺再次離開的話就更麻煩了。」

柯夏站了起來：「我親自過去。」

他必須要非常謹慎，宛如圍捕珍貴的幼獸，必要萬無一失，又一根毛都不能碰掉，交給誰都不能放心。

Chapter 226 接回

天陰沉沉的，秋天細密綿冷的雨絲從天空灰色雲層飄下，遠處山巒在霧氣中起伏著。邵鈞開著灑藥車，在他們負責開荒的地裡，根據治理要求全灑了能夠逐步深入土壤的藥水栓。

地邊長著十分茂密的羊齒樹，散發著葉子的清香，一株巨大的白蠟樹半邊顯然曾經被炮火毒害，枯萎發黃已經徹底死了，另外半邊卻仍然還鬱鬱蔥蔥。這些植物雖然已經受了污染，但是仍然生機勃勃，看不出任何異樣，除了人類不再食用它們，這也許對它們來說是好事。

邵鈞呼吸著清冷潮溼的空氣，駕駛著車子在地裡打洞，看著溼潤的黑土地不斷被翻出來，感覺到心裡十分安靜平和。

玫瑰生完孩子在醫院住院三天，傷口很快平復如初，完全治癒，孩子也一切指標正常，便出了院，全家人接了孩子，歡歡喜喜回家了。一切恢復了正常生活，但有了新生命的家庭裡顯得更加生機勃勃。淩晨，趁著天還黑邵鈞先開了灑藥的車去他們認領的地裡，為地裡注入污染治理的藥水。茉莉和玫瑰在家裡照顧小菲婭娜，鐵甲老爹則將在院子裡修理幾樣不太重要的農用機械。

天越發冷了，他們要趕在地完全凍上之前，趕緊再往地裡灑一次藥水。

辛勤勞作讓他身上已經隱隱發熱，雖然天氣已冷，他還是只穿著一件薄薄的亞麻襯衫，被雨水微微打溼有些透明的襯衫裡露出了他清晰而充滿力度的肩背肌肉線條。他拿了把鋤頭乾脆俐落地將地邊新長出來的雜草除掉，並且將一塊巨大的炮彈殼撿了出來，思考了一下覺得可以用來做個簡單的收納，於是將它扔進了車子後的後車廂內打算廢物利用。

邵鈞漫無邊際想著，手腳卻非常俐落地將整塊寬闊巨大的地都注好了藥水，看著天已經大亮，雨絲也暫時停了，小鎮上鐘樓裡傳來的鐘聲隱隱約約迴盪著，便開著打藥車回去。

邵鈞才將車開上小鎮鋪著灰磚被雨絲打溼的路上，遠遠便聽到一陣喧鬧聲。落錘鎮上一向只有晚上才熱鬧，經過辛苦勞作的拓荒者們會在小鎮酒館上喝上一大杯黑麥啤酒，借著酒勁打架或是唱起歌來，白天的喧鬧往往意味著有事發生。

邵鈞連忙加大油門，將車停在了庭院外，看到門外頭停著一輛漆黑光亮的豪華飛梭，一個倨傲的男子站在院子中間，禿頭大鼻子，棕灰色眼睛，嘴邊一圈紅色絡腮鬍，一身黑色禮服，彷彿剛從宴會裡離開，身旁跟著幾個護衛，正在傲慢嚷道：

「儘管砸！」

而早上出來的時候店裡還整整齊齊，現在已經門口被砸壞，玻璃窗被砸碎，裡頭的工具和剛修好等著領取的機器都被砸壞扔了出來。街道外拓荒者們站得遠遠的，圍成一圈竊竊私語。

鐵甲老爹眼睛冒火：「你們憑什麼什麼砸我的店？」

旁邊一個護衛道：「我們約拿老爺，是總督的侄子！當親兒子一般看待的！你們開的修理店超出經營範圍了！吃相太難看了知道嗎？」

鐵甲老爹怒道：「我們登記過，也繳了稅！憑什麼說我們超出經營範圍？我看是你們修理技術不好，就想仗勢欺人！總督的侄子也要講理啊！都是憑手藝吃飯！」

約拿笑了聲：「新人不懂事，總該有人教教規矩，我本來不想和你計較，但是你們千不該萬不該，好好修東西就好了，竟然為了搶生意血口噴人，給老爺我潑了一盆污水，今天不教訓教訓你，你還以為自己多厲害！」

鐵甲老爹忽然反應過來：「你們是換了人家能源的那家虧心店吧！如果我不說，不知道還有多少顧客被你坑了，你換了人家的能源，明年春耕就要耽誤了，你這根本是害人啊！」前幾天是小黑發現來送修的能源艙有拆卸的痕跡，拆出來發現是假的能源，鐵甲老爹連忙告訴了顧客，顧客一臉氣憤地走了說是要找之前修過的店理論，想來就是這家做的手腳了。

約拿眉毛高高揚起，聲音拖長，十分無賴：「誰說是我們換的？明明是你們為了搶生意污衊我們！我告訴你，今天你們全家都要在我跟前跪下道歉，大聲告訴大家，是你們更換了能源，想要搶生意，污衊我們機修店的！再拿出一筆賠償金來作為損害我們聲譽損失，否則我立刻就到市場仲裁庭告你們！」

鐵甲老爹本就是個火爆性子，已經冷笑大聲道：「告啊！我們每一筆接收修理的單子，從收貨開始就全程錄影，修理也是全程錄影，能源艙究竟是誰拆出來的，裡頭的劣質二手能源是誰換進去的？帝國對能源本來就是嚴管，這上頭都是有編號的！從出廠開始每一個經手都有登記！你們儘管查呀！難道仲裁庭就能睜著眼睛說瞎話，把這不是我們買的能源編號硬栽到我頭上？」

「總督侄子怎麼了？總督侄子就能不講理？你儘管砸！儘管去告！我大不了把這錄影放到帝國星網去，讓全世界評評理！看到底是誰以次級貨假冒，借修理更換掉別人好的能源？你還能一手遮天不成？我就沒聽說過總督看重的侄子，還落魄到開機修店，和我們這樣一個小店來搶生意的！還用假貨賺那麼點黑心錢！我看總督怕是都不認識你呢！」

嘩！外頭圍觀著的拓荒者們全都發出了歡快的笑聲。

約拿臉上漲得通紅，他其實是總督的遠房侄子，借著點總督的關係在這裡開了個機修店，正是總督連他是誰都不記得，他被戳到心虛之處，跳起來道：「別以為我不知道！你家兩個女兒都是白鳥會的！人家早就檢舉給我了！否則好好的跑來這窮鄉僻壤幹什麼！」

實際上，聚集在落錘鎮的拓荒者，十個倒有九個有著不堪回首的往事，不是逃奴，就是逃犯，無路可走，才跑來這裡拓荒。執政官自然早就知道，全都睜一隻眼閉一隻眼，只要不鬧出事來，就全當不知道。

但拓荒者們掩埋了過去，自然也都不敢怎麼鬧大了，平日裡約拿就靠著這一招震懾不服鬧事的拓荒者，才得以在這裡橫行無忌。

老爹眼睛怒睜：「請你注意你的言辭！我們可不是任你侮辱的流亡者！我們是清白良民！」

約拿放聲大笑：「兩個水靈靈的女兒，帶來這基因污染的拓荒地方？你騙鬼吧！要麼是你有案底，要麼是你兒女們有案底！你敢和我去皇家警察局嗎！吵到現在你兩個女兒都不敢出來，不是心虛是什麼呢？」

老爹怒道：「就你這種惡人！為什麼要出來給你看？」一大早幾個人衝進來砸店面，他就關了房門不許玫瑰和茉莉出去，雖然她們現在也隔著窗子躲在窗簾後關注著院子裡的動靜。

長期浸淫於市井中的約拿已經迅速看出了他的色厲內荏，一揮手：「進去給我拉出來！我今天還非要揭穿他兩個女兒的真面目！」

幾個護衛袖子一捋，先各自拿出了一把雪亮長刀出來，刀刃鋒利，卻是他們地痞流氓標準配備，用來震懾人用的。畢竟帝國禁槍，一般人弄不到槍，街頭鬥毆，只能靠這種看上去很唬人的武器來先聲奪人，一般平常人看到也就退縮了，更何況是對上兩個小姑娘。

然而他們才剛推開鐵甲老爹，闖入房門，眼前一花，一把巨大扳手一擋，鐺！長刀脫手的同時，他們也被當胸一腳乾脆俐落踢出了門外，狠狠摔在青磚地面上，這一跤實在跌得太重，他們捂著劇痛的胸口咳嗽著發不出聲音。

一個黑髮黑眼少年守在門前，橫眉冷對，他劈手奪了一把刀橫在胸前，足下將另外一把長刀順腳踢入了屋內，屋裡嬰兒哇哇大哭。

約拿萬想不到自己手下這幾個機修工這麼經看不經打，怒道：「你們也太沒用了吧！」又順口道：「屋裡還有個小兔崽子，也不知道是哪個生下來的雜種，我看是逃奴吧！」

他話沒說完，就看到那少年漆黑的眼睛盯著他，冰冷刺骨，彷彿野獸盯著獵物一般，不由心中微微一抖，卻又再次證實了心裡的懷疑：「我看你們這一家子，一定有命案在身！否則機修工在哪個主城都不愁沒飯吃的！怎麼可能全家都跑來這窮鄉僻壤？」

圍觀的人越來越多，卻無一人上前幫忙，都只是遠遠看著熱鬧。

約拿洋洋自得道：「大白天的，難道你們想殺人？我看你們還是早點知趣，拿出賠償費來，今天的事還能過去，否則等我報警了，那你們就吃不了兜著走！」

眼看著鐵甲老爹忍氣吞聲道：「你想怎麼樣？」

約拿道：「賠償費兩百金幣，我這兩個手下的治傷費用一百金幣，不多，一共三百金幣就行！不用一次付清！現在付五十個金幣，再寫個借據，分期付款就好！」他早已深諳敲詐之術，知道不可能一次拿出，更不能逼急這些窮途末路的拓荒者，否則一不小心和你拚命，那可就大大划不來。

鐵甲老爹咬著牙齒，正想先把這口氣吞下去，忽然聽到周邊一陣騷動。

有人大喊：「是軍人！」不知何時，他們這片小小拓荒者聚居區的周圍山邊，已經圍上了一圈軍用陸地懸浮車，車的前面早就不知何時靜靜站著一隊隊的軍人，全副武裝，持槍遠遠包圍著他們這裡。

「怎麼回事！是捕捉重犯嗎？」

「會不會是要打仗了吧?!」

人群驚疑惶恐聳動著。

灰色的天空飛來幾架深黑色的飛梭，當頭最大的飛梭側翼上噴著金色的金鳶花皇室徽章。

人群騷動起來：「是皇室專用飛梭！」

飛梭很快降落在聚居區中央的廣場上，有小型機器人飛快落地，一路鋪上了鮮紅色的羊毛地毯。

一個氣質凜冽的青年男子從飛梭裡走了出來，他身著一身深黑色上將常服，腰帶緊束，長靴筆挺，深黑色軍帽下露出金色捲髮髮梢，一雙深邃的藍眸目不斜視，直直落在了遠處那個普通的拓荒者小院，完全沒有絲毫猶豫地大步向前，金色穗狀肩扣著的深黑色軍用大氅隨著他快速行走翻捲出深紅內襯。

他身後跟著一群護衛軍，也全都軍服筆挺，長靴鋥亮，快步行走著。

人群靜得針落可聞，只聽到長靴橐橐落在柔軟的羊毛毯上。

只看著那金髮碧眸威嚴逼人的貴人一直走入了之前人們圍觀著的小院內。

裡頭的約拿睜大了眼睛，大聲道：「將軍閣下！這裡有個逃犯！我們正準備報案！」

柯夏看都沒有看他一眼，直接往那仍然橫刀站在門口瞪著他滿眼警惕的黑髮少年走過去，完全沒有在意那鋒利刀刃尚且對著自己，直接張開雙臂上前擁抱那失而復得的少年。

少年忙不迭地將刀鋒往回收，然後被這個猝不及防地擁抱給嚇到了，雙眼睜大，不知所措地感受到溫暖的懷抱，柯夏長長從胸中嘆出了一口氣：「總算找到你了，知道我們有多擔心你嗎？」

這個擁抱並不僅僅嚇到了邵鈞，同樣也驚動了所有場中的人。

柯夏感覺到邵鈞渾身肌肉繃得死緊，心臟飛快躍動，心下微嘆，鬆開了他，看他身上仍然穿著單薄溼漉漉的襯衫，眼神一黯，伸手解開自己身上的軍用大氅，替他披到了身上，一邊繫上帶子一邊低聲道：「這裡人多，我們回飛梭上。」

少年漆黑的眼睛仍然警惕地看著他，柯夏無奈笑了下，轉頭叫花間酒：「小酒，把老爹一家先送上飛梭，這裡不是久留之地。」

很快，花間酒非常迅速地帶著一隊人過去半強硬半恭敬的將鐵甲老爹以及玫瑰、茉莉，還有那個小小的嬰兒都引上了飛梭，柯夏才伸手自然而然從他手裡拿過了那把長刀，順手遞給身後的護衛，反手牽著他的手道：「走吧，這裡不安全，回去慢慢和你解釋。」

一切都彷彿是自己的誤會一般，邵鈞看著柯夏落在他身上的目光，仍然充滿了寵溺和柔軟，彷彿那場深夜裡驚心動魄逃離和背叛沒有發生，那些冷酷的猜疑和算計，血淋淋決絕的撕裂全都沒有，一切猶如當初，他將自己從死亡的格鬥場救出，溫柔地看著他，保護他。

老爹他們已經上了飛梭，上飛梭之前玫瑰還有些擔憂地回過頭來看了看他。

周邊那些全副武裝的軍人和軍用懸浮車，仍然一動不動地警戒著，約拿和他手下的人不知何時已經被護衛們乾脆俐落地拷上手腳堵上嘴扔到了院門外。

他終於向前走了一步，柯夏笑了，拉著他的手沿著那鮮紅的地毯一路上了飛梭，然後飛梭啟動。

很快隨著皇室飛梭騰空飛走，遠處的軍隊也迅速撤離，只留下那只用過一次的鮮紅地毯留在路上，顯示著曾經多麼尊貴的人曾經從那上頭行走過。

豪華寬敞的飛梭內，桌子上放著從前邵鈞喜歡吃的各種點心和水果。

柯夏坐在他身邊道：「原意是想先接了鐵甲老爹一家人，我去地裡親自接你，但忽然出了點小意外，負責的人不敢擅自做主，反而讓你受委屈了。」自從他在聯盟的軍職越來越位高權重後，他很少用這麼多個字向人解釋了。但這一刻他的確覺得不知如何讓眼前這個少年放鬆下來，他猶如一隻警覺豎起毛的幼獸，沉默卻警惕地看著他。

這一刻他的確不像那個永遠沉著冷靜的機器人杜因，難怪自己誤判，柯夏默默想著，但是當知道他就是杜因時，他卻忽然意識到了自己錯過了什麼——一個還沒有來得及成長到堅強從容冷靜的少年鈞。

有點可愛。

他的心裡彷彿被一根羽毛輕輕拂過，而他又訝異於自己這種新鮮的感覺，以至於沉默的時間久了點。

而這時候的邵鈞心裡也在百般猜疑警惕他的初衷，他是想要先挾持鐵甲老爹一家，再過來捉在地裡的自己，自己肯定會忌憚玫瑰和茉莉她們，不會反抗逃離。

自己明明已經放棄刺殺謀害他，離開了他，為什麼還要這麼大動干戈親自跑過來把自己捉回去？是要找到自己背後的人嗎？為什麼還對自己這麼好？不知道自己已經聽到了嗎？他是不是想拿老爹、玫瑰、茉莉他們來威脅自己，讓自己說出幕後主使？那自己應該怎麼辦？

他滿腦子都是這些想不通的問題，柯夏拿了手帕替他擦了下頭髮上的水珠，遞了一杯熱騰騰的牛奶給他。

邵鈞接過牛奶，並沒有喝，只是僵硬地握在手裡，他的頭髮被打溼了，身上也還披著柯夏的披風，肩膀上的黑色狐毛襯得他臉蒼白，柯夏看著既憐又愛，開口溫聲道：「我知道你那天聽到了我和花間酒的談話，嚇到了。」

他知道他聽到了？邵鈞忽然抬頭看他，柯夏苦笑道：「是一個誤會，是我誤會了你，還把你嚇病嚇跑了，我這些日子夜不能寐，讓人不斷追尋你，只是擔心你的安危。」

邵鈞垂下睫毛盯著牛奶，熱氣從杯口升騰撲向他的臉，他緊繃著的神經稍稍放鬆了些。

柯夏懇切道：「種種原因經過實在太錯綜複雜，一時也解釋不清楚。總之，你就是我一直在找的那個人，因為一些原因——我沒認出你來，反而把你當成是冒充的。都是我的錯，等等回到住處，有兩個人會見你，都是你以前的朋友，到時候應該會解決你記憶的問題，等你什麼都想起來，就好了。」

他伸出手摸了摸邵鈞的還帶著溼意的頭髮：「你先換身乾燥的衣服吧？馬上就會回到住處了，我現在暫住在總督府的一個花園裡，可能還要在這裡待一段時間，把這裡被生化武器污染的土地治理政策推行開後，我們就回去。」

邵鈞一直盯著牛奶不動，柯夏知道他還處在高度警戒的狀態，在沒有記憶之前，自己說什麼他都未必信，只能起身拿了乾燥柔軟的大毛巾和一套衣服放在邵鈞身旁：「你自己休息一會，到了我再來叫你。」

他走了出去，將門輕輕闔上，卻沒有走開，只是背靠著門站了一會兒，裡頭一直靜悄悄的。

但是門旁邊的監控器裡清楚顯示著黑髮少年在他出門的瞬間就站了起來，然後在房間裡仔仔細細上上下下每一個角落，包括空調出氣孔、所有的按鈕都搜索了一輪，連寬大的飛梭窗都摸了一遍，發現的確是完全密封，沒有辦法逃離，便站在了窗邊一直盯著下方經過的城鎮和馬路。

至始至終沒有碰過那杯牛奶和毛巾、衣服，包括桌上的那些點心，曾經都是他最愛吃的，甚至碰都沒有碰一下。

柯夏將頭微微靠在牆上，也不知在想什麼，眉間有著遮掩不住的疲倦。

兩人一人在內一人在外，飛梭內靜謐之極，守著的護衛也大氣不敢喘，看著自己尊敬的親王就站在門口一直等到飛梭停了下來。

目的地是總督府為親王安排的臨時府邸，柯夏先敲了敲門，才推門進去，假裝沒注意桌子上完全沒有動過的東西，上前拉著邵鈞的手下來，道：「老爹他們已經安置好了，等晚餐你就可以見到他們，現在你先見見你的朋友們吧。」

寬大的花廳內，溫暖的人工陽光照進玻璃窗內，窗明几淨，清新的空氣裡有著淡而優雅的人工香氛的味道，和潮溼寒冷的落錘鎮形成了極大的反差。

邵鈞先看到了一個同樣黑髮黑眼的年輕男子，一頭漆黑長髮，臉上有著灼灼面紋，他一看到邵鈞就笑了：「鈞？你平安回來了真好。」他上前想要擁抱他，邵鈞卻側身迴避了這個擁抱。

男子一怔，卻沒有被冒犯的惱怒，而是笑著側了側身，指著窗邊同樣也剛站起來，有著一雙紫羅蘭色深邃眼睛的青年男子道：「那是羅丹先生，過來給他看看你的精神力吧。」

羅丹肩膀上有一隻銀灰色的寵物模擬貓，側著頭凝視著他。

柯夏道：「就麻煩羅丹先生了，我先和風先生出去等等。」

花間風對邵鈞又笑了下，和柯夏一起退出去了。

羅丹走過來道：「上次藉由機器狗和你說話的，是我。」

邵鈞睜大了眼睛，羅丹上前靠近他，伸手去觸摸他的眉心。

長期沉浸專注於研究使羅丹身上有著一種疏離無害的氣質，邵鈞這次沒有躲，任由羅丹纖長冰涼的手指點在了他的眉心：「你的精神力被撕裂了，我們捕捉到了一縷在天網裡溫養著，本來以為你已經消散了，沒想到精神力定向傳輸竟然還是成功了，你進了這具複製人的身體，但是失去了記憶，幸好當初你在天網裡做了記憶備份，只要你聯上天網，我和艾斯丁就可以想辦法把記憶還給你，但是有個問題，你的精神體不全，不一定能承接從前的記憶，但是我們可以試一試。」

他指了指在一側的幾個天網生物聯接艙：「那是這次過來專門帶進來的，花了不少辦法偽裝成了治療艙，畢竟帝國上天網真的太難了，所有天網聯接設備都被嚴格審查，你可以躺進去，我和艾斯丁立刻進去幫你試試看，就算記憶恢復不了，替你檢查下你的精神力也好，你的精神力經過撕裂，必定有所損傷和不穩定，讓艾斯丁幫幫你的忙，進行治療和穩固。」

邵鈞看了看那個生物聯接艙，身體卻沒有動。

羅丹道：「別擔心，你可以信任我們，就算所有記憶接收不了，也可以接收部分。」

邵鈞卻搖了搖頭，羅丹肩上的貓忽然開口了：「你的聲音怎麼了？」

邵鈞睜大了眼睛與貓四目相對，那種一進來就覺得這隻貓存在感太強，像個人的感覺不是錯覺！

羅丹摸了摸那隻貓笑道：「這是艾斯丁，等你回憶起來就會認得了，我正準備替他做一具身體。」

一具身體？和自己的一樣嗎？

邵鈞微微往後退了一步，艾斯丁側頭看了看他：「你不想接受記憶？你無法信任我們，是嗎？你在顧慮什麼呢？」

「我們承認，我們的確別有目的。」艾斯丁銀灰色的眼睛閃著。

羅丹轉頭愕然：「艾斯丁？我們這次過來就是為了救助鈞的呀。」

艾斯丁笑了下：「你有，你沒意識到而已。鈞雖然失去了記憶，但那種刻在靈魂裡頭的謹慎和行事原則還在。」

「我還記得第一次見到你，你就告訴我，天下沒有白吃的午餐，你還告訴我君子愛財取之有道。」

邵鈞眼裡露出了一線迷茫，艾斯丁親切地舔了舔有些不安的羅丹，道：「我們過來救你，當然也是有私心的，我們希望透過你，拉攏柯夏，並且尋求機會，借助柯夏在帝國的影響力，推動天網在帝國的推廣甚至放開。」

羅丹一怔，艾斯丁輕聲道：「帝國五十億人口，哪怕只是局部放開連接天網的許可權，天網也將會獲得無限的精神力，我們會更強大，更永恆。」

羅丹臉上微微出現了些震驚和恍然的神色，他的確有過這個念頭，但是他從來沒有想到這麼遠，甚至想到利用柯夏，難道自己不遠千里來到帝國，潛意識真的是這麼想的？他臉上不由出現了一絲不安，艾斯丁彷彿知道他在想什麼一樣，又舔了舔他的耳垂安慰他。

然後轉頭看著邵鈞：「你如果還不能信任我們，也沒關係，我看你精神力也還好，就是大概之前生過病，有些渙散，你慢慢養著也好，不要去人太多的地方，不要太傷神，有空和花間風請教，學學他們那族裡訓練精神力的方法，也是可以。等你完全信任我們了，再聯上天網取回記憶，反正我們還要在帝國待一段時間，羅丹也剛剛答應了幫助柯夏親王殿下治理這邊的基因污染。」

邵鈞謹慎地盯著他們，始終沒有回答。

門外，柯夏和花間風站在花廊裡明亮的人造陽光下，花間風抬眼看了看那些花團錦簇的花園，想了下外頭那秋雨連綿寒意深重的天氣，聳了聳肩道：「驚人的能源浪費，驚人的奢侈，帝國貴族，我現在知道為什麼當年鈞要把我的黑松樹全拔掉改成白薔薇了，為了維持那些薔薇一年四季開放，那幾年我們那個大宅也消耗了不少能源。你原來的住處，是不是都是白薔薇？」

柯夏道：「是，白薔薇王府，很有名的。」

花間風笑了下：「鈞是真的很寵你。」

柯夏沉默著，花間風卻又問道：「怎麼他剛才那麼排斥和充滿警戒，你沒和他說清楚嗎？」

柯夏道：「本來是打算採取溫和一點的手段慢慢接過來的，結果出了點小岔子，小酒應該也和你說了。鈞脾氣大，直接和人打起來了，眼看事情要鬧大，監視的人不敢擅自決定，連忙報告給我。我原本打算再給他點時間，但怕他又跑到其他地方，我可受不了再來一次，乾脆直接過去接了他過來，帶的人多了點，可能給他壓力了。我想說算了，等他恢復記憶就好了。」

花間風笑了下：「真想不到他的本性這麼桀驁不馴。想想也對，他明面上話少，但是打定主意了誰都說服不了他。誰都想不到他這樣一個冷靜的人，發瘋起來會怎麼樣，你大概不知道，他為了解救被關押的你，當時甚至說服了我們成立新自由聯盟，在那樣的情況下，冒著那麼巨大的風險，我們居然成功了。」

柯夏道：「我不知道，他什麼都不和我說。」他只是一年一年的，將他認為最好的東西捧到他跟前，四季盛開的白薔薇，生物機甲，翡翠星上的亞特蘭提斯，以及聯盟的元帥。最後是抹去了他所有對機器人杜因的記憶和愛。

所以他才是最自以為是和霸道的人，一意孤行地施予和犧牲，卻不容人償還，甚至連最後剩下的記憶也要剝奪。偏偏他想恨，卻恨不起來。

柯夏收緊了他的手掌，感覺到四肢神經那種綿密令他呼吸不過來的痛。

花間風微微嘆息：「等他恢復記憶了，你打算怎麼辦？」

柯夏這次沉默了很久，忽然低聲道：「你覺得，他當初為什麼要催眠我們，抹去我們的記憶呢？」

花間風沉默了。

柯夏滿嘴苦澀：「他恢復記憶後，大概就會要求離開帝國，回去聯盟了。」

「他因為憐憫，給過我一點撫慰和回應，然後他把我們的記憶全抹去，放棄我們離開了。」

「他一定會再次離開的，他早已做出了回答，對我的戒指。」

「上天給過我機會，將一個什麼都不記得的鈞放在我的面前，但是我錯過了，我沒認出他來，這是懲罰。」

花間風遲疑了很久：「也不必太早下這樣的結論，我總覺得那個時候的杜因，比現在淡漠理性太多。現在這個鈞，更純粹以本能行動。我剛才那一剎那，甚至有些懷疑我們判斷錯誤，但他避開我的擁抱時的警覺，又讓我想起很多年前我和他談判的樣子。說起來你可能不信，當時我在他跟前自認為很努力裝得純良仁慈了，他還是以驚人的直覺識穿了我的偽善和本質。」

「失去記憶的鈞，今天也是第一次見到我，他還是擁有著那樣敏銳得如同野獸一樣的直覺，立刻察覺到了我是危險的，避開了我的擁抱。」

「想來我們這類人，在他們眼裡，可能真的天生就帶著黑暗危險的屬性吧。」

柯夏沒說話，卻想起了鈞第一次見到自己，就撲向自己懷裡流淚的樣子，更是滿口彷彿都咽下了玻璃渣一般。他錯過了，等接收了記憶的邵鈞回來，他又將是一個無堅不摧，冷靜從容，充滿了理性的人，他一點機會都沒有。

門打開了，羅丹走到了門前，柯夏和花間風連忙轉身看向他身後，邵鈞站在裡頭漠然看著他們。

羅丹攤手道：「他不願意聯上天網接受記憶，大概是不太信任我們，先讓他和我們相處，慢慢適應一段時間吧。本來在精神力不穩定的情況下，記憶接收也容易出錯。還有他的精神力也需要進一步的調養，儘量少讓他思慮，多靜養。」

柯夏和花間風對視了一眼，柯夏心情十分複雜：「好，我會安排，還要麻煩先生多留一段時間了。」

羅丹搖了搖頭：「沒關係，本來也答應你要進行污染治理的，但是還有一件事，他沒有說過話，最好能安排個醫生，替他檢查一下聲帶。還有，畢竟他在這基因污染的地方生活了一段時間，最好做個全身體檢比較合適。」

柯夏臉色一緊：「我立刻讓人安排。」

很快格蘭陵平原最大的醫院高級專家迅速趕了過來，用總督府的高級醫療設施，為邵鈞做了個仔仔細細的全身檢查。

被裡裡外外折騰了一輪的邵鈞有些疲憊，最後在醫療艙裡做全身掃描的時候睡著了。

一直陪在一旁的柯夏讓人在醫療艙裡添加了些安神放鬆的藥劑，讓他睡得更安穩些，才出來詢問即時結果。

「血糖有些低，應該是沒按時用餐的原因。其他一切正常，很健康。脖子上的確有傷口，癒合得很好，只是有疤痕。但只要進行一個小型修補手術，很容易就能恢復如初，不留瘢痕。聲帶以及其他發聲器官、包括耳部的器官功能完全正常，排除器質性病變引起的發聲障礙，也排除了腦部疾病引起的神經中樞系統性病變，考慮是心理或者精神因素引起的失聲。」

柯夏抬頭：「心理問題？」

專家非常謹慎道：「精神壓力過大，或者緊張、焦慮、憤怒等心理因素，會引起功能性的失聲，這種情況屬於暫時性的發聲障礙，一般在經歷過一段時間的放鬆，對心理問題進行諮商，一般來說是能夠恢復的，但是恢復以後也要儘量減少精神刺激，給予宣洩的管道，儘量控制情緒使之舒緩安樂。」

柯夏拿過病歷仔細看了下：「我知道了，謝謝醫生。」

送走醫生後，他回了病房內，看邵鈞還靜靜躺在醫療艙內，他調整了下模式替他體內注入了些營養液，然後坐在一旁凝視著邵鈞的臉，默默想了一會兒，看了下時間應該到晚餐時間了，便起身出來，宴請了鐵甲老爹一家人。

鐵甲老爹和玫瑰、茉莉還有小菲婭娜也剛剛結束了體檢，醫生還和顏悅色分別為他們列好了治療方案，開了藥。他們受寵若驚，就又接到了通知，晚餐時間，親王殿下將要宴請他們。

玫瑰若有所思詢問前來通報的護衛：「小黑也在嗎？」

護衛道：「鈞剛剛結束了體檢，因為比較疲憊，在休息，不參加晚餐。」

小茉莉擔心道：「他的名字叫鈞嗎？他身體沒什麼問題吧？」

護衛道：「沒有什麼大問題，親王殿下說他只是比較緊張，所以讓他放鬆一些好好休息，晚上他希望能和各位消除誤會，並且瞭解一下鈞這些日子的生活情況。」

玫瑰問道：「鈞是親王殿下的什麼人？」

護衛道：「是很重要的人。」

玫瑰眼眸閃了閃：「那鈞為什麼會離開殿下，一個人跑到了地下城？還被通緝呢？」

護衛微微笑著十分禮貌：「發生了一些誤會，具體親王殿下晚點應該會向你們解釋。」

玫瑰點了點頭，看著機器人侍女很快送進來了幾套乾淨衣物，還非常體貼地從內到外，從鞋襪到珠寶，都搭配好了，心下知道這位親王，應該是真的非常看重小黑了。

晚餐開始了。

柯夏果然開門見山：「感謝各位這段時間對鈞的照顧和收留，為表我們的感激之情，各位在月曜城原本租下的店鋪和房子，還有機修房，我都已經讓人買了下來，到時候轉贈給歐羅先生和兩位小姐，你們也可以安穩居住在那裡，關於玫瑰小姐身上的通緝令，我已經命人撤下，也讓當地執政官照顧你們，如果教會還找你們麻煩的話，隨時可以求助於執政官，當然我相信教會應該還會給我這點面子。」

鐵甲老爹滿臉漲紅：「那怎麼可以！小黑其實也幫了我們很多！只要我們能回去就好，其他一切按原樣就好！」

柯夏含笑：「不必客氣，這對我來說是舉手之勞，而且鈞對我很重要，不如此不能表達我的感激之情，另外我可以為兩位小姐寫推薦信，讓妳們到理想的學校就讀，我母親曾經有個基金會，可以給予妳們獎學金以及低息學費貸款，還請兩位小姐也不要拒絕我的一片心意。」

茉莉滿臉通紅，她一心想上的音樂學院！一位親王替她寫推薦信！這代表所有有名的音樂學院她都能隨便挑了！還有低息貸款和獎學金，一旦能夠進去，她很快就能夠參加演出，拿到報酬，還能夠擔任家教等等職務，一個全新的人生未來將等待著她！

玫瑰卻一笑：「親王殿下，小黑雖然和我們短短相處時間不多，但是他救了茉莉，後來又救了我，前天仍然是他拔刀相助，對於我們來說，他就是我們最親的家人，如果親王殿下給我們這麼多好處，是為了讓小黑做什麼他不願意做的事情，那我們怎麼能厚著臉皮接受這些不應該得到的饋贈呢？畢竟我們給小黑的，遠遠比不上小黑曾經幫助我們的。」

柯夏笑了下：「白鳥會的前會長果然非同凡響，但是妳不用擔心，在這個世界上，最不願意傷害鈞的人就是我，因為一些誤會和波折，他暫時失去了過去的記憶，又因為一些誤會流落在外，現在我找回他了，自然是要給他最安穩的生活和保護，這個你們不必擔心。」

玫瑰道：「你不會限制他的行動，勉強他做任何他不想做的事情吧？」

柯夏道：「當然，但是必要的保護是要的，帝國並不安全。」

玫瑰道：「你不會傷害他的身體或者精神力，損害他的利益，違背他的意願，剝奪他的自由和權利，並且從他身上謀取任何利益吧？」

柯夏道：「不會。」

玫瑰鬆了一口氣：「聽說親王殿下是從聯盟回來的，果然有著非同一般的魄力。」她眸光流轉：「我聽說親王過來是要治理污染的？希望帝國能在親王的襄助之下，能有不一樣的輝煌。」

柯夏微微一笑：「多謝誇獎，那天晚上追捕妳的幾個女子，我還關押在月曜城，即將押往逐日城受審，不知道你還有什麼建議嗎？包括對白鳥會的處置，有什麼想法，我可以替妳重整白鳥會，將犯罪的女子追捕，將無罪的會員釋放，促使這個組織合法化、規範化。」

玫瑰臉上掠過了一絲陰霾：「容我再考慮一二，感謝親王殿下。」

柯夏彬彬有禮舉杯：「不必客氣。」

玫瑰若有所思卻沒有就此被柯夏把握主動權：「看來殿下為了鈞可以做很多事，實際上您是想透過穩住我們，來穩住鈞吧？親王殿下，我們還是希望有機會能見見鈞，問問他的意見，他是我們的家人。」

柯夏道：「他的確對我很重要，是比家人還要更重要的人。明天他醒了我會安排你們見面的，只是他仍然無法說話。我想問問，鈞在你們那裡的時候，一開始就沒有說話過嗎？」

玫瑰看向了茉莉，小茉莉道：「是，他不是啞巴嗎？我開始看到他的時候，他的脖子上有傷口，老爹說可能是被人虐待過，又說很多貴族為了保守祕密，會把奴隸割去舌頭。我們猜測他可能是逃奴，他救了我，我怕他出去又被捉回去，聽說到處在搜捕黑髮黑眼的逃奴，我就偷偷幫他染成銀灰色的頭髮，然後幫他裝了彩色瞳孔片，藏在了工廠那邊。」

老爹道：「結果我修東西的時候，他在一旁似乎全看得懂，我要他幫忙拿什麼工具和零件，他都能拿對，我就試著讓他修理機械，沒想到他真的像學過一樣，修理得又快又好——不過確實從來沒有說話過。」

玫瑰問：「聽親王這麼說，小黑原來不是啞巴？那他現在？」

柯夏點了點頭：「暫時性失聲，慢慢調養應該可以恢復。」

玫瑰眼神閃了閃，沒有繼續追問原因，小茉莉鬆了口氣：「是暫時性的啊！那還好！他的聲音一定很好聽吧！」

柯夏垂下睫毛：「好聽。」他那麼努力才開始重新學會說話，學會適應這個世界，然後再次打回了原點。

他拒絕接受記憶，因為他誰都無法信任，他警戒他們所有的人，包括整個世界，從複製人的身體醒來，他面對的就是全世界的惡意甚至是最信任的人的傷害，沒有人保護他關心他。他只能縮回他的殼裡，保護自己，但是即便被傷害，在逃亡過程中，他仍然還是以最大的善意去救助人，甚至全然不顧自己的安危。

所以他當初會救助他這麼一個孩子，也是出於刻在他靈魂中的善良和仁義。當初不是他，是別的孩子，他也一樣會救，就如同眼前的玫瑰、茉莉一樣。

晚餐很快結束了，柯夏回到邵鈞的醫療艙，默默守候在一旁。

邵鈞醒過來的時候，看到的就是柯夏坐在一旁垂眸沉思的樣子。瘦了，他心裡茫然想，好像沒離開多久，親王怎麼瘦成這樣？

他起身想起來，發現在醫療艙的自己還是光溜溜的什麼都沒穿，柯夏轉頭過來看他起來，拿了旁邊的家居睡袍來給他穿上，邵鈞有些不習慣，想要自己穿。但柯夏沒有給他，仍然堅持替他穿好睡袍，繫好腰帶，一邊含笑道：「你睡過了晚餐，現在已經晚上了。」

「我剛才已經宴請過歐羅先生和兩位小姐了，也和他們說了下一步的安排，我已經替他們買下了在月曜城的店鋪和居住的房子，他們可以繼續在那邊開店，也撤銷了他們的通緝令，同時還幫玫瑰、茉莉兩位小姐寫推薦信，推薦她們就讀喜歡的學院，另外我母親名下的基金會，也可以給她們提供低息學費貸款以及獎學金。」

邵鈞忘記了之前的窘迫，耳根仍然微紅，轉過頭看向柯夏，柯夏道：「現在就是你自己下一步的計畫了。」

邵鈞微微張了張嘴，卻什麼都沒說出來，柯夏按了按他的喉嚨，低聲道：「只是暫時的失聲，別擔心，放鬆，你會恢復的。」

邵鈞微微往後退了兩步，以擺脫這太近得讓他窘迫的距離，但柯夏卻誤解為這是排斥他的身體接觸，眼神微微一暗，但仍然繼續輕聲說話：「你如果沒想好的話，先留在我身邊，和之前一樣。」

邵鈞微微搖了搖頭，柯夏道：「歐羅先生他們定居在月曜城，是一家人，兩個女兒都沒有嫁人，還有個父親不詳的孩子，其實你並不適合加入他們。帝國很危險，在你恢復記憶之前，我不放心放你出去，你的精神力受到很嚴重的重創和撕裂，羅丹他們還要替你檢查你的精神力，你需要靜養。」

邵鈞眼露迷茫，沒有記憶一無所知的他的確不知道應該去哪裡，他只是隨波逐流。

柯夏耐心道：「留在我身邊，我不能接受你受到一點傷害。這些天找不到你，我徹夜難眠，而且我也需要你的幫助，我現在面臨著很多危機，所以才會誤會了你的出現，你從前就是我最可靠的盟友，給了我很多幫助。」

他伸出手握緊邵鈞的手：「就這麼說定了，我們先去吃點東西。」

他沒有讓邵鈞考慮更多，實際上他壓根沒考慮過讓沒有記憶的邵鈞離開自己這個選項，他願意最好，他如果不願意，那就只能在歐羅那一家身上再花點心思手段，總之，他絕不會放手的。

Chapter 229 日常的小心機

邵鈞以為還要和柯夏一起吃東西，正滿身不自在，沒想到到了明亮的餐廳內，餐廳內卻早就坐著花間風、羅丹和艾斯丁貓，花間風看到他熱情地打招呼：「檢查完了？沒什麼大問題吧？」

羅丹也關心地看向了他，紫羅蘭色的眼睛粼粼生光。

柯夏自然地牽著他的手引他坐下，替他回答：「各項指標都不錯，只是暫時失聲，過一段時間就好了。」

羅丹這才放下心來：「沒有吃到基因污染的食物和水吧？」

柯夏道：「檢查過了，他們很小心，而且也沒住多久，沒問題，羅丹先生今天看了下情況，對污染治理有什麼想法呢？」

羅丹道：「今天和艾斯丁乘著飛梭大致轉了一圈，看了幾個地方，主要污染集中在白臘河、落錘鎮、冬霜平原一代，但是污染情況比較複雜，有的是基因入侵毒害，土壤直接用不了了，很難治理。我初步打算是直接鏟掉，然後原地用混凝鋼筋土進行封裝後從別的地方運土過來改善環境，包括白蠟河也整體河床進行如此封閉治理，重新建設生態環境，大量移栽植物以及養殖特定動物……我建議人工養殖兔子，繁殖快，效果好，可以迅速吃掉基因污染的植物……」

羅丹一說起來就一改那孤僻疏離的樣子，滔滔不絕，而花間風似乎非常有興趣，聽了一會便問羅丹一些細節，羅丹就會仔細解釋，而柯夏一邊留意著邵鈞桌上的菜肴，一邊也會問羅丹一些需要配合的措施以及自己的一些想法和建議。

場面上很融洽，讓完全不說話的邵鈞卻感覺到了安心，既沒有和柯夏單獨相處的窘迫。雖然只是聽著他們說話，但時不時柯夏又會替他倒杯果汁，或者花間風說幾句也會非常自然地將話題引給柯夏和邵鈞，但不需要邵鈞回答，這讓邵鈞感覺自己沒有被冷落和隔離，完全是他們其中的一員，卻又沒因為被特意關注而感覺到尷尬侷促。

他不知道除了羅丹，在場的花間風和柯夏都是針對社交場合做過訓練，應付社交遊刃有餘，他們太知道如何讓客人感覺到如沐春風，引導客人的話題，同時也會不著痕跡的讓人難堪和知趣。

而艾斯丁更不用說，他貴族出身，又活了幾百年的人精，更是著意讓羅丹開心，配合著說一些話題，有時候會聊起花間風的腦部手術，然後再引到邵鈞身上來：

「風先生現在還會感覺到精神游離的感覺嗎？」

花間風笑道：「沒有了，我的精神力和我的新大腦融合得非常好，感謝羅丹先生。」

羅丹道：「是你們家族的苦修、靜修方法頗有獨到之處。」他想到這個又轉頭對邵鈞很認真道：「鈞，你現在精神力不穩，應該和風先生學習一下他們的精神力的修煉方式。」

邵鈞正在喝湯，聽到他說話放下勺子，看向花間風，花間風笑道：「怕是柯夏親王不會捨得你吃苦的，苦修的方法太苦了，在瀑布下靜思，在寒潭內靜思，在釘板上赤腳行走，反覆揮劍上千次……」

邵鈞聽得很認真，柯夏卻打斷了：「靜思可以，苦就不必了。」

花間風一笑，柯夏摸了摸邵鈞的頭髮：「不要學他們，那樣的苦修違反人性，性情壓抑下，多半會偏激邪厲。」

邵鈞看柯夏這麼直言不諱，有些擔心地看了眼花間風，卻正好和花間風含笑的眼睛對上，臉上微微一紅，花間風笑道：「親王說得沒錯，這些對我心情的確造成很大影響，甚至成年以後，可以自由自在了，我還是因為這種代償心理，放縱享樂了很久呢！然後每次放縱的時候又非常焦慮，有非常強烈的負罪感，甚至有時候會自己懲戒自己，這其實很不健康。」

羅丹直截了當下了定語：「確實對心理不太好，但是你們家族的精神力的確非常特別。」

花間風笑道：「我還是教鈞冥想靜思凝神的方法吧，明天早上我過去找你？」

柯夏道：「最好回逐日城以後再說，明天我帶你們出去走走。」

花間風好奇問道：「打算去哪裡呢？」

柯夏道：「先去巡查幾個羅丹剛才說的污染得厲害的地方。」

花間風含笑看了他一眼沒說什麼，心裡卻知道這是柯夏的好手段，毫無疑問權勢是男人最好的裝飾品，而邵鈞這個人又是個心軟的人，他流離失所在這裡住了一段時間，自然是知道這邊民眾日子不好過，這個時候柯夏用自己的權勢和能力來救民於水火中，再加上做「正經事」這樣的大旗子拉起來，鈞寶寶自然下意識不會給柯夏添麻煩，提出什麼讓他為難的條件來，這樣他又能多爭取許多時間。

羅丹卻精神一振：「我有幾個點要去看看的，我想瞭解一下當地一些已經治理的程度。我和艾斯丁自己去看的話，他們會遮遮掩掩，有你就不一樣了。」

柯夏道：「我們時間不多，半個月的時間左右就要全部推行完畢然後就要回逐日城了，離開的時間太久了怕逐日城會有什麼變化。」

花間風卻忍不住想要惡作劇一把，去誘哄邵鈞：「鈞，我在這邊也有拍戲任務，這邊有一片地方，當時中了基因污染炮彈的影響，那邊的所有植物、動物全都變異了，很多植物變得非常巨大，奇景難得。只要不吃的話就沒有壞處，我們打算在那兒拍戲，你想去看看嗎？」

羅丹了然道：「我知道，是皇后山，我也聽說了，非常嚴重的 HGB 藥劑污染，但的確是很難得的奇景，戰後那邊為了防止污染擴大，帝國建了個罩子將它們罩在裡頭，然後乾脆做成旅遊景點了。」

邵鈞顯然被吸引住了，看向花間風，眼神灼灼，柯夏伸手握住他手腕：「想看就一起去看看好了，明天我就安排。」

用完晚餐，羅丹和花間風自然地起身回房間，邵鈞發現他不知不覺放鬆地吃進去許多，柯夏非常滿意自己的投餵效果，牽了他的手道：「他們已經安排了你的房間，就在我隔壁，我帶你過去看看。」

邵鈞想說讓花間酒來帶卻說不出話來，只能被柯夏又帶著回了房間——的確是相鄰，但中間卻有門相通。

柯夏帶著他進去，告訴他衣櫃以及房間各種設備的用法後，便笑著道：「我就住在隔壁，晚上有什麼事，都可以直接推門過去找我，你現在暫時不能說話，所以才會這麼安排，有什麼事你盡量找我。」又拿起桌上的一個電子紙螢幕：「這裡有電子筆和電子紙螢幕，你有什麼需求，可以寫在上頭給我看，也可以傳訊息給我。」

邵鈞沉默著，柯夏卻果斷起身道：「我先過去了，你好好休息，如果睡不著你可以看看星網。」他又按了下床頭的按鈕，打開了星網節目，他示意了下才起身回去，直接就把中間相通的門打開，走過去。

邵鈞目送著他，卻發現柯夏忽然身形一滯，扶著門忽然彎下了腰。

邵鈞吃了一驚，連忙起身走過去，靠近了看到柯夏全身顫抖著，他上前扶住，發現剛才還好好的柯夏，在短短一瞬間襯衫背上已經被汗水打溼，他嚇了一跳，打橫將柯夏抱起往床上放，然後連忙就要出去叫人。

柯夏卻一把拉住他的手：「不用叫人，神經痛，沒用的，老毛病了……醫生來了也只會上止痛藥而已，我不用止痛藥的，會影響精神力。」他顫抖著勉強露出了個笑容：「嚇壞你了吧，你不用管我，先去休息吧，一會兒就會好了。」

邵鈞沒有走，只是緊張地看著他，柯夏說了幾句話後顯然就沒精力了，閉著眼睛喘息著，全身簌簌發抖，面色蒼白如紙，身上衣服已經全溼透了，金髮溼漉漉貼在了額頭上，握著柯夏的手腕也一直在劇烈顫抖，顯然痛苦至極。他坐在一旁，也不知道如何是好，只是徒然地拿著旁邊的手帕替他擦汗，手帕才一會兒就全打溼了。

屋裡靜悄悄的，只有柯夏的喘息聲，邵鈞坐立不安，柯夏大概是痛極了，一直緊緊抓著邵鈞的手，又過了一會兒睜開眼睛，一雙藍眼睛彷彿被水洗過一般，睫毛都已經溼了，他彷彿神智有些不清醒，過了一會兒才漸漸明白過來，看著邵鈞勉強笑道：「麻煩你，給我倒杯水。」

邵鈞連忙起身，倒了杯水過來，將柯夏半抱著起來，將水杯湊過去，看著他全身抖得厲害，喝水也沒喝進去幾口，過了一會兒就搖著頭：「不了。」

邵鈞將水杯放回桌子上，柯夏卻仍然縮在他的懷裡，一陣一陣顫抖著，過了一會才輕聲道：「杜因——鈞，你抱抱我吧……會好受一些。」

杜因？邵鈞不理解，他依著柯夏的話，加大了力度抱緊了他。

柯夏將頭埋到他的肩膀上，用輕得不能再輕的聲音嘆息著：「對，就這樣，和以前一樣……躺下來吧，就抱著我就行……」

邵鈞抱著他，感覺到他灼熱的肌膚隔著薄襯衫仍然熱得嚇人，不找醫生真的沒事嗎？他擁著柯夏按他的要求躺了下去，將被子蓋過來，他鬆開的瞬間柯夏立刻又往他懷裡縮，他只能快速將被子替他蓋好，又抱緊他。

柯夏一聲不吭一直躺在他的懷裡，不知何時慢慢終於不再發抖，體溫也慢慢下降下來，呼吸漸漸勻長。

夜靜謐極了，邵鈞抱著柯夏沒敢放手，漸漸他眼皮也越來越沉，也睡著了。

清晨，早已過了時間，但一向準時的親王殿下卻沒有出來，花間酒傳了幾封通訊給親王卻都石沉大海，只好硬著頭皮過去先輕輕敲了敲門，看沒反應便推門進去。

帝國的習慣，貴族的門都是不鎖的，方便護衛隨時進去救護。花間酒走進房內，便驚悚地看到才回來的鈞寶寶，抱著柯夏親王，閉著眼睛睡得正沉。

而柯夏親王也側著頭靠在鈞寶寶懷裡，一頭金髮披散在絲質枕頭上，一隻手放在鈞寶寶脖側，半邊白皙的肩膀露在被子外……

正當花間酒想要在被殺人滅口之前趕緊出來的時候，柯夏已經睜開了眼睛看著他，藍眸非常清醒。他伸了手指阻止他說話，自己小心翼翼起了身，順手拿了個枕頭往邵鈞的懷裡塞了進去。然後自己起來，起來的時候顯然身體還有些不適，在靠枕上按著頭靠了一會兒，花間酒看到他一向冷漠嚴肅的元帥襯衫揉得皺巴巴的，露出了大半個胸膛，一副虛弱卻十分惹人遐想的樣子，眼珠子幾乎要掉出眼眶。

柯夏抬眼看他，冷淡地伸手揮了揮，示意花間酒出去等。他自己起身進了浴室洗了個澡換好衣服，然後很快走了出來，問道：「怎麼了？」

花間酒屏著呼吸：「不是今天要去皇后山嗎？已經過了集合時間，羅丹先生他們已經到了。」

柯夏道：「推遲一個小時，請羅丹先生他們先稍等，就說鈞還沒準備好。」

花間酒應道：「是。」

柯夏卻道：「以後對邵鈞，和以前一樣。」

花間酒茫然轉頭：「啊？怎麼一樣？」

柯夏道：「就之前你怎麼對他現在就怎麼對他，就當他是個普通的侍衛就行。」他轉頭繼續進去了。

花間酒風中淩亂，開什麼玩笑，在看到你們在床上相擁睡覺的我還怎麼可能把他當普通侍衛？而且！花間酒一想到人前強大冷硬的元帥閣下，今天居然是躺在鈞寶寶懷裡！難道……元帥是讓著他吧？

花間酒滿腦子妄想的離開了。

邵鈞清醒過來的時候，柯夏已經不見蹤影，他連忙起身，感覺到自己睡得過沉了。

走出來看到柯夏在外頭的辦公桌上看著報告，抬頭看到他笑道：「因為醫生說你前陣子因為處在太過緊張的環境裡久了，稍微有些神經衰弱的情況，在陌生環境可能睡不好，所以昨晚的湯水稍微加了點安神藥物給你。昨晚真的謝謝你，睡得還好嗎？」

邵鈞看著柯夏面容雖然還有些蒼白，但舉止正常，精神煥發，面前的懸浮螢幕上無數的閃動和地圖，但是昨晚他那樣的痛苦，已經和夢一樣過去了，他以前也是這樣的嗎？所有的痛苦都不讓人知道，自己一個人默默承受，人前卻永遠強大嗎？邵鈞忽然想起某個夜裡撞見的柯夏一個人在喝酒看電影的樣子。

柯夏看他默默站著不知道在想什麼，笑道：「你可以過去洗個澡換套衣服，早餐我叫花間酒安排後送到你屋裡去，吃完後我們去皇后山看看。」

邵鈞這個時候已經對皇后山沒有任何興趣，他轉頭回到了自己房間內，在衣櫃裡找了下，撿了套他最熟悉的護衛衣服穿好，果然看到機器人送來了早餐，他簡單吃了點，感覺全身的確精力充沛，前一天的緊張及疲憊已經一掃而空，而對於昨晚剛剛疼得發抖在自己懷裡的親王，他對他的警戒之心也降低了許多。

他吃完早餐後走出去，柯夏看到他一笑，彷彿沒有注意到他穿回了侍衛服：「好了？今天我問過歐羅老爹一家，玫瑰要在家照顧孩子，歐羅老爹要在這邊城裡看看有什麼好帶回去的東西，小茉莉和我們一起去皇后山看看。」然後他起了身走了出去，花間酒連忙陪了上去。

其他護衛們簇擁著柯夏，卻都和邵鈞擠眉弄眼打著招呼：「鈞寶寶吃飽了？」

「鈞寶寶今天我有夜班，你有空嗎？」

「嘖，不要欺負鈞寶寶好嗎？他才回來呢，酒隊長說他要休養一段時間，值班暫時不安排他了。」

邵鈞開始還覺得有些拘謹，但很快在護衛們和從前對他一模一樣的態度裡感覺到了放鬆，雖然一直沒有說話，但所有侍衛們彷彿都無視了這一點，不著痕跡地照顧著他。

飛梭停在停機坪，花間風和羅丹已經在那裡一邊看著停機坪下遠處的山巒說著閒話了，小茉莉坐在一旁有護衛陪著她，穿著一身煥然一新的淺藍色長裙，她正好奇地看著花間風和羅丹肩膀上的貓，但羞怯讓她沒有貿然上前搭話。

看到小茉莉，邵鈞感覺到一陣放心，小茉莉看上去狀態非常好，她看到邵鈞就已經猶如小鳥歡快地跑過來：「小黑！你還好嗎？」

邵鈞點了點頭，小茉莉看柯夏正在前頭聽著下屬彙報行程，在立體地圖那兒和羅丹確認要去的地點，並沒有注意他們這邊，悄悄對邵鈞道：「你有沒有覺得那個風先生，好像一個影星哦，只差臉上沒有面紋。」

邵鈞有些茫然，小茉莉低聲道：「你沒看過吧？很好看喔！《最後的勇士》還有《銀色精靈》。」花間風已經含笑走過來道：「我是花間風沒錯，妳看過我的電影嗎？」

小茉莉臉色緋紅，忽然發出了一聲尖叫聲：「啊啊啊啊啊啊啊啊！」那種滿臉幾乎要幸福到暈死過去的表情，讓所有人都側目過來，小茉莉仍然滿臉幸福地不知從哪裡摸出了一個筆記本請花間風簽名。

邵鈞卻忽然想起了那一個夜裡，柯夏默默喝著酒看過的一部部電影，那裡頭的主角抹去面紋的話，果然正是眼前這個男子！他之前怎麼沒認出來？那完全是不一樣的感覺啊！電影真的這麼神奇能把人變成另外一個人？

他眼神變得驚悚詭異起來，在柯夏和花間風掃視著。

花間風和柯夏幾乎都同時注意到了邵鈞眼神的變化，但花間風是滿腦子問號，只有柯夏迅速反應過來，轉身拉了邵鈞登上飛梭，一邊低聲道：「電影是花間風主演沒錯，但裡頭的人不是花間風，是以前的你。」

？？？

問號更多了。

以前的我？那個杜因嗎？為什麼和風先生長得一樣？

柯夏已經感覺到了邵鈞變得更詭異疑惑的表情，已經難以繼續保持高冷，正滿口百口莫辯想著從哪裡解釋比較合適之時，花間風已經在後頭幸災樂禍大笑起來，顯然已經想到了什麼，拍著飛梭座椅扶手道：「親王殿下，尊貴的聯盟元帥，不要告訴我你把所有我主演的片子都珍藏看過了，你要我的簽名嗎？哈哈哈哈哈！」

他一雙漆黑眼睛一笑起來越發靈動，坐在他身側的小茉莉幾乎感覺自己在夢裡一樣，暈然地坐在位置上，手裡拿著花間風簽名的手帕。銀灰色的小貓緩緩穿過飛梭內，躍上了她的膝蓋，側頭看了看她。羅丹彬彬有禮向她點了點頭：「您好，我是羅丹，茉莉小姐。」

小茉莉連忙還禮道：「你好！這是您的寵物貓嗎？真可愛！」

羅丹伸手將艾斯丁抱回懷裡，一本正經道：「他是艾斯丁。」

艾斯丁伸出舌頭舔了舔羅丹的手心，羅丹坐了下來，艾斯丁也蜷縮回他的懷裡，兩人自己找了個角落座位坐了下來。

飛梭起飛了，花間風笑盈盈對小茉莉噓寒問暖，拿起果汁替她倒水，和她閒聊。

羅丹和艾斯丁則兩人靜靜在一側，羅丹自己打開了個懸浮螢幕不知道在算著什麼，艾斯丁在一旁只是靜靜看著絕不打擾，彷彿自成天地。

柯夏總算找到時間和邵鈞悄悄解釋：「你以前沒有身體，靈魂寄居在一具機器人身體內。」

邵鈞原本被柯夏過於貼近的距離感覺到有些窘迫，但很快被柯夏說的內容給吸引了，一具機器人？他眼神已經落在了旁邊圓滾滾的正端著托盤給他們送來飲料的機器人身上。

柯夏低聲道：「是模擬機器人，這個機器人的外貌，因為設計師認識花間風，是參考花間風的外貌製造的，這具機器人原本是我的管家，我那時候還小，皇家訂製了一具高模擬機器人保母，你的靈魂就在裡頭。」

「說來話長，以後再慢慢解釋。總之我們從帝國離開到了聯盟，遇見了花間風，因為長相相似，你受雇為替身，替他拍過一陣子的電影。那晚我們看的電影，很多是你自己拍的，是個很長的故事。簡單的說，後來因為一些意外，你的機器人身體毀損了，但羅丹原本替你訂製了一具複製人身體，你的靈魂就到了現在你這具身體上，但是我們不知道……不過你還是回到了我身邊，只是你的精神體受損太過嚴重，你也忘記了原本的記憶，我沒認出你來，幸好我還是找回了你。」

這故事實在太過曲折離奇，邵鈞看著他將信將疑，卻被柯夏懇切的藍眼睛莫名說服，畢竟這幾天他見到的羅丹、花間風、艾斯丁，的確完全和普通常人不太一樣，而柯夏對他的態度又過於溫柔體貼，如果說從前自己認識他的話，那的確說得通。

他垂下眼眸，消化著自己這幾天所知道的東西。

柯夏卻並沒有和他繼續說什麼，而是從扶手旁拿出了一本厚厚的書出來翻看著，那本書看起來有些舊了，顯然經常翻看。

安靜讓邵鈞又放鬆了些，大家都很自然，花間風在和小茉莉說著拍片的趣事，羅丹正靜靜地計算著什麼，艾斯丁閉著眼睛伏在他膝蓋上，柯夏專心看著書，他身上有著很好聞的香味。

他看向窗外，帝國一望無垠的平原山川河流歷歷如畫。

他真的曾經是他們中的一分子嗎？這些優秀的人都是為了自己來帝國的嗎？他們看起來都不是常人，優秀到常人難以企及的高度，他們顯然對過去的那個自己非常喜愛，包括親王殿下。

那個杜因，也像昨晚一樣，在親王殿下疼痛的時候抱著他撫慰過他嗎？無堅不摧強勢冷漠的親王，對他卻分外溫柔和謙和。

親王為什麼要整夜地觀看杜因的電影？

他應該要取回他的記憶嗎？

他忽然為那個過去的自己感覺到了迷惑，那似乎是另外一個人的人生，不是他。

他們真的沒有弄錯人嗎？萬一他們發現弄錯了人，會不會又離開他？會不會將這些善意溫柔，再次冷酷收回？

皇后山到了，他們落腳點是附近的的空中軍事要塞皇后之冠，而花間風的影視團隊也已經於三天前抵達入住皇后山下的酒店，開始拍攝。

遠遠看到要塞的時候，飛梭停了下，先放下了羅丹、艾斯丁和花間風以及他們的隨從先去酒店和攝影組會合。然後飛梭便騰空而起往空中要塞駛去。

柯夏作為如今掌軍的親王蒞臨，自然是受到了極為盛大的軍禮迎接。

皇后之冠是一個充滿了帝國風格，大而華麗的空中軍事要塞，整個皇后之冠要塞是三個主要要塞建築構成，以璀璨的要塞廊橋聯結在一起，中間為零星的塔尖建築，兩側圓形防護要塞，從遠處看去，正像一頂寶冠上三顆璀璨的珠寶。

無數的戰機風馳電掣掠過長空，從尾部噴出了恢弘的彩虹拱橋，要塞兩邊的眺望臺上站著兩臺巨型制式機甲，舉炮鳴放璀璨禮花，無數的彩條鮮花和閃耀的星星，飄飄揚揚如群星灑落在皇后山綿延起伏的山巒上。

廊橋上鋪上了厚實的紅地毯，柯夏從飛梭上下來，一群護衛簇擁著他快步向前走，兩側如林挺立的儀仗軍「唰」的一下全部敬禮，艦橋邊迎接的將領是要塞駐守主將門羅上將，他率領著要塞的上尉以上的高級將領上前向柯夏敬禮，卻臉色僵硬，額上甚至還有著汗，目光游移。

柯夏掃了他一眼，漫不經心問：「門羅上將？我們以前會戰過吧？你陪柯葉親王過來的，白銀要塞一別，也有三年了吧。」

門羅上將鼻尖又沁出了汗珠：「是，元帥閣下……不，親王殿下！」

柯夏道：「說起來也許久沒有見到柯葉親王了啊。」

門羅上將幾乎要哭出來：「是！實際上……柯葉親王殿下就在要塞裡，聽說您要過來巡視污染，順便視察要塞軍務的時候，說十分高興想要見見您！」

柯夏笑了聲：「他怎麼沒在封地？我們見面好像不太合規矩，這讓陛下知道了不太好吧。」

門羅滿臉崩潰：「親王殿下是微服前來的……」

柯夏大步走入了要塞內部，果然看到了柯葉親王站在上頭，居高臨下看著他：「歡迎來到皇后之冠要塞，前聯盟元帥，我的堂弟，你回帝國以後，我還是第一次見你吧？」

他明明早已被剝奪軍權，變成沒有任何實權的閒王，但他這態度倨傲之極，彷彿仍然是那個手握大權的實權掌軍親王。

柯夏抬頭看了他一眼，漠然道：「那是，我還記得最後一次聽到你的消息，還是偷襲德芬萊港口反而大敗的那次。」

兩人目光在空中相接，似有火花劈啪激烈撞出，上下軍方將士們全都屏息著，門羅上將的小腿肚已經在打著哆嗦，一邊是餘威尚在殘暴異常的老上司，一邊是現任當紅掌軍親王，這樣的修羅場他只恨自己沒有未卜先知事先稱病。

柯葉冷冷凝視著他一會兒，忽然哈哈一笑，眼神無比玩味：「那都是過去的事了，我已準備了接風宴，我們兄弟正可暢飲一敘！」他彷彿一副全無介懷的樣子，但臉上的笑容卻完全掩不住他陰鷙的眼光。

柯夏卻似乎全無畏懼：「請。」

寬闊華麗的餐廳內，所有人都被遣了出去，只各留了幾個心腹，柯夏只留了花間酒、邵鈞在身後。

柯葉坐在那兒，鬆鬆垮垮的金邊絲袍下隱約可見線條流暢的肌肉，他伸長著手架在扶手上，其實並不想吃東西，只是懶洋洋道：「好端端地放棄了聯盟元帥之位回來，你之意，怕是不僅僅是做柯樺那隻小白兔的刀吧？又是清理地下城，又是治理基因污染的，這民間的聲望可真不錯。」

柯夏拿了杯水在喝，只是一笑，不置可否，柯葉繼續道：「你大刀闊斧，大概不知道你得罪了多少人吧？我這些天不知道接了多少老頭子過來告狀，希望我替他們出頭呢。」

柯夏淡淡道：「我在聯盟樹的敵人比這邊多著多了，那些人算什麼？有膽儘管來。」

柯葉哈哈一笑：「不錯，有我們柯氏那股瘋勁了。」他忽然笑了下，甚至帶了些邪魅：「我知道你想回來做什麼，但是，你不好奇嗎？為什麼我和柯楓，明明都在軍中有一定威望了，但在柯樺登上帝位時，為什麼我們倆真的都乖乖的卸了軍權了？」

柯夏漠然道：「難道不是你們不卸也不行嗎？柯冀早就料到了吧。」

柯葉呵呵一笑：「不錯，父親高瞻遠矚……」

他忽然道：「其實我今天是有一件事，如果你答應我了，我倒是可以告訴你一件祕密，這祕密事關你回來的目的。」

柯夏道：「我聽不懂你說什麼。」

柯葉笑了下：「人人都說現任聯盟統帥霜鴉和你是仇敵，其實你們關係很不錯吧？」

柯夏一哂：「不，我們是真的關係不太好，我們相互看不順眼。」

柯葉篤定道：「但你們其實是利益共同體，我後來重新復盤後才確定，新能源一直藏在霜鴉那海盜地盤中，而霜鴉和奧涅金家族和你，其實是利益共同體，布魯斯元帥和我們帝國都被你們耍得團團轉。現在你放棄了聯盟元帥之位，表面上是被霜鴉逼迫，其實不過是順水推舟，你來到帝國，也許志向高遠，也許只為復仇，但這些都不重要，總之你並不是在聯盟無法立足才來帝國的，更不可能是為了柯樺那什麼所謂的兄弟情了。」

柯夏眼睛閃了閃，柯葉繼續道：「當然，柯樺有他的小心機，他怕我和柯楓，把你拉回來的確是一招妙棋，但是……呵呵，先說我的要求吧，我想要和霜鴉通訊，他把我封鎖了。」

柯夏眼色詭異看了眼他，柯葉道：「帝國聯盟如今關係不太好，他又是軍方高層，原本通訊就受到監控，還把我的私人通訊全封鎖了……我知道他和你一定有私下聯絡的方式，我只需要一次通話的機會就行。」

柯夏道：「堂兄真是太高看我了，我不過一頭喪家之犬，哪裡還能聯繫得上聯盟元帥。」

柯葉微微一笑：「你只需要轉達我的意見就行。為了表示誠意，我可以直接和你說這個祕密。我懷疑，父親沒有死。」

柯夏心頭巨震，臉上終於沒能保持淡定：「什麼？」

柯葉道：「不管你信不信，我估計柯楓應該也有這個懷疑，所以才一直收斂鋒芒老老實實憋在封地裡。沒有確鑿證據，但柯冀原本的忠實手下竟然會對柯樺俯首貼耳，這本來就很奇怪。你可能不知道父親手下的人都是什麼樣的瘋狗，只有父親那樣的人才能駕馭，柯樺？不可能做得到。」

柯夏銳利目光看著他：「你明明知道我和柯冀是滿門血仇，你還要暗示他沒有死？」

柯葉笑了下：「父子又如何？這麼多年，我不知道他到底想做什麼，扶持的也是他，打壓的也是他，我曾經很崇拜他，從前我很想要那個位子，但是現在我不太想要了，我一想到他可能還躲在陰暗處悄悄窺視著我們的一舉一動，操縱著柯樺這個傀儡皇帝，我就覺得噁心，能找他麻煩，我覺得挺開心的。」

「我們柯氏，本來就都是一窩瘋子，我偏不想看他稱心如意。」

他站了起來，意味深長看了眼柯夏：「其實我如果是你，知道他還沒有死的話，心裡應該會歡呼。」他沒有繼續說什麼，直接走了出去：「我先走了，祝你皇后山旅行愉快，也祝你早日得償所願。」

離開餐廳回到寬大的主帥房間裡，換下軍禮服，柯夏一直沉浸在自己的思維中。

直到手裡被人遞進一杯溫熱飲料，他拿起來喝了一口覺得味道不太對皺了皺眉恍然抬眼，才忽然發現自回房在身邊替他脫衣服換衣服的全是邵鈞。他將牛奶杯放回桌子道：「這些你不用做，你也回房休息吧，明天我們就去皇后山逛一逛，還是很美的。」

邵鈞卻一言不發將那杯牛奶湊回柯夏嘴邊，柯夏無奈只好將那杯牛奶一飲而盡，然後邵鈞將牛奶放到機器人的托盤上，又低頭將柯夏橫著抱到了床上，按著他躺下去。

柯夏啼笑皆非：「鈞，我還不睏。」

邵鈞坐在床邊的扶手椅上，長腿伸直，摸出了一本電子書低頭看，大有就等著柯夏睡著才走的意思。

柯夏失笑：「好吧。」

他躺在柔軟的絲絨枕頭上，閉上眼睛，想裝睡把邵鈞糊弄走後，再傳訊息給霜鴉。柯冀的駕崩原本就太過突然，這一次出巡也充滿可疑，但不排除柯葉故布迷陣，除掉他這個障礙。

他腦子裡還在分析著，但眼皮才閉上，一股睏意忽然湧了上來。他一怔，睜開眼看著床邊的邵鈞：「牛奶裡有什麼呢？」

邵鈞轉過頭看他，在電子紙螢幕上寫了幾個字給他看：「安神的藥，酒隊長給的。」

柯夏道：「好吧，前天給你用過的，算是我作繭自縛了，小酒倒也聽你的。」邵鈞擦了下電子紙螢幕又寫了幾個字：「你累了，不要勞神。」無論他今天展現出多麼強大的一面，他仍然被那一天晚上他渾身顫抖縮在他懷裡的情形嚇到了。

柯夏笑起來，心裡忽然覺得十分柔軟，昏昏欲睡的感覺漸漸占據了他，他低聲呢喃：「好吧，還是和以前一樣。」他很快放下了一切計算，放任自己陷入了這種溫暖柔和的甜夢中。

邵鈞卻繼續在螢幕上剛剛建立的新文檔裡的杜因名字後「格鬥強」、「會拍戲」、「人緣好」、「會抱著親王睡覺」幾個標籤後加上了「體貼」，然後凝視著那幾個標籤發呆了一會兒。

又寫下了一個新人物「柯葉」，然後在後邊增加上「狂妄」、「深沉」，再寫下一個「聯盟元帥霜鴉」，後頭打了個問號。再拉下一條線，寫上「滅門血仇」，「放棄聯盟元帥，回帝國」，「新能源」後頭重重打上幾個問號。

他看了眼被他包裹在柔軟被子裡睡得猶如天使一般的柯夏，他顯然已經睡沉了，於是他起身走出來，打開了星網，開始搜索霜鴉的履歷，以及今天聽到的一切資訊，到了帝國民間底層，他才知道從前在親王府隨處可以接上的星網是多麼難得的珍貴資源，平民百姓想要學習什麼都非常難。

他嫻熟地在星網搜索欄裡打下了「聯盟元帥」幾個字。

天亮了，陽光穿過要塞玻璃，照耀在親王房間內，從要塞窗外看出去，是非常壯觀的雲海，一輪金燦燦的太陽正在雲海中載沉載浮，柯夏睜開眼睛後有那麼一下子不知道自己在什麼地方，只能無意識地凝視著那些被染成粉色的雲海發了一會呆才回過神來，想起自己在哪裡。

他看邵鈞不在房內，不自覺微笑了下，先在手腕上傳了封訊息給霜鴉，轉給花間酒讓他透過祕密衛星通訊傳送，然後起身走了出來，看到外頭的房間裡，邵鈞腰身筆直坐在懸浮螢幕前正在看影片，懸浮螢幕上放著他就職聯盟元帥時的宣誓。

畫面上他穿著深藍色聯盟軍服，腰佩軍刀，目光深遠，語言有力：「為了聯盟，為了自由，為了正義。」聯盟民眾們歡呼著，鮮花，禮炮，彩帶，儀仗隊們整齊舉槍回應，遠處禮炮放出，白鴿漫天。

不知為何他忽然臉上有些發熱，上前笑道：「怎麼沒睡？」他上前揮手想要關掉這令他有些尷尬的畫面，然而畫面是關掉了，卻顯示出了下頭沒有關掉視窗的另外一個影片：畫面上的他臉上猶有些稚氣，伸手接過一枚雪鷹勳章。旁白道：「我們的聯盟機甲明星，以優秀畢業生的頭銜畢業，畢業當年卻受到迫害，被流放到荒星……」

柯夏猝不及防，連連咳嗽，邵鈞將畫面關掉，轉頭看向他，雖然看了一整夜，他仍然眸清似水，瞳孔漆黑，柯夏實在是已經尷尬到了極點，臉上熱極了：「那些都是誇大的宣傳，別看這些，你想知道什麼，我講給你聽。」

邵鈞原本只是想查一查，沒想到一查就整整查了一整夜，前聯盟元帥、現帝國實權親王柯夏的一生，原來是如此波濤壯闊史詩般的一生，他曾顛沛流離，星網上充滿著寫他的紀實性題材小說、影片以及以他為原型衍生出來的無數影片。他只是順著標題連結一個一個點下去，就看了整整一夜。

他原本被抓包有些窘迫，但轉頭看到尊貴的親王閣下原本白皙的臉如今因窘迫透出了粉色來，猶如粉紅的薔薇花瓣一般，俊美逼人，不由也忘了自己的心虛來，只是盯著他看。

柯夏受不住他這充滿求知欲的灼灼眼神，笑著一隻手虛虛遮住了他的眼睛，另外一隻手靈活關掉了懸浮螢幕：「去皇后山吧。你別盯著我看，我有空說給你聽，但是你逼著我睡覺，你自己倒沒睡？這得處罰才行，稍後你可以在飛梭上小睡一會，現在先陪我吃早餐。」

邵鈞眨了眨眼睛，睫毛掃在柯夏手心癢癢的，清晨的親王大人可恥的擁有了所有男人都會有的正常反應，他瞬間收回了自己的手掌，臉上脖子幾乎紅透，他倉皇攏了攏自己的睡袍，飛快轉身：「我先去洗個澡。」

他走得太快，沒有注意到邵鈞的耳朵也變紅了。

這實在是一個太過陽光明媚的清晨。

洗過澡，吃了早餐，柯夏才帶了邵鈞和一眾護衛往皇后山行去，飛梭上逼著邵鈞小休了一會，直到到達目的地和花間風他們會合。

「皇后山的名字來源於柯氏一位皇帝，微服私訪到這裡，看到一位美麗的姑娘牽著白馬，遞給他水喝，於是便將自己佩戴的胸針贈給了她，很快求娶了她，因此這就是皇后山的由來。」

「這裡山勢連綿，是個重要的軍事地理位置，因此帝國在這裡部署了空中要塞，蟲族入侵的時候，曾經在一位生物專家的建議下對蟲族採用了一種特殊的生化武器，沒想到對蟲族沒用，卻使這裡的生物植物基因產生了基因突變，這裡的植株、小動物全都變大了，宛如一個巨人國。」

「戰後專家們對這裡進行了評估和實驗，發現已經無法複製重現出這種基因突變的情況，推測是戰鬥過程中可能某個不可知的反應造成了這裡的基因突變。大部分動植物的成分都沒有很大改變，只是變大了而已。經過觀察，這種基因突變無法遺傳的，雖然沒有毒，但是保守起見還是不推薦食用這裡的植物和動物，並且圍起了隔離罩。但是出乎意料的是，這裡的景觀經過基因突變後，變得極為特別。」

「原本隨處可見普通的草花，在放大以後豐美鮮豔，小動物都變成碩大的動物，這裡吸引了很多動植物學家來研究，每年光靠聯盟那邊申請過來研究付出的經費，就收穫了不少，然後索性又圈了一部分風景特別漂亮的地方作為景區和獵場，就連聯盟各國的有錢人，都愛來這邊度假旅遊，不過今天這裡已經清場了。」

柯夏一路和邵鈞解釋著，帶著他一轉，邵鈞怔住了，一大片金燦燦比人還要高如林子一般的花朵出現在眼前，一簇一簇猶如金子一般的花穗上，每一朵花都如盤子大小，有許多巨大的蜜蜂、粉蝶在花叢中飛舞，每一隻都大如鳥雀，時不時還有碎金一般的花瓣飄落下來，美輪美奐。

花畦中有小徑通過，柯夏帶著邵鈞一路走入一邊笑道：「花間風他們在裡頭的園子拍戲，聽說是拍一個花之國精靈的故事。」

從馥鬱的花園裡一路走出去，幾個碩大如花臺的紫甘藍包菜在一側，一朵非常大的潔白層層花瓣內，少女穿著一身雪白長裙，抱著豎琴正在彈奏，幾個泡泡攝影機圍繞著她。

那少女彈奏完一曲，站起來彷彿小鳥一般向她們撲了過來：「小黑！風先生找我客串一個花精靈的角色！有臺詞！」她滿臉緋紅，顯然興奮極了。

柯夏道：「那可別忘了支付片酬給妳啊。」

花間風穿著一身鮮紅色花袍笑容滿面迎了過來：「你們遲到了，羅丹和艾斯丁已經自己出去了，因為羅丹說他想要仔細多看幾處，就不等你們了，你們看的東西和他要看的東西不一樣。」

柯夏道：「有人保護嗎？」

花間風道：「當然有，派了幾個精幹的人跟著。」

柯夏點了點頭，花間風卻道：「上邊有一處觀獵臺，視野很好，我們上去看看。」

柯夏饒有興致：「觀獵？」

花間風笑了：「森林區，一些巨大的兔子、田鼠、甚至是癩蛤蟆，十分有意思，可以乘坐專用飛行器進去狩獵。」

柯夏點了點頭，帶著邵鈞穿過菜園，豐碩累累的豌豆、鮮紅辣椒，茄子掛在竹籬笆上，彷彿他們真的闖進了巨人國的世界裡，穿過菜園就是一座高高的觀景臺，他們進入了電梯往上升，花間風說道：「這裡分了不少主題，再裡頭一些是森林區和河流水產觀景區，連河魚也都變大了，還是挺有意思的。」

柯夏道：「等劇拍完，你三個月的時間簽證快到了吧？」

花間風道：「是，很快『花間風』就會和劇組一同回國，而我會變裝留在你們這裡。」

柯夏笑了下：「可憐的阿納托利，怕是要遷怒於我了。」

電梯打開，有人在門外笑道：「怎麼一開門就聽到你在說我？」

只見頂樓早已有數位保鏢戒嚴，一位高大男子站在那裡，琥珀色雙眼彷彿帶著笑，正是絕對不應該出現在此地的聯盟總統奧涅金。

阿納托利衣冠楚楚風度翩翩鞠了個躬：「柯夏親王殿下。」然後又看向邵鈞：「是鈞吧？我是阿納托利。」

他伸出手去握住邵鈞的手，非常用力地握著，眼睛裡全是笑意。

柯夏嘖道：「你是昏了頭嗎？花間風有什麼魅力讓你冒這麼大險？你信不信我現在將你殺了聯盟也只能裝死？所以你到底是怎麼進來的，帝國的邊防看來不堪一擊啊。」

阿納托利鬆開握著邵鈞的手，引著他們往裡頭去：「北陵藍平原治理污染，發表了污染治理公開招標，AG 公司在帝國的分部參與了招標，我作為總公司的專家代表入境的。當然，進行了適當變裝。」

柯夏看了眼坐在一側一身鮮紅袍子的花間風，他面紋灼灼，臉上明明滿是滋潤過的幸福，一雙眼睛卻根本沒有看阿納托利，只是一本正經地在倒茶，忍俊不禁：「只是一個平原的基因治理，居然能引來您這樣的大人物，真是不勝榮幸。」

阿納托利靠在座位上，大大方方：「只能待幾天，等投標結果出來就要回去了，的確不能久留。就這短短幾天內，AG公司已經接到了三次死亡威脅和一次真正的刺殺，只是為了要求我們退出基因治理競標，誰能想到你們這鬼地方居然這麼能折騰，這裡頭到底有多麼驚人的利潤？竟然連暗殺競標對手都出來了！還有帝國星網上一堆抹黑AG公司的新聞最近也冒了出來，把多少年前的舊新聞重新包裝炒作。如果AG公司真的能競標成功，不知道還要有多少可怕的事。」

柯夏笑了下：「我早上剛見過柯葉親王，我們的老對手，說是這一次基因治理觸動了太多人的利益。」

阿納托利好奇道：「柯葉找你求情的？如果是你要我們退出，我們可以考慮。我們想要競標這一片的治理，主要是基於科學研究，過去的帝國生物炸彈比我們更先進，我們希望能從基因治理中找到一些方法。現在一些對手公司據說就是拿著這一點提出要取消我們的競標資格。」

柯夏搖了搖頭：「他不關心這個，他只是想和霜鴉通訊一次，並且願意以一個祕密交換。」

阿納托利先是驚訝，然後略一沉吟笑了：「近期有謠言伊蓮娜有可能嫁給霜鴉，大概親王坐不住了。他有什麼祕密？值得的話可以和霜鴉說一說的。」

花間風反而皺起了眉頭：「伊蓮娜和霜鴉？」

阿納托利道：「只是幾次在度假的地方遇到了霜鴉而已，報紙就有了些緋聞，但伊蓮娜的意思是，謠言有助於我們軍政互為聯盟，目前反正她也還沒有結婚的打算，不妨借此推波助瀾，所以既沒有一口否認，也沒有承認，一些媒體就越編越誇張。」

花間風道：「她不怕今後的伴侶在意？」

阿納托利傲然道：「誰敢嫌棄我奧涅金家族的女兒？」

花間風忽然笑了下：「也是，優秀的政治觀和大局觀是一個家主所必須的，其他的倒都是小事。」

阿納托利忽然感覺到了一絲詭異，驚人的求生欲讓他迅速解釋：「主要是自柯夏辭職回帝國後，星盜出身的霜鴉沒有足夠的能力把控聯盟軍隊，他需要更強有力的後盾，與奧涅金家族大小姐的緋聞，有助於他更快打入軍隊高層，最快速把控全域。」

花間風笑著：「很不錯的策略，伊蓮娜小姐有著非常驚人的政治素質。」

阿納托利垂死掙扎：「是的，她儘快接手後，我才能早日從聯盟的泥沼中脫身。」

柯夏終於看不下去解救了他：「柯葉說，他懷疑柯冀沒有死。」

這個消息迅速吸引了所有人的注意力：「怎麼可能？」

「有證據嗎？」

「沒死為什麼要這樣做？」

又是一陣靜默，柯夏道：「柯冀當時的死的確太過突然，而傳給一個幾乎可以說毫無政治經驗和背景實力的小皇子也非常奇怪，最關鍵是竟然還平穩繼位了，這更奇怪了。柯葉跟隨柯冀多年，掌軍多年，對柯冀的性格應該非常瞭解，對帝國政局的把握也比我們深刻，他指出的這一點，是很有可能的。」

阿納托利沉思了一會兒道：「如此說來，有件事也很奇怪，聯盟的參事政治局在柯樺登基後，做出了許多針對帝國可能會出現的政策性變化以及對外軍事、外交方面的應對，結果大部分沒有用上，柯氏十九世完美承接了十八世的國策，當然不能說一點變化沒有，手段的確更柔和穩健。」

「需要注意的是，我們一直在柯樺執政後的經濟、政治政策進行觀測分析，結論也是驚人的，柯樺的執政水準完全和他幾乎沒有接觸過軍政的實際情況不太相稱，當然我們之前推測的是他大部分都在運用柯冀給他留下來的大臣班子，執政時間又較短還不能夠完全熟悉政事，因此導致了他個人的意志尚未能夠體現。」

阿納托利看向了花間風：「但是現在看來會不會是實際操縱朝政的仍然是柯冀，柯樺只是個精心選出的站在臺前的傀儡皇帝呢？但是這更沒有必要了，千辛萬苦假死，難道到時候還能在億萬臣民跟前死而復生？以他的權利欲來說，不太可能，不知道風先生這邊能有什麼情報嗎？」他對著花間風露出了個討好的笑容。

花間風沒有注意他這些小心思，而是沉思著道：「我們當時獲得的確切情報是柯冀精神力出了很大的問題，在崩潰和狂暴邊緣，在後期他幾乎喜怒無常到了極點，他身邊的侍衛和女官時常被殺。他甚至出了非常高的價錢請到了羅丹的弟子到帝國，應該就是為了調理他的精神力……」

他看向柯夏：「羅丹先生……知道西瑞博士在帝國的事嗎？」

柯夏搖了搖頭：「這次他過來我們一直在找鈞，還沒有時間考慮這件事。還有件事也很可疑。」他想起了在爍金苑的事來：「當時西瑞博士曾經接觸過我，我一開始只是以為他因為柯冀駕崩不得志，想要從我身上尋求支援，但是，那天發生了一件怪事，他的學生試圖催眠鈞，他們以為鈞是沒有靈魂的複製體，很容易催眠控制，結果卻失敗了。」

大家的目光都落在了邵鈞身上，邵鈞目光茫然，但卻默默記下了「催眠」兩個字，爍金苑那天？什麼時候有人想要催眠自己？學生？他記性很好的想起來似乎有個年輕人拿著個表給他看。

柯夏伸手握了下他的手又鬆開：「我回去再和羅丹先生說一下，可以從這方面著手。」

花間風沉思著道：「我到時候仔細查查，等我再找個合適的身分留在逐日城。」

阿納托利臉上的笑容凝固了：「你這次簽證到期後還不回去？」

花間風道：「這邊危機重重，自然要留下來幫夏的。」

阿納托利措手不及，看向了柯夏，柯夏道：「太危險了，你還是回去吧，我再查查，實在不行我就帶著鈞回聯盟了。」

阿納托利振奮：「沒錯，其實既然找回了鈞，不如我們就都回聯盟去了，正可以大展拳腳，帝國這邊就讓他們自己爛下去了，不好嗎？」

花間風笑了下：「不要感情用事，貪圖一時安逸，如果柯冀沒有死，又在打算著什麼的話，你以為現在的平靜生活還能維持多久？別忘了當初失蹤的那些基地蟲族專家，誰知道現在是不是在哪個祕密基地裡慢慢繁衍？到那時候，被帝國所控制的蟲族捲土重來，新自由聯盟能堅持多久？那是個瘋子，他手裡還藏著毀滅性武器！」

阿納托利臉色頹然，柯夏道：「我們加快步伐就好，總統閣下不必太過憂心。我認為他既然已經不得不假死，就說明他必然有著必須假死的理由，他藏在幕後，把我逼回帝國，必有所圖，終會露出痕跡，他如果沒死的話——我們就努力讓他真死就好了。」

他碧藍的眼眸露出了冷酷的神色。

阿納托利沮喪道：「我只有三天了，明天競標結果出來，我再交接一下就該回去了。」

花間風道：「你必須早點走，留在這裡太危險了，我現在沒有這麼多人手來保障你的安全。AG公司觸及到那麼多人的利益，那些人都是亡命之徒，不擇手段，我很不贊成你冒著風險留在這裡，你這次簡直是沒有經過深思熟慮，太不穩重了。」

阿納托利看向他，什麼話都不說，花間風被他那蜂蜜一般顏色的眼睛看著，心裡一軟，又有些心虛，知道昨晚忽然看到他出現，情濃之時，沒有說自己要留下的事，說到底自己著實有些對不住他，不由低聲道：「也不是一直留在這裡，有機會就回去看看你。」

阿納托利追問：「大概多久？一個月？」

花間風無語：「太頻繁很容易被發現的。」

阿納托利道：「那就兩個月！」

柯夏感覺到自己和邵鈞有些多餘，站起來道：「沒什麼事我和鈞出去狩獵了，你們慢慢聊，有什麼事需要說的讓風先生告訴我即可，另外也麻煩您轉告霜鴉柯葉親王的要求了，看他意下如何。」

阿納托利應了，彬彬有禮起身上前打開門，看著柯夏拉了鈞走出去。

進入電梯前鈞忽然聽到花間風悶哼了一聲，他轉過頭在電梯關上前，看到花間風被阿納托利按著肩抵在門上，低著頭狠狠咬著唇舌。

？？？

花間風開始還略微掙扎，但很快被阿納托利侵略性地提膝抵住他想要離開的腿，更用力地將他死死抵在了門上，最後一幕是花間風終於放棄掙扎，手落在了阿納托利的脖子上，紅色的袍子落了下來，白皙的手指按在了阿納托利的動脈上，但對方顯然毫不畏懼和顧忌，仍然一意孤行地深吻著——之前明明內斂溫和極具紳士風度，這一刻卻只像一頭豹，正狠狠地攫取獵物。

而花間風卻猶如獻祭一般，張嘴承受著，脖子微微後仰，露出了漂亮白皙的鎖骨。

邵鈞倉促轉眼，不知為何被那極具張力和感染力的一幕刺激得耳朵發熱，心跳加快。

柯夏顯然也看到了，短促笑了聲，低聲道：「可憐的阿納托利，真是辛苦，一物降一物，萬物有剋星。」

觀獵塔上的觀景臺的確非常高，從上往下俯瞰，果然看到某個山谷內護衛們穿著護甲，手裡拿著弩弓等武器，腳踏助推器，呼嘯大叫著追趕一頭巨大的猶如小象一般的野豬。

柯夏笑道：「讓他們先玩，果然玩得很開心，你要下去玩玩嗎？」

邵鈞看著下頭的場景，並不太喜歡，微微搖了搖頭，耳根還有些發熱。

柯夏笑了下道：「我也不喜歡人多。」他看了眼周圍山谷，道：「這裡有攀岩設施，不如我帶你去攀岩吧？羅丹說專注進行某樣身體運動，對精神力修復也很有好處。」

邵鈞點了點頭，柯夏便帶著他先下去換了適合攀岩的衣物和鞋子，然後兩人上了個小型飛行器，直接往一處險峻山峰飛去。

到了山腳下，柯夏拿出了裝備來替他套上：「這是緩降設備，按鈕在胸前，如果失足落下你就按這個。」他仔細替邵鈞檢查了一輪護腕護膝鞋子以及各種裝備後，又替邵鈞手指纏上保護的透氣膠布，一根一根手指地替他認真按摩，然後一路按到手腕，替他活動熱身。

邵鈞覺得自己的耳朵漸漸越來越熱，而手指和手腕上被揉捏著的感覺越來越鮮明，那種酥麻而又恨不得與對方肌膚相貼更多，渴望擁抱的感覺越來越強烈，柯夏低著頭認真捏著他的每一個關節，金色的長捲髮已經紮起在後頭，陽光下肌膚近乎透明，額上甚至還有著細細的汗珠。

他忽然將自己的手指從柯夏手裡抽了回來，轉頭一下子就伸手按住了一個攀岩點，手指一用力，長腿一蹬，已是爬到了幾公尺高的地方，然後低頭看了眼訝異正往上看著他的柯夏，四目相對，柯夏笑了起來：「不錯，你先上，我等等就趕上了。」

邵鈞不再看他，抬頭往上看，開始專心往上攀登。柯夏在下邊看著他頎長柔韌的身體在岩石上騰挪跳躍，露在外頭的手臂肌肉因為用力而凸顯出漂亮的線條，不由又想起了當初在決鬥場上看到他和怪物格鬥的場景，眼裡掠過一絲陰霾。幸好找回來了，他將自己手腕手指也活動開來，手臂一按，很快也貼著山壁輕鬆爬了上去，卻沒有急著超越邵鈞，而是謹慎地跟在右下方，不時觀察邵鈞的情況。

但徒手攀岩這樣的項目顯然難不倒邵鈞，他身體柔韌靈活，臂力不錯，在險峻的山崖峭壁上攀登，對並沒有進行過專門訓練的他來說仍然十分輕鬆。

柯夏藍眸瞇了瞇，手指用力，也開始專心攀岩起來。

邵鈞沒有花太多時間就攀上了最高的險峰頂上，冷冽山風吹來很是舒爽。

雖然體力過人，純靠徒手攀上這樣的高峰，邵鈞還是消耗了不少體力，站在最高峰上一邊大口呼吸著清冷的空氣，一邊俯瞰著遠處延綿不絕的山巒和雲海，欣賞著附近那些連苔蘚都長得分外豐厚青翠的獨特生態，目光不由自主落在了還在慢條斯理穩紮穩打爬上來的柯夏身上。

他讀過軍校，應該接受過攀岩訓練吧？邵鈞想到了默默看著柯夏爬的動作和姿勢，的確都很有講究，和自己那種隨心攀爬不同，他的用力方式，攀登方式都是以消耗最小的體力來攀爬險壁，動作標準又漂亮，長腿有力舒展，修長的手臂悠閒貼在山壁上，整個人看著不像是在辛苦地在險峻山崖上攀登，而是漫步在山坡上，舉重若輕，動作分外優雅輕鬆，金髮碧眸更是令人賞心悅目。

也許是盯的時間久了點，柯夏快攀上頂的時候，彷彿早有所覺，抬頭對他笑了下，邵鈞臉微微一熱，柯夏向他伸出手來，他一怔，伸手想去拉，柯夏卻忽然雙手鬆開岩壁，雙臂展開，整個身體忽然往後倒去！他的身後正是無盡的懸崖！

邵鈞吃了一驚，不假思索向前一撲，將他整個人抱住，柯夏回抱他，哈哈大笑，兩個人同時向山崖下墜去，風呼呼地吹，柯夏一拉身上的開關，呼！

正在急劇下墜的兩人身體陡然一緩，邵鈞睜眼看到柯夏背上已經舒展開了一個三角形的半透明飛行翼，巨大的飛行翼在空中嘩嘩抖動著，尾部的飄帶在風中長長飄動。

他們兩人就彷彿風箏一樣，迎著風一路滑翔在山谷內，從高高的樹尖上掠過，然後柯夏按著操縱桿讓飛行翼再次抬高，一邊在他耳邊大聲笑道：「刺激吧！我小時候被我父親這麼嚇了一次！一邊大哭一邊在風裡大叫，後來又哭又笑的！」

邵鈞本來被嚇了一大跳有些生氣，但聽到柯夏說到他的父親，瞬間想起昨晚剛在星網上查到的那慘烈之極的滅門血案，一時氣也消了，只是向前看著那倏忽而逝的景物。

綠樹、藍天、白雲、鳥兒，目不暇給，滑翔翼的速度實在太快了，他全身頭髮汗毛感覺都豎起來，連尾椎骨都感覺舒爽，胸腔裡心怦怦跳著，這種極限的刺激讓人感到莫名激動和快樂。

柯夏仍然還緊緊擁著他，有力的手臂橫過他的胸膛前，一邊笑著，顯然真的非常快樂。邵鈞聽到柯夏強而有力的心跳聲，聞到他身上剛剛攀岩後的汗水味道以及用的貴族香水混合在一起的味道，漸漸感覺到了呼吸急促，身體發熱，心跳越來越快。

他們從河流上滑翔而過，最後落在了清澈的河水裡，河裡巨大的金色鯉魚受驚躍起來，又把邵鈞嚇了一大跳，然後又引起了柯夏一陣大笑，兩人溼漉漉從溪水裡頭站了起來，柯夏看邵鈞頭髮衣服都貼在身上，有些不滿看向他，彷彿一隻幼豹落水，毛皮溼漉漉的，漆黑的瞳孔帶著委屈，笑不可遏，藍色的眼睛裡似有陽光，邵鈞終於忍不住也笑了。

一直到了晚餐時候，各方人馬才再次會合，顯然大家這次皇后山之遊都很有收穫。

透明的穹頂玻璃頂上能看到如洗星空猶如一塊柔軟深邃的深藍色絲絨上閃耀著鑽石。

幾位高貴的客人正在星空下用晚餐，羅丹和艾斯丁終於也趕回來。羅丹非常滿意：「我收集了許多合適的生物樣本，太棒了，就是到時候帶出境有些困難。」

艾斯丁安慰他：「我們可以借助那個地下實驗室，先研究出一些成果和資料。」

羅丹恍然：「對喔，我給你設計的身體也不知道他做得怎麼樣了。」

花間風整個人懶洋洋坐在沙發上，彷彿整個人都沒有骨頭一樣斜斜靠著軟枕，他已經換掉了那鮮紅色的花精靈戲服，穿著一身深青色的緞袍，裡頭露出一點深紅色的內襯，長髮仍然還帶著點溼意。他笑著打趣道：「聽起來實在有點驚悚，設計一隻手，設計一隻足。」

阿納托利坐在他身旁，和上午那種隱隱的不滿不一樣，他臉上這下寫滿了饜足和放鬆，伸手替花間風倒一杯溫和的牛奶道：「等我們競標成功，羅丹先生也可以給我們提要求，我們隨時可以為羅丹先生提供相關資料和樣本。」

邵鈞正在低頭吃得飛快，白天巨大的運動消耗讓他再次充滿了飢餓感，一直在乾脆俐落地攝入肉類，而柯夏則時不時替他將牛排切成小塊，一邊對著也在專心吃飯的羅丹道：「羅丹先生還記得你有一位叫西瑞的學生嗎？」

羅丹抬頭，眼睛有些茫然，回憶了下：「西瑞？太久了，可能吧……我很多學生的。」

艾斯丁舔了舔爪子漫不經心：「很多人把孩子往你這裡送，都說是精神力絕高，想要拜你為師，你都來者不拒，見到個漂亮孩子就覺得可愛。後來就開始有些流言蜚語，我攔了一陣子，情況才好了些。大概是我不在之後，你又故態復萌了。這個西瑞號稱天才兒童，精神力很高，十歲就已經學到高等生物了，送到你實驗室讓你帶過一段時間，因為他年齡小，你也一一仔細教了他不少，好像他回國的時候你還送了他一本自己的研究手記。」

羅丹赧然道：「精神力高的孩子是很可愛啊，眼睛大大的，流言蜚語說什麼？我怎麼不知道？」

艾斯丁輕描淡寫道：「沒什麼，都過去了，聽了髒耳朵，後來你地位高了，學界泰斗，地位不可撼動，自然就沒人敢再瞎說了。說回這個西瑞，他有著你的學生的名頭，本身在精神力和天網上的研究也頗有建樹，著述等身，因此被上一任的帝國皇帝柯冀高薪聘請到了帝國來進行精神力研究。」

羅丹睜大了眼睛歡喜道：「真的？那也很不錯啊？他來帝國這邊有什麼新的研究理論嗎？」

柯夏道：「我們之前掌握的情報是柯冀的精神力已經在崩潰邊緣，因此西瑞來到帝國，其實是為了替柯冀治療他過於狂暴的精神力，但不知為何柯冀仍然病逝了，柯樺繼位——現在我們懷疑，柯冀很有可能沒有死，但是因為什麼不可告人的原因，不能繼續執政，因此假死，我們懷疑這事和西瑞有關。」

羅丹訝異道：「柯氏這種遺傳性高卻脆弱的精神力，一旦已經在崩潰邊緣，是很難強行開導的，因為這往往有著複雜的成因，不是簡單的諮商或者心理治療可以進行了，西瑞有什麼劣跡嗎？」

柯夏看了眼旁邊的邵鈞：「他和我聊過幾句，看著就像是慈祥專注的科學家，但是他的學生卻嘗試催眠邵鈞，他們以為鈞是一個沒有靈魂的普通複製人，但可能是催眠的手段太低級，失敗了。」

羅丹看了眼邵鈞：「鈞的精神力比他高的情況下，對方是很難催眠他的，太低級的手段的確是催眠不了。」他沉思了下道：「我們早點去逐日城看看吧？被你說得我也好奇了，而且我今天拿到了很多樣本，很希望能夠儘快開展研究。」

柯夏點了點頭：「競標的事結束後，一切污染治理擺上檯面，所有的補貼看落實到位，我們就可以回去了。」他低頭看邵鈞已經將面前的牛排快吃光了，便將自己跟前切好的牛排放到邵鈞面前，然後對阿納托利道：「AG公司不一定能競標成功，我回去過問一下，你不知道他們能有多少花樣。」

阿納托利笑了下：「放心，我可是老手，跟聯盟那邊一樣的。這邊我已經行賄買通了不少人。」

柯夏嘲道：「總統先生，看到這樣不擇手段的你，我就深深地為新自由聯盟的未來而擔憂啊。」

阿納托利哈哈大笑起來，一雙琥珀色的眼睛裡滿是得意：「我今晚就離開了，在聯盟等著你們。」然後忽然想起什麼似的笑道：「我和霜鴉聯繫了，他同意和柯葉聯絡，說不定現在已經在通話了。」

柯夏道：「不用勉強，柯葉那瘋子不是威脅。」

阿納托利道：「沒勉強，他也很好奇他還想說什麼。」

他舉起了酒杯：「為了聯盟。」

大家也都笑著舉起了酒杯。

無盡的夜色內，透過祕密通訊衛星的霜鴉的確正在和柯葉通訊。

一別數年，霜鴉那一雙金銀色異瞳仍然流光溢彩，引人注目：「尊貴的柯葉親王費盡周折託人傳話給我，是想要說什麼呢？」

柯葉注視著他，雙目灼灼：「聽說你仍然沒有結婚，我散了所有的寵奴，改掉了很多習慣，是不是有機會和你重新開始？」

霜鴉一笑：「親王真會開玩笑，有什麼正經事請說吧，不要浪費寶貴的時間，時間太長容易被監聽到的，我可不希望中個裡通外國的罪名。畢竟你我現在身分可都不一樣了——柯夏和你聯合設下陷阱謀害我也說不定呢。」

柯葉垂眸沉思了一會兒道：「柯夏回來，是你們的安排吧？藉機想要查清楚當年失蹤的蟲族基地專家和蟲卵等等去哪裡了。」

霜鴉揚眉道：「可能吧？我不關心，如果真如此還請你儘快把他捉起來，判個叛國罪最好不過了。」他捂嘴輕笑。

柯葉道：「我覺得柯冀沒有死。」

霜鴉一怔，柯葉看著他道：「如果我幫柯夏的話，你是不是能給我一個機會？」

霜鴉冷笑了聲：「親王殿下原來是想要試探什麼，可惜第一，我和柯夏勢不兩立，他倒楣的話我開心極了。第二，我對你是絕對不可能了，請你收起你的試探，好好過你的日子吧。」

唰！通訊畫面被單方面無情關閉了。

柯葉站在那兒許久，忽然打開了影片重播，霜鴉笑意盈盈：「尊貴的柯葉親王……」

柯葉伸手輕輕摸過那雙寶石一般的眼睛，忽然露出了一個瘋狂的笑容：「絕對不可能嗎？」

「事在人為。」

「我的——小鴿子。」

——《鋼鐵號角05》完

高寶書版集團
gobooks.com.tw

FH065
鋼鐵號角 5

作　　者　灰谷
繪　　者　HONEYDOGS 蜜犬
編　　輯　賴芯葳
美術編輯　彭裕芳
排　　版　彭立瑋
企　　劃　黃子晏

發 行 人　朱凱蕾
出　　版　朧月書版股份有限公司
　　　　　Hazy Moon Publishing Co., Ltd
地　　址　臺北市內湖區洲子街 88 號 3 樓
網　　址　www.gobooks.com.tw
電　　話　(02) 27992788
電　　郵　readers@gobooks.com.tw（讀者服務部）
傳　　真　出版部　(02) 27990909　行銷部 (02) 27993088
郵政劃撥　19394552
戶　　名　英屬維京群島商高寶國際有限公司台灣分公司
發　　行　英屬維京群島商高寶國際有限公司台灣分公司 / Print in Taiwan
初版日期　2023 年 6 月

本著作物《鋼鐵號角》，作者：灰谷，由北京晉江原創網絡科技有限公司授權出版。

國家圖書館出版品預行編目 (CIP) 資料

鋼鐵號角 / 灰谷著 .-- 初版 . -- 臺北市：朧月書版股份有限公司出版：英屬維京群島商高寶國際有限公司臺灣分公司發行 , 2023.06-
面；　公分 .--

ISBN 978-626-7201-64-0 (第 5 冊：平裝)

857.7　　111020689

朧月書版

朧月書版